たゆたえども沈まず

原田マハ

幻冬舎文庫

たゆたえども沈まず

目次

一九六二年　七月二十九日　オーヴェール＝シュル＝オワーズ

ひとふさの穂も残されていない刈り取り後の麦畑が広がる四つ辻に、男がひとり、佇んでいる。

がらんと空っぽの風景だ。地平線の彼方に入道雲が音もなく湧き上がっている。ちょうど中空にさしかかる太陽は力を増し、真上から彼の薄くなった白髪頭に向かって光の矢を鋭く投げかけている。彼の背中は汗でぐっしょりと濡れ、白いシャツがぴったりと貼り付いている。

額の皺をなぞって汗が落ちるのをぬぐおうともせず、彼は、麦の株がどこまでも続く畑の小径をみつめていた。ずっと向こうから、誰かがまもなくやって来るのを待ちわびているかのように。

耳もとで騒がしく風が暴れている。埃《ほこり》が舞い上がる小径に、くっきりと落ちた短い影。手にした麻のジャケットだけがその中で揺れ動いている。

正午を告げる教会の鐘が鳴り始めた。彼は後ろを振り向くと、背筋を伸ばし、頭《こうべ》を垂れて目を閉じた。彼が向いた方角に村の共同墓地があった。鐘がかっきり十二回鳴り終わるまで、彼は黙禱《もくとう》を捧げていた。

村役場の前にあるラヴー食堂《オーベルジュ・ラヴー》へと出向くと、入り口で店の主人らしき男と初老の東洋人が何やらもめている。

「私は怪しい者じゃないです。この店の上の部屋、見せてください、ちょっとでいいから」

おぼつかないフランス語で頼み込んでいる。ラヴー食堂の主人は、恰幅のいい腹を突き出して「だから、だめだってば」と繰り返している。

「なぜ？　私は日本から来ました。私はゴッホの研究者です。だから私は、ゴッホが死んだ部屋を見たいのです」

彼はふたりに近づいていき、「こんにちは、ムッシュウ」とフランス語で声をかけた。

「この人は日本のファン・ゴッホ研究者だと言っていますが……確かにこの店の三階でファン・ゴッホは亡くなっていますよね。一般には公開されていないとは思いますが、研究者ならば見せてあげてもいいのでは？」

助け舟を出した。そして「わざわざ日本から来たということですし……」と付け加えた。

「なんだい、あんた？」主人は怪訝そうな目を彼に向けた。

「なぜそのことを知ってるんだ？」

「研究者のあいだでは有名な話ですよ」と彼はにこやかに答えた。

「そうか。だったらなおさら言っておこう。『お断り』だ」

主人はきっぱりと言い返した。

「うちは賄い付きの下宿屋もやってるんだ。ただでさえあの部屋は、不吉だからと借り手がつかないんだよ。そこへ研究者がやって来ては見せてくれと言う。最初のうちはまあいいかと見せてやっていたんだが、最近じゃしょっちゅうさ。いちいち相手してたら、商売上がったりだよ」

そうまくし立ててから、

「まあ日本からわざわざ来たっていうのはありがたく思うよ。こんな田舎町にね。上の部屋を見せることはできないが、昼食を食べていってくれ。うちの肉の煮込み料理はうまいよ」

と言った。

「英語はわかりますか？」彼は日本人に英語で訊いてみた。日本人は「ええ、フランス語よりは、ずっと」と即座に答えた。

彼は日本人研究者に主人の言い分を伝えた。研究者はがっかりしたが、そういうことならと、昼食を取ることにして、晴れて店内に通された。彼もその後に続き、研究者の隣の席に座った。

彼は赤ワインと肉の煮込み料理を注文した。隣の日本人も同じものを頼んだ。研究者は黒い革の鞄からノートと鉛筆を取り出し、テーブルの上に広げて何かを書き付けている。彼は横目でノートを盗み見た。

縦書きの文字がびっしりと書かれてあり、研究者は銀髪の頭をときおり鉛筆の尻でつついて、右から左へと文字を書き連ねている。かつて機械技師だった彼は、第一次世界大戦のまえに日本へ技術指導で出かけたことがあったが、そのときに日本の人々が文字を書き連ねるのを初めて見て、なるほどこうやって「縦書き」の文字が書かれるのだ、だから日本の絵には縦構図が多いんだな——と納得したことを、ふいに思い出した。

彼がノートに関心を寄せていることに気がついて、研究者は鉛筆の手を止めた。そして、「あなたは、どちらから?」と尋ねた。

「ラーレンです。オランダの」と彼は答えた。

「アムステルダムから車で三、四十分のところにある町です」

「ラーレンですか。行ったことはありませんが……」

「オランダには?」

「ええ、ありますよ。これでもいちおう、ゴッホの研究者ですからね。アムステルダムと、エーデには行きました」

エーデにはファン・ゴッホの大コレクター、クレラー＝ミュラー夫妻が一九三八年に開館した美術館がある。研究者はそこへ行き、ファン・ゴッホの作品を初めてまとめて見たということだった。「いやもう、言葉にはできません。感動、のひと言に尽きます」と、そのときの記憶が蘇ったのか、熱のこもった声で語った。

「フランスよりもむしろアメリカの美術館のほうが、ゴッホの作品を色々と所蔵しているとわかっているのですが、まだ行けていません。飛行機代が馬鹿高いので……まあ私としては、死ぬまでにニューヨーク近代美術館にある《星月夜》が見られたら本望だなあ、と」

夢みるような顔つきになって、

「あ、でも、ルーブル美術館では見ましたよ。《自画像》《ファン・ゴッホの寝室》《医師ガシェの肖像》、それに……《オーヴェールの教会》」

正確にタイトルを諳んじてみせた。彼は微笑んだ。

「日本の美術館にはないのですか？」

と訊くと、「ありますよ。一点だけ」とまた即座に返ってきた。

「薔薇を描いた晩年の作品です。国立西洋美術館といって、戦後にできた美術館の収蔵作品です」

〈ばら〉というその作品は、戦前、松方幸次郎という日本人実業家が所蔵していたもので、フランスで買い求め、ほかの画家の作品とともに、そのままフランス国内のとある場所に保管していた。そのうちに戦争になり、日本は敗戦国になったので、松方が所有していたフランス名画の数々はフランス政府に没収されてしまった。戦後になって日仏間で返還交渉が行われ、四百点にのぼる松方コレクションのうち、フランスに残すことが指定された十八点を除くすべてが「寄贈返還」された。その中の一点が、ファン・ゴッホの〈ばら〉なのだ――と研究者はていねいに解説してくれた。

「ルーブルにある《ファン・ゴッホの寝室》。あれも、もともとは松方コレクションにあったものですよ。けれど、フランスも惜しくなったのでしょうね。残せということになったらしい。日本人にしてみればけしからん話だけれど、まあ、ゴッホがアルルで暮らした部屋の絵ですからね。フランスの美術館、しかも天下のルーブル美術館に残されたのであれば、そのほうが画家にとってはよかったのでしょう」

ワインが回ってきたのか、研究者は滑舌よく、なかなかうまい英語で話し続けた。彼は肉の煮込みをフォークで口に運びながら、黙って研究者の話に耳を傾けていた。

「ところで」と彼は、テーブルに勘定書が置かれたのをしおに、訊いてみた。

「あなたは、ハヤシという人物を知っていますか？」

「え?」研究者が訊き返した。「ハヤシ?」

「ええ。ハヤシ・タダマサという日本人画商です。昔の人で、十九世紀末にパリの画廊で日本美術を売っていたとかいう……」

何かとても重大な質問をされたように、研究者は眉根を寄せて考え込むそぶりになった。

「いいえ……残念ながら、知りません。その人は、ゴッホに何か関係のある人だったのですか？」

彼は苦笑した。

「私はファン・ゴッホの専門家ではないのでわかりません。機械技師です。……いや、二年まえに七十歳で引退したので、技師『でした』」

と、自分の身の上を明かして、

「ハヤシの名前は何かで目にしたことがあって……日本人の研究者ならば知っているかなと思って、質問したのです」

「おや。私はてっきり、あなたもゴッホの専門家かと思って話していましたよ。だって、わざわざオランダからゴッホの命日にこの村に来るなんて、よほどの愛好家か専門家以外にはあり得ないでしょう」

「おや、そうだったのですね」と彼は、驚きの顔を作ってみせた。「今日はファン・ゴッホの命日だったのか……」

「なぜまた、この村へいらしたのですか？」

研究者の質問に、彼は笑って答えた。

「この店の肉の煮込み料理を食べに来たのですよ」

ふたりはそれぞれに勘定を済ませ、店の前で握手を交わした。研究者は「最後まで名乗りもせずに、失礼しました」とていねいに詫び、シキバと名乗った。本業は精神科医だという。

「あなたは？」とシキバは尋ねた。「なんとおっしゃるのですか？」

彼は、一瞬、言いよどんだが、

「フィンセントと言います」

そう答えた。おお、とシキバがうれしそうな声を漏らした。

「ゴッホと同じ名前ですね」

彼の顔に木漏れ日のような微笑が広がった。

「ええ。オランダ人には、よくある名前です」

オーヴェール＝シュル＝オワーズ駅の前を通り過ぎ、なだらかな坂道を下っていく。川向こうの村、メリー＝シュル＝オワーズまでひと続きの道である。

午後七時、パリへの終電の時間まで一時間ほどあった。その日いちにち、終電まで村を散策して過ごそうと決めていたから、彼は残りの時間で川辺に行ってみようとオワーズ川へ向かった。

たくましい太陽の腕は、いまは幼子をやさしく撫でる手のひらに変わっていた。彼の住むラーレンもそうなのだが、この時期、北ヨーロッパでは日足が長く、なかなか日が暮れないのだ。湖にほど近い街ラーレンでは、短い夏を惜しむように、人々が夕方になっても水際に寝そべって日光浴をする。しかし、オワーズ川のほとりに人影はなかった。

セーヌ川の支流ながら、川幅もありたっぷりとした美しい川である。川沿いにはしたたるように木々の緑が生い茂り、水面すれすれにゆったりと枝葉を揺らして、みずみずしい姿を川に映している。

隣村へと渡る橋の真ん中まで来ると、彼は立ち止まった。

あい変わらず西風が強く吹いている。いちにちじゅう手に持っていた麻のジャケットをようやく着て、欄干に体をもたせかけると、風の吹くままに川下を眺めた。

ゆるやかに蛇行する川の彼方で、村落の赤い屋根が肩を寄せ合っている。オーヴェール側の川沿いの森では、ポプラ並木の先端が手招きをするようにゆらゆらと揺れている。彼はしばらく川辺の景色に視線を放っていたが、遠くで誰かに名前を呼ばれたかのように、ふと振り向いた。

川上の空は夕日を抱きしめてやわらかな茜色のヴェールを広げていた。絹のようになめらかな陽光を弾きながら、水面がさんざめいている。

彼は流れゆく川をみつめた。そして、そこでそうしようと決めていた手つきで、上着の内ポケットから一通の手紙を取り出した。青いインクでフランス語の文字が綴られている古びた手紙を。

一八九〇年一月十一日　パリ

親愛なるテオドルス
あなたの兄さんの絵を、いずれ必ず世界が認める日が訪れます。
強くなってください。私もこの街で、ジュウキチとともに闘っています。

あらん限りの友情を込めて

ハヤシ　タダマサ

それは、彼が幼い頃に他界した父親の遺品の中にあった手紙だった。

しみだらけの紙面に、彼は長いこと視線を落としていた。確かめるように、何度もなんども、短い文章を追いかけた。

ふいに突風が正面から吹きつけた。またたくまに彼の手から手紙が奪われた。彼は息をのんで空を見上げた。

手紙は風に舞い上がり、上へ下へと運ばれていくと、川の真ん中にひらりと落ちた。

彼は欄干から身を乗り出して、手紙が流れていくのを見送った。

それは紙の舟になって、いつまでも沈まずに、たゆたいながら遠く離れていった。

一八八六年　一月十日　パリ　十区　オートヴィル通り

石畳の通りに、シルクハットとフロックコートを身に着け、大きな革の鞄を提げて、男がひとり、佇んでいる。

ちんまりと痩せた姿、撫でつけた黒髪とかたちを整えた黒い口ひげ、低い鼻と丸い頬。小さな目をしょぼしょぼさせて、その東洋人は、通りを挟んで向かい側にそびえたつ瀟洒《しょうしゃ》なアパルトマンを見上げていた。

「ほら、そこのあんた、邪魔だよ。どいた、どいた!」

乱暴なフランス語の叫び声が飛んできたのと同時に、荷馬車が猛烈なスピードで男の目の前を通過した。男はとっさに身を翻したが、その拍子に勢いよくひっくり返ってしまった。ころころとシルクハットが転がって、石畳のくぼみにできた雨上がりの水たまりの中で止まった。

「つ……痛《い》ってえ。なんだ、あの馬車。ひどいもんだな」

日本語でつぶやいた。往来する人たちが、じろじろと無遠慮なまなざしを自分に向かって投げてくるのがわかる。

男は立ち上がると、フロックコートの裾をはたいて、頭から帽子がなくなっていることに気がついた。

「帽子が落ちていましたわ、ムッシュウ」

背後から声をかけられ、振り向くと、深緑色のビロードのコートに身を包んだ年若い女性が、シルクハットを手に立っていた。

「あ、これは……」

と、日本語で言いかけて、男は、あわてて姿勢を正すと、

「メルシー・ボクー、マドモワゼル」

フランス語で礼を述べ、生真面目に一礼した。

女性は、にっこりと笑いかけて、シルクハットを手渡すと、ドレスの裾を揺らして行ってしまった。後ろ姿を見送っていると、片手で口を押さえ、背中がかすかに揺れているのがわかった。笑いを嚙み殺しているに違いなかった。

――やっぱり、笑われるのか。……東洋人というだけで。

男は、小さくため息をついた。

この国に到着した直後から、好奇の視線にさらされている気がした。馬車に乗ろうとすれば乗車拒否に遭い、投宿先では全額先払いだと言われる。食堂でも、カフェでも、こうして街なかを歩いていても、自分だけが浮いているのは間違いなかった。

——林《はやし》さんの言う通り、フロックコートもシルクハットも、全部、フランスふうに仕立てて、日本からわざわざ持ってきたっていうのに。

この街で、自分が「異邦人」であることは、隠しようもないことなのだ。

来仏早々、心の中で嘆いている男の名前は加納重吉《かのうじゆうきち》といった。

日本からの長い船旅を終え、マルセイユの港から汽車を乗り継いで、ついきのう、パリに入ったところである。

パリは、噂にたがわず、夢のように美しい街だった。

サン・ラザール駅から辻馬車に乗った重吉は、うわあ、と叫び、すごいぞ、すごいすごい、とうとう来たぞ、パリだ、ここはパリなんだ！　と日本語でまくしたてた。乗り合わせたフランス人たちに、白い目で見られてもおかまいなしだった。

正直にいえば、ほんの束の間でいい、花の都を夢見心地でさまよってみたかった。

万博が開催されたトロカデロ宮殿や、フランス王室とナポレオン公が収集した一流の美術品があふれているというルーブル美術館。革命の風が吹き荒れたバスチーユ広場、堂々たる凱旋門、古寺ノートルダム、花々の咲き乱れるリュクサンブール公園……行ってみたい場所は枚挙に暇《いとま》がないほどだ。

しかしながら、重吉がパリへやって来たのは、なにも都見物のためではない。

髪もひげもきちんと整え、洋装に身を包んで、フロックコートの内ポケットに一通の手紙を忍ばせ、重吉は、オートヴィル通りまでやって来た。

その手紙は、重吉が通っていた東京開成学校の先輩で、現在パリ在住の、とある日本人から届いたものであった。

――パリに来れば、あまりの日本との違いに、きっとあっけにとられることだろう。

けれど、口を開けて都見物しているひまはない。

フロックコートを着て、シルクハットを被り、毅然として、会いに来てほしい。

たとえ洋装したところで、我々が東洋人であることは隠しようがないし、また、隠す必要など微塵《みじん》もない。そして、無理に強調する必要もない。

さりげなく洋装して、気品ある立ち居振る舞いを忘れずにいれば、それがいちばんである。

いま、ここパリにおいて、日本人であることは、むしろ「売り」であると私は思っている。

それは、なにゆえか。

オートヴィル通りにある私の店に、とにかく来てほしい。

詳しくは、会ってから話そう——。

重吉の語学力を試そうとしてか、あるいは第三者の日本人に見られることを避けようとしてか、その手紙は一言一句、すべてフランス語でしたためてあった。

開成学校の諸芸科でフランス語を学び、首席で卒業した重吉は、その手紙を難なく読んだ。読み終えて、ふたつのことに胸が高鳴るのを感じた。

ひとつは、この手紙を書いた人物の綴るフランス語の流麗さに。

そしてもうひとつは、その人の密やかな野心に——。

重吉は、オートヴィル通りに佇んで、いまふたたびアパルトマンを見上げた。

番地が書いてあるプレートがどっしりした石造りの柱に付いているのを確認し、アーチをくぐって中庭へと歩み入る。一階の南側が、重吉が遠く日本から目指してきた場所、「若井・林商会」である。

重厚な木製のドアの前に立ち止まって、重吉は呼吸を整えた。油断すると胸から転がり落ちるんじゃないかというほど、心臓が鼓動を打っている。

湿ったシルクハットを目深に被り直して、重吉は、きっかり二回、ドアを叩いた。

ややあって、ドアが、ぎい……と音を立て、ゆっくりと開いた。

重吉の目の前に現れたのは、金髪で青い目をした青年だった。背が高く、シャツにタイ、ウールのジレを着ている。重吉は、すぐに言葉が出てこずに、つばを飲み込んだ。

すると、青い目が微笑んで、フランス語で語りかけてきた。

「ボンジュール、ムッシュウ・カノウ。『若井・林商会』へようこそ」

重吉は、拍子抜けしたように、「はあ……」と応えた。

「ボンジュール。あのう《ドンク》……こちらに《エスク》、林さん《ムッシュウ》はいらっしゃ《ハヤシ》いますでしょうか《エティシイ》？」

考えながら言ったので、たどたどしいフランス語になってしまった。が、青年は気にする様子もなく、「ええ、もちろん。いらっしゃいますよ」と明るく答えた。

「どうぞ、中へ」

ドアが大きく開けられ、重吉は、竜宮城に招き入れられた浦島太郎よろしく、おっかなびっくり、室内に足を踏み入れた。

室内は、ありとあらゆる日本美術の書画工芸品で埋め尽くされていた。

勇ましい鷹と松林が描かれた屏風、竜虎のふすま絵、山と積まれた巻物、螺鈿《らでん》が施された漆器の文箱《ふばこ》、朱漆の鏡台、手鏡、銅器、銀器、日本刀の鍔《つば》、金泥の仏画——。中国製の黒漆の椅子や紫檀《したん》の卓、衝立《ついたて》、文人画のたぐいもある。そのすべてが整然と展示され、窓からの光を反射して鈍い輝きを放っていた。

「これは……」と重吉は日本語でつぶやきかけて、すぐさまフランス語で言った。

「すごい。まるで、美術館に迷い込んだようだ」

と、そのとき。

松林鷹図屏風の裏で、くすっとかすかな笑い声がした。続いて、いかにも愉快そうな声色の日本語が聞こえてきた。

「なかなかやるじゃないか、シゲ。独り言もフランス語で言えるとはな」

はっとして、重吉は、屏風のほうを振り向いた。

屏風の陰から、黒い三つ揃いのスーツとシルクのタイを身に着け、黒髪をきっちりと撫でつけた、すらりとした男が現れた。

男は、頬を紅潮させてぽかんとしている重吉に向かって、にやりと笑いかけた。

「よく来たな、シゲ。待っていたぞ」

男の名は、林忠正《ただまさ》。

日本美術を扱う美術商「若井・林商会」の主《あるじ》であり、目下、パリの美術市場に「ジャポニスム」という名の嵐をもたらしている風雲児であった。


加納重吉が林忠正と出会ったのは、かれこれ十年以上まえのことになる。

しかしながら、その日の記憶は、重吉の中にしっかりと刻印されて、鮮やかに残っている。

一八七四年（明治七年）、重吉は、旧加賀藩・石川県から、官費生として東京の開成学校に入学した。

代々高名な蘭学者の家に生まれた重吉は、幼い頃より抜きん出た秀才であり、早くからその将来を嘱望されていた。十九歳になったとき、県の支援を得て、外国語と西洋の学問を修め、故郷に帰って官吏として活躍するべく、東京へと送り込まれたのである。

開成学校は、明治維新後、政府によって開校された西洋の各学科を教える「大学南校」が、幾度かの改変ののちに外国語と西洋の学問の専門学校となったものである。最終的には一八七七年に東京医学校と合併して東京大学と総称されることになる。

重吉は、その秀才ゆえだろうか、自分はほかの誰とも違う、ほかの誰かと同じであってはいけないと心密かに思っているところがあり、少々ひねくれた性質も併せ持っていた。そんなこともあって、開成学校に入学する際、迷わずにフランス語を専攻できる諸芸科を選んだ。

諸芸科というのは、法学、理学、工学の三つの専門学科に対して、総合的に一般教養と語学を学ぶ学科で、いってしまえば雑多な学科であった。

重吉の学力をもってすれば、ほかの三つの学科のどれを専攻してもじゅうぶんに才能を発揮できたはずなのに、彼はそうしなかった。三つの学科は英語を基本として学習するので、それまでドイツ語やフランス語を学んできた学生、あるいはこれから学びたい学生にとっては、在籍するのは本意ではない。重吉は、すでに郷里で英語を独学し、習得してしまったという気持ちだったので、せっかくならば違う言語を身に付けたいと思っていた。

「明治」に元号が改まり、七年が過ぎていた。日本はそろそろ本気で諸外国に追いつかなければならない頃だった。東京府にはガス灯が点り、大通りには街路樹が植栽された。世界地図の中で、日本だけが空白のまま取り残されるわけにはもはやいかないのだ。

開成学校では、優秀な生徒を十人ほど選抜し、先進諸国へ留学させる制度を持っていた。フランス留学は、わずかにひとり、できるかできないかであったが、重吉は最初からこれを狙っていた。

——日本から一歩も出ないで外国の学問を教わったところで、しょせん、井の中の蛙《かわず》じゃないか。

本気で学ぶなら、留学するしかない。アメリカやドイツではなく、フランスへ。

おれは、外国をこの目で見て、ほんものの世界を知って、金沢はもちろん、日本の役に立つようになるんだ。

そのためには、なんといってもパリだ。パリこそは、産業も文化も世界一だと聞く。ということは、世界の中心ではないか。

胸のうちに、そんな闘志を燃え上がらせていた。気分だけは「天下取り」のつもりだった。だから、「フランス馬鹿」の偏屈な男だとか、とっつきにくいやつだとか、同級生たちから陰口を叩かれようとも、べつだん気に留めず、ただひたすらフランス語の学習に没頭した。

当初はあまのじゃくな気持ちも多分にあって始めたフランス語だったが、勉強するうちに、その奥深さにどんどん引き込まれていった。

フランス語とは、まるで言語の芸術のごとしだ。なめらかな発音。綴り。構成。――すべてが一幅の山水画のようにも感じる。

フランス人の教師が教科書として与えてくれた数々の本――ジャン＝ジャック・ルソーなどの書に加え、ジョルジュ・サンドやデュマなどの小説を読むにつれ、どうしようもなく心が震えた。

いつか、必ずフランスへ――パリへ行きたい。

手が届かない貴婦人に憧れるように、重吉は、パリへの思いを募らせた。

そしてついに、日本人の担当教官、庵野修成《あんのしゅうせい》から、君を留学生に推薦しよう、とのひと言を得た。全生徒の中でも抜きん出て語学が堪能な君こそ留学生にふさわしい、と言われて、まんざらでもない気がした。

ところが、留学先はイギリスだという。重吉は、即座に推薦を辞退した。

——本気で世界の真ん中で活躍したいなら、パリでなければ意味がないんだ。

頑なにフランス留学にこだわる重吉を、同級生たちは陰でせせら笑った。

——そうまでしてフランスに忠義を立てるなんて、ほんもののフランス馬鹿だな。

——いまや英語かドイツ語が主流なんだ。フランス語にうつつを抜かしてたら、出世できんぞ。

——あいつは出世する気なんざ、さらさらないのさ。華族の令嬢の家庭教師あたりが、いってせいぜいのところだろう。

重吉の耳に届くように、わざと近くでひそひそ話をする輩《やから》もいた。

——好きなように言えばいい。蛙どもが……。

そう強がってはみたが、留学を果たせなければ、自分だとて蛙の中の一匹なのだ。

——どうしたらいいんだ。

悶々とするうちに、次第に勉強に身が入らなくなってしまった。どんなにがんばっても、空回りしているだけのような気がしてきた。

——どうすれば、フランスへ行けるんだ。……井戸の外へ出られるんだ。

そんなある日のこと。

開成学校の校門から通りへ出たとき、ふいに背後から声をかけられた。

「Souhaitez-vous aller à Paris?（パリに行きたいんだって？）」

はっとして、立ち止まった。

――フランス人？

振り向くと、見知らぬ日本人の青年が校門の傍らに立っていた。青年は、重吉の驚いた顔をみつめて、ふっと笑った。

「君は、なかなか賢明《ディスクレト》だな」

言いながら、重吉の隣へと歩み寄り、「行こう」と小声で言った。

「おれたちがつるんでいると、英国一派《エコール・ド・ラングルテール》がまたなんだかんだよからぬ噂を立てるだろう。……ちょっと付き合ってくれないか」

重吉の返事も聞かずに、そのまま、日本橋の茶屋まで連れ出した。

その青年こそが、林忠正であった。

忠正は二十三歳で、開成学校が南校だった時代に廃藩置県まえの富山藩から派遣されて入学し、重吉の三年先輩だった。諸芸科に林という名の大変な秀才がいる、と噂に聞いてはいたが、重吉が直接会うのはそれが初めてのことだった。

忠正のほうでも、三年下にとんでもない語学の秀才が入った、と聞いて、こちらは当初から注目していたという。

「どれほどの秀才か、一度話をしたいものだと思っていたんだ」

茶屋に落ち着いたあと、忠正は、手酌で熱燗を飲みながら、ごくすなおな口調で言った。

重吉は、自分が先輩であろうと高飛車に構えず、まっすぐに好奇心を向けてくる忠正の様子に、たちまち好感を持った。

「聞けば、君は、庵野先生から頂いた英国留学への推薦を辞退したそうじゃないか。大変な噂になっていたぞ。……英国留学といえば、出世の道が拓けたも同然じゃないか。誰だって飛びつきたいはずなのに、どうしてなんだ？」

「それは……」

重吉は、一瞬うつむいたが、すぐに顔を上げて答えた。

「……イギリスには、パリがないからです」

忠正は、きょとんとして、目を瞬《しばた》かせた。それから、ぷっと噴き出して、笑い出した。あんまり笑うので、周りの客が皆、ふたりを見ている。重吉は、たまらなくなって、

「林さん。……そんなに笑わないでくださいよ。笑いすぎですよ」

小声で言ったが、なんだか自分もおかしくなってきて、つい、一緒に笑い出してしまった。

気持ちよく笑い合ったあと、忠正は、「いやあ、いいな。実にいい」と、涙目になって言

った。

「そうなんだ。その通り。イギリスには、パリがない。パリじゃなけりゃあ、意味がないんだ。おれもまったく同感だ」

愉快そうな声でそう言って、徳利《とつくり》を差し出した。

「さあ、飲んでくれ、我が同志《モン・カマラード》よ。パリの話をしようじゃないか」

忠正は、富山藩の医学の名門、長崎家に生まれ、その後、親族の林家の養子となり、家督を継いですぐに東京へ出て新しい学問を志した。特に、外国語を学ぼうと心に決めていた。

忠正が選んだのは英語ではなく、フランス語であった。重吉同様、彼もまた、多少斜に構えているところもあったのだが、ナポレオン公の物語に触れる機会があり、革命の嵐が吹き荒れ、ついにナポレオンが手中にした天下の都、パリに憧れて、フランス語を習得しようと決心したのだった。

学び始めた頃は、フランス語を学んでいるといえば、人の見る目も変わったものだが、最近すっかり世の中の風潮は英語一辺倒で、フランス語を学んでいるといえば、変わった人を見る目になる――と忠正はぼやいた。

「ときに、知っているか。おれたちが在籍しているフランス語の諸芸科……今期で廃止されるそうだ」

えっ、と重吉は思わず身を乗り出した。

「まさか……まったく聞いていませんよ、そんなこと。それじゃあ、僕らはどうなるんですか」

忠正は、「さあね」と人ごとのように言って、勢いよく猪口《ちょこ》をあおった。

「フランスに行くほかはないな」

世界の列強国にくらべて、長いあいだ国を閉ざしていた日本は、もっと貪欲に自己主張をしてしかるべきだと、忠正は考えていた。

そのためには、世界中から富と人と文化が集まってくるパリで、日本人が闘っているところを見せてやろうじゃないかという思いがあった。

重吉同様、忠正もまた、フランス留学の道を探っていた。しかし、圧倒的に英語ができる生徒が増えたいまとなっては、高い公費を使ってフランスに留学生を送り込むくらいなら、イギリスかアメリカに送ったほうが人材を活かせるだろう、ということで、政府も学校も、フランス公費留学を廃止しようとしているらしかった。

「やはり、狭き門、というわけですね……」重吉がつぶやくと、

「狭くったって、入り込む隙間があればいいさ。門は閉ざされたも同然なんだ。フランスのほうが、アメリカよりもずっと長い歴史と伝統があるし、イギリスに負けず劣らず文化も芸術もあるってのに……こんちくしょう」

吐き捨てるように忠正が言った。重吉は、返す言葉を失って黙りこくった。

ふたりは、しばらく黙ったままで、開いた障子の向こう側に流れている隅田川の支流を眺めるともなく眺めていた。

ややあって、忠正は、ついと膝を立てると、

「気持ちのいい宵だ。少し、歩いてみるか」

と誘った。

川面《かわも》を渡る五月の宵風が、少し酔った頰に心地よかった。ふたりは、並んでそぞろ歩きしながら、日本橋のたもとへやって来ると、どちらからともなく立ち止まった。

川岸の杭に小舟が何艘も綱でつなぎ留められ、ぎいい、ぎいいときしんでいる。ちゃぷちゃぷと川水がその腹を叩く音が響き、磯の香りが漂っている。

重吉は、橋桁が川面に落とす闇の中で、生き物のように舟々がぶつかり合ってうごめくのを眺めながら、もはや自分が活かされる道はないのだろうか――と、暗澹《あんたん》とした気持ちが胸の中に広がるのを感じていた。

傍らで長いこと沈黙していた忠正だったが、ふと顔を上げると、「なあ」と重吉に語りかけた。

「たゆたえども沈まず――って、知ってるか」

突然のことで、今度は重吉が目を瞬かせた。忠正は、ふっと笑みを口もとに浮かべた。

「パリのことだよ」

「……パリ？」

「そう。……たゆたえども、パリは沈まず」

花の都、パリ。

しかし、昔から、その中心部を流れるセーヌ川が、幾度も氾濫し、街とそこに住む人々を苦しめてきた。

パリの水害は珍しいことではなく、その都度、人々は力を合わせて街を再建した。数十年まえには大きな都市計画が行われ、街の様子はいっそう華やかに、麗しくなったという。

ヨーロッパの、世界の経済と文化の中心地として、絢爛《けんらん》と輝く宝石のごとき都、パリは、しかしながら、いまなお洪水の危険と隣り合わせである。

セーヌが流れている限り、どうしたって水害という魔物から逃れることはできないのだ。

それでも、人々はパリを愛した。愛し続けた。

セーヌで生活をする船乗りたちは、ことさらにパリと運命を共にしてきた。セーヌを往来して貨物を運び、漁をし、生きてきた。だからこそ、パリが水害で苦しめられれば、なんとしても救おうと闘った。どんなときであれ、何度でも。

いつしか船乗りたちは、自分たちの船に、いつもつぶやいているまじないの言葉をプレートに書いて掲げるようになった。

——たゆたえども沈まず。

パリは、いかなる苦境に追い込まれようと、たゆたいこそすれ、決して沈まない。まるで、セーヌの中心に浮かんでいるシテ島のように。

洪水が起こるたびに、水底に沈んでしまうかのように見えるシテ島は、荒れ狂う波の中にあっても、船のようにたゆたい、決して沈まず、ふたたび船乗りたちの目の前に姿を現す。水害のあと、ことさらに、シテ島は神々しく船乗りたちの目に映った。

そうなのだ。それは、パリそのものの姿。

どんなときであれ、何度でも。流れに逆らわず、激流に身を委ね、決して沈まず、やがて立ち上がる。

そんな街。

それこそが、パリなのだ。

「なあ、シゲ。……おれは、いつかきっと行く。行ってみせる。たゆたえども、決して沈まない街……パリに」

シゲ、と親しみを込めて呼ばれて、重吉は、水面にたゆたう小舟に放っていた視線を、傍らの忠正に向けた。

忠正の横顔は、凜として風を受けていた。その瞳は、未来を見据えて輝いていた。

一八八六年　一月上旬　パリ　二区　モンマルトル大通り

狭くない店舗の壁を埋め尽くして、数え切れないほどの油彩画がみっちりと隙間なく掛けられている。

それらの多くは、裸体の女神像《ミューズ》、もしくは裸体の神々の群像である。やや暗く、深い奥ゆきのある背景の中に燦然《さんぜん》と浮かび上がる、まぶしいほど白い裸体。かたちよくふくらんだ乳房、きゅっとくびれた腰、なめらかな肌。女神たちの体は、すみずみまで明るく光がゆき届き、ただひとつの傷も一点のしみも描かれていない。当然、性器など存在しないかのように、その部分から消し去られている。

薔薇色の頬は夕暮れの空のように照り映え、みずみずしい瞳は星を宿したようにきらめいている。いたずらなキューピッドが舞い降りて、女神のつややかな唇にそっと接吻する。女神は驚いて、しかし陶然と、可憐なくちづけを受けている。

ほかの絵では、魔物と闘う勇敢なアポロンが描かれている。盛り上がった筋肉に、鈍く輝く甲冑《かっちゅう》を着け、剣を勇ましく振りかざす。

またほかの絵では、うっすらと蒸気にけむるヴェネチアの港をいままさに出る帆船、その舳先にはポセイドンが猛々《たけだけ》しく立ち、はるか彼方の理想郷を指差して、出航の時を告げている。

それらの絵の前に、ひとり、佇んでいる男の姿があった。

濃灰のウールの三つ揃い、固く糊を利かせたスタンドカラーのシャツ、首元にきつく結ばれた黒い織り模様のタイ。すらりと細身の体型に、仕立てのいいスーツがよく映えている。すっきりと撫でつけた赤毛の髪、鳶色《とびいろ》の瞳。両腕を組んで、壁いちめんにぎっしりと並んだ絵を、端から端まで、ぐるりと見回して、大きなため息をついた。

——ふん。……絵空事の絵。

ここにあるのは、絵空事を描いた、どうしようもなく陳腐で、退屈で、くそくらえな絵ばっかりだ。

こんなつまらない絵を展示して、毎日毎日売りさばかなくちゃならないなんて……。

男は、仰々しい金色のフレームに収められたヴィーナスを、力ないまなざしで見上げた。

それから、いかにも落ち着かない様子で、きれいに刈り込んだ口ひげに手を当てながら、よく磨いた革靴の先を板張りの床にせわしなく打ちつけた。

ここは、「グーピル商会」モンマルトル大通り支店の店内。

パリを中心に、オランダのハーグ、ベルギーのブリュッセル、ロンドン、ニューヨークにまでも支店を出し、世界的な大成功を収めている、当代きっての人気画廊である。

男は、モンマルトル大通り支店の支配人であった。名前を、テオドルス・ファン・ゴッホと言う。

五年まえ、二十四歳の若さでこの店の支配人の座を得てから、真面目に、ときに大胆に、絵を売りさばいてきた。

第三共和政下のパリは空前の好景気に沸いていた。ヨーロッパ全土に鉄道網が広がり始め、人とカネとモノとがパリを目指して集まってきていた。ヨーロッパばかりではない。やはり好景気に沸くアメリカからも、花の都・パリへと、裕福な人々が、芸術家を目指す若者たちが、次々に押し寄せてきていた。

パリに集まった資本はさまざまな投機に使われ、富める者はさらに豊かになっていった。人々は都市文化を謳歌《おうか》し、浮かれ、消費して市場を肥やした。

パリほど華やかな街は、おそらく世界じゅう見渡したところでほかにはないだろう。

——まるで、大金持ちのパトロンにドレスや宝石を買い与えられる高級娼婦《クルティザンヌ》のようだ。

オランダ人のテオは、狂ったように人々が消費に走るこの街に、自分もまたひとかたならぬ執着を感じつつも、一方で、どこか冷めたまなざしで傍観しているようなところがあった。

かつてはパリに憧れ、恋い焦がれて、どうしてもこの街で仕事がしたくて、何もかもうっちゃってやって来たのに。

すっかり慣れ親しんだいまとなっては、どんな人間でも——異邦人であれ異教徒であれ——いともあっさり受け入れてしまうこの街の寛容さが、かえってつまらなく思えたりもする。

自分だけは特別だと——だからこそ、この街に受け入れられたんだと、優越感に浸っていられたのは、悲しいほど短期間だった。

別に、自分は特別だったわけじゃない。商才があったわけでもないし、秀でた能力があったわけでもない。ただ、偶然に——十九世紀もあと十何年かで終わろうとしているこの時期に、運よくパリに居合わせたに過ぎないのだ。

仕事がうまくいき、会社の信用も得て、外国人の身であるにもかかわらず、大手画廊の支配人の立場で、この花の都の中心に躍り出たような気がしていた時期もあった。金持ちの相手をそつなくこなし、普遍的価値に裏打ちされたフランス芸術アカデミーの画家たちの絵を売りさばいて、いい気になっていたのだ。自分もまた、パリの社交界に出入りする名士にでもなったように。

実際は、社交界に出入りしている名士のお相手を務めるだけで、自分自身がえらくなったわけでもなんでもない。

確かに、それなりの給金は手にしている。同年代の仲間にくらべても、決して悪くない。いや、むしろいい。

けれど、一ヶ月分の給金をもってしても、この壁に掛けてあるいちばん有名な画家の絵――そう、あの権威主義者、ジャン＝レオン・ジェロームの絵の一枚すら、買えやしないじゃないか。

テオは、いまいましげな目で、もう一度、壁いちめんに掛かっている絵を眺めた。その中央にある大型のカンヴァス、透き通ったなめらかな肌の女神の立像は、フランス芸術アカデミーの権威、ジェロームの筆で描かれたものだった。

――それにしても。

まいったな……今朝方、ブーグローの新作が到着したばかりだってのに。この壁ときたら、どうだい、蜘蛛一匹ですらぶら下がれない混雑ぶりじゃないか。

あまり隙間なく絵を掛けては、かえって絵のよさが引き立ちませんよ。このまえ、思い切って社長に忠告したのに。……客にしてみれば選択肢が多いほうがいいに決まっているじゃないか、とか言って、まったく取りつく島もなかったもんだ。

それでまた、新着の作品が掛けられていなければ、あれはどうした、なんで倉庫に入れたまんまなんだ、とかなんとか、文句たらたらになるんだろう。

まったく、どうすりゃあいいんだ。

ドアをノックする音がした。「入れ」と応えると、生真面目にきっちりとスーツを着込んだ社員のピエールが足早に入ってきた。

「マダム・シャッソーがご到着です」

「通してくれ」と言って、テオは、襟もとのタイをきゅっと締め直した。

ややあって、ボルドーのタフタとベルベットのドレスに身を包んだ婦人が現れた。テオは満面に笑みをたたえながら、こつこつとリズミカルに靴音を響かせて彼女に近づくと、優雅に差し出された子羊革《アニョー》の手袋の手を取り、甲に接吻した。

「ようこそ、マダム。お待ちしておりました」

うやうやしいあいさつに、シャッソー夫人は満足げに目を細めた。傍らのお付きの女性に何かささやいて帰らせてから、壁を埋め尽くした絵画を見渡して、

「それであなたのお薦めの絵はどれなのかしら、テオドール？」

そう尋ねた。フランス人はテオの名前をオランダふうに「テオドルス」などとは決して呼ばない。

「先月、私たちがシャンティにある古城を買ったことは、あなたもご存じよね？　応接間と

客室と食堂に飾るものを、できるだけ早く買いたいのです。ほんとうは主人と一緒に選びにきたかったのだけど、まったく、あの人ったら忙しいのなんのって……グーピルに任せておけば間違いないんだから、ひとりで行ってテオドールに相談してこい、だなんて。ねえ、ひどいと思いませんこと？」

そして、上目遣いにテオを見た。テオは、口もとに微笑を寄せて、

「ご主人さまにご信用いただき、光栄です」

慇懃《いんぎん》に述べて、胸に手を当てた。

シャッソー夫人の夫は貿易業で富を成し、パリ市内に百貨店を営んでいる実業家であった。自宅を飾る絵を買うのは、もっぱら夫人の役割である。

そう——夫の稼いだ金で好きなように絵を買い求めるご婦人方の相手をするには、すらりと長身で優雅な出で立ちの、どことなく色気も漂わせている若い支配人がふさわしいというものだ。

目下、パリには、シャッソーのような新興の富裕層があまた存在する。そして彼らの多くは、セーヌ県知事、ジョルジュ・オスマンのパリ大改造によって造られた瀟洒なアパルトマンに住み、地方に夏の家を所有して、応接間や、書斎や、寝室や、食堂や、そのほかありとあらゆる家の中の壁をフランス芸術アカデミー所属の人気画家の絵で飾りたがっている。彼

らこそ、「グーピル商会」を潤してくれる顧客なのである。

「グーピル商会」の顧客は、壁に余白があるのは貧しい証拠だといわんばかりに、とにかく絵でいっぱいに埋めたがる。が、絵ならなんでもいい、というわけではない。「権威」と「名」のある画家に限る。応接間に招き入れた客が、おおすばらしい、この作品は誰それのものですね、と感嘆し、あなたの審美眼にはおそれいりました、と賛美を送るような、きわめつきの画家でなければならない。――そういう画家の作品を求めるなら、「グーピル商会」がふさわしい。なにしろ、あの画廊の創業者、アドルフ・グーピルの娘婿は、天下のジャン＝レオン・ジェロームなのだから。

そうとも。グーピルで絵を買えば、間違いないんだ――。

「シャッソー家の新しい別荘にふさわしい作品が、ちょうど今朝ほど到着したところです」

倉庫で荷解きを終えたばかりで、さてどこに飾ればいいんだと思案していたブーグローの作品を思い浮かべながら、テオが言った。

――ちょうどいい。名画がなんたるか微塵もわかりはしない成金のマダムに、飾るまでもなく売りつけてしまえ。

「まあ、ほんとう？　どこに飾ってあるの？」

壁いちめんの絵を見渡して、夫人が尋ねた。テオは、膨らませた腰にかけてぴたりと這わ

せたドレスの背中に、そっと手を添えて、

「まずはあなたにご覧に入れるために、まだ壁に掛けていないのです。さあ、こちらへ。すばらしい作品ですよ。間違いなく、あなた好みの……」

そして、奥の応接室へと夫人を誘い、ブーグローの作品を見せた。

海に浮かぶ貝の舟、その中央に立つ裸身の女神。つややかな白い肌、風に揺れる金色の髪。女神の周囲を飛び回る、桃のような尻を持った愛らしいキューピッドたち。

「まあ……なんてすばらしいの。ため息が出そうだわ」

筆触の跡がまったくない、きめ細かに塗り上げられたカンヴァスをつくづく眺めて、シャッソー夫人は、実際、ため息をついた。

テオのほうも、小さくため息をついた。こちらは、夫人に気づかれないように、こっそりと。

「お気に召しましたか、マダム？」

「ええ、もちろん。これ、いただくわ。ほかにはないの？　同じ画家のものは」

苦い笑みが込み上げてくるのをテオは感じていた。まったく、このマダムは、「お気に召した」画家の名前すら訊きはしないのだ。

結局、シャッソー夫人は、ブーグローの作品を三点、ジェロームの作品を一点、パスカル・ダニャン＝ブーヴレの小品を二点、購入した。

テオが請求書を準備しているあいだ、シャッソー夫人は、応接の長椅子にゆったりと腰掛け、画廊の使用人が運んできた熱いチョコレート《ショコラ・ショー》を味わっていた。花のかたちを模したデミタスカップをソーサーにかちゃりと戻すと、「ときに、テオドール。あなたは……」と、おもむろに語りかけた。

「……『印象派《アンプレッショニスト》』とか呼ばれている画家たちのことを、どう思って？」

細かな彫りの入った華奢《きゃしゃ》な作りの銀のペンを走らせていた手をふと止めて、テオは顔を上げた。

「これはまた……新興の画家一派が、あなたのお目に留まったとは。意外ですね」

「あら」と夫人は、ちょっと不満そうな声を出した。

「あたくし、流行には敏感なのよ。おかしな画家たちが世の中を騒がせていることくらい、承知していますわ」

「存じ上げております。あなたが人一倍芸術に関心をお持ちであることは。……しかしながら、印象派にご興味を寄せておられるとは、いま知りました」

「まあ、それは誤解よ」と、夫人はいっそう不満げな声で返した。

「あたくし、印象派を知ってはいても、別に興味を持っているわけじゃないわ。あんなぼさぼさに毛羽立ったような色の絵……どこが真ん中かわからないような構図も、見ていて居心地が悪いじゃないの」

「展覧会を見にいかれたことがあるのですか？」

テオはペンを動かしながら訊いた。

「もっとも、『印象派』展は、ここ数年、開催されていませんが……」

「行くわけないじゃないの、あんな……」

少し語気を強めて、夫人が返した。

「……あんなおぞましい絵を見るために、わざわざ展覧会に行くほど、あたくしひまじゃなくってよ」

「これは失礼いたしました。……おっしゃる通りです、マダム。おぞましいです、印象派など」

さらりと言って、テオはペンを置いた。

「そう？　じゃあ、やっぱりあなたも、あたくしと同意見なのね？」

「グーピル商会」のエンブレム入りの便箋をきっちりと畳み、白い封筒に入れると、テオは立ち上がった。そして、夫人に向かって、にっこり笑いかけた。

「もちろんですよ、マダム。印象派……あんなものは、芸術の範疇《はんちゅう》には入りません」

そして、革の手袋をはめた手に、請求書入り封筒を軽く握らせた。

一八七八年五月一日。二十一歳の誕生日を、テオはパリで迎えた。

五月のパリは比するものなく美しいと、パリ通のセント伯父に聞かされたことがあるが、まさしくその通りだった。

凱旋門からまっすぐに延びた大通り《ブールヴァール》には、マロニエの街路樹が緑陰を作り、うっすらと緋色がかった綿毛のような花をほころばせている。

人々の服装は軽やかに明るく、特に女性たちの装いは初夏の到来を告げていた。白いレースがあしらわれたドレス、腰を膨らませたスカート、涼しげなシフォン。カフェのテラス席に座って、道行く人々を眺めているだけでも、気分がはつらつとしてくる。

いま、パリにいる。自分は、確かに、憧れの花の都にいるんだ——と思うと、世界の中心に陣取ったような、不思議な優越感が胸に湧き上がる。

街なかを無目的に歩くだけでも高揚するのだ。ましてや、評判の万博会場にいるテオは、どれほど喜ばしく、また、その場にいることを自慢に思ったことだろう。

テオの二十一歳の誕生日。その日、パリで万国博覧会が開幕した。

一八五五年に初めて開催されて以来、これで三回目のパリ万博であった。回を重ねるにつれ評判が高まり、万博見物のために人々は大挙してパリを目指した。

第一回の万博は、ナポレオン三世の統治下、その四年まえにロンドンで開催された万博を凌駕《りょうが》すべく、国の威信をかけて準備され、大々的に行われた。セーヌ左岸にあるシャン・ド・マルス公園を会場とし、世界三十七カ国の参加を得て、結果的に五百万人以上を動員した。世界各国の自慢の産業、名品珍品が集められ、人々はその目新しさに夢中になり、熱狂した。

この成功に気をよくしたフランスは、一八六七年にもパリ万博を開催、さらなる成果を収めた。

その後、普仏戦争、パリ・コミューンなど、フランスは困難な時期を迎えるが、それらを乗り越えて、パリは不死鳥のように蘇った。

三回目の万博は、決して沈まずに復興を果たしたパリを世界に印象づけるためにも、ナポレオンなきあとに第三共和政となったフランス政府が、なんとしても成功させたいと、総力を挙げて準備した一大祭典であった。

セーヌ川をはさんで、左岸のシャン・ド・マルスには各国の——当然、普仏戦争の因縁によりドイツは招待されなかった——パヴィリオンが居並び、右岸のトロカデロ庭園を囲むようにして、壮麗なシャイヨー宮が建設された。

ほぼ十年おきに開催されてきたパリ万博では、めざましい発展を遂げる科学技術と最先端の産業の成果物が、また遠い異国の珍しい工芸品や文物がところ狭しと展示され、まるで世界の国々がパリに集まってきたかのごとき様相であった。

そう――万博を見る限り、まさしく、パリは世界の中心だったのである。

その世界の中心に自分がいることを、二十一歳になったばかりのテオは、信じられない思いでいた。

つい最近まで、失意のどん底に沈み込んでいた自分。――仕事も、人生も、人間関係も、すべてが投げやりになって、もうどうなってもいいと自暴自棄になっていたのに。

パリへやって来て、仕事で万博にかかわることになって――それとは別に「新しい表現」を「新興の芸術一派」に見出して、どうしようもなく心を震わせている。

信じられない展開だった。しかし、幸運にも、これは現実のことなのだ。

テオは、オランダ人の牧師である父、テオドルス（通称ドルス）・ファン・ゴッホと、同じくオランダ人の母アンナのもとに、一八五七年、生を享けた。故郷はベルギーとの国境にほど近いオランダ南部、北ブラバント州ズンデルト村である。

テオは、六人きょうだいの三番目であった。皆、仲のいいきょうだいであったが、特に四歳上の兄、フィンセントは、悲しみも喜びもすべてを分かち合える親友同士のような存在だった。いや、親友というよりは、むしろ——互いを自分の半身であると感じる双子のような不思議な結びつきが、ふたりのあいだにはあった。兄と自分は分かち難い関係なのだ——と、二十歳になる頃には、すでにテオは自覚していた。

ファン・ゴッホ家は、代々牧師または画商を生業《なりわい》にし、成功を収めてきた。テオの曽祖父と祖父は牧師として一生を過ごし、父方の三人の伯父は名のある画商だった。

父のドルスは大変真面目な神の僕《しもべ》であったが、経済的には恵まれなかった。結局、フィンセントとテオの兄弟は、成長したのち、伯父の七光りに頼ることになる。

父の兄であるセント伯父は、ハーグで画廊を経営しており、大変裕福だった。フィンセントが十六歳になった頃、セント伯父はこの画廊をパリでの業務提携者であった「グーピル商会」に売却し、フィンセントは「グーピル商会、旧ファン・ゴッホ社」のハーグ支店で働くことになった。

セント伯父には子供がおらず、そのため、甥や姪をそれはそれはかわいがった。テオたちの父が牧師の給金だけではとても大家族を養いきれずにいるのを、決して黙って見ているような真似はしなかった。

テオとフィンセントは、セント伯父が自分たち家族に対して惜しみなく与えてくれる経済的援助に、なんとなく違和感を覚えていた。伯父が援助してくれればくれるほど、父のふがいなさが際立ってしまう。「伯父さんが色々してくれることを、ほんとにこれでいいのかなって、僕はいつも思ってるんだ」と、兄が複雑な表情で言うのに、テオは激しく同感した。

しかし、結果的に、フィンセントはセント伯父が敷いたレールの上を進むことになった。

仲良しの兄がハーグへ行ってしまって、テオはずいぶんさびしい思いをした。夏になって、フィンセントが帰郷するのが待ちきれない思いだった。

ひさしぶりに会った兄は、大人びて、たくましくなった気がした。ひょろりと細身の弱々しい体つきだったテオにとって、フィンセントは、もはや親友や双子の片割れではなく、憧れと尊敬の対象となった。

休暇を終えて、再びハーグへと戻る兄との別れを惜しむテオの背中をやさしく叩いて、フィンセントは言った。

——どこにいたって君のことを忘れないよ、テオ。君は、僕のいちばんの友だちだ。

——フィンセントのようになりたい。

強くて、聡明で、仕事もできる大人になりたい。

テオは憧れを募らせた。フィンセント同様、オランダやフランスの絵画を見るのが何より好きで、美術に興味を抱いていたテオは、十六歳になったとき、セント伯父に導かれるままに「グーピル商会」のブリュッセル支店に勤務することとなった。兄と日常的に会うことはかなわなかったが、同じ道を歩んでいる、という思いが、テオの胸に誇りを灯していた。

テオは、画廊での仕事に天性を発揮した。機敏で気が利き、顧客の好みを理解し、上との連携も立ち回りもうまかった。「グーピル商会」の社長、アドルフ・グーピルがときどきやって来てはテオの働きぶりを見て、どうやら兄よりも弟のほうがずっと画商に向いていそうだと気がついたようだった。

ブリュッセル支店で十ヶ月ほど勤務したのち、テオは、ハーグ支店に栄転した。同時に、二十歳になったフィンセントは、ハーグ支店からロンドン支店へと異動になった。兄弟が同じ支店にいるのは徒党を組む可能性もあり、決してよいことではない、と上が判断したのだった。

ようやく兄と一緒に働けると思い込んでいただけに、テオは落胆した。しかし、ハーグとロンドンで連携する業務もさまざまにあったので、ふたりは頻繁に書類や手紙のやりとりをすることになった。

君がどんなに美術にのめり込んでいるかわかるよ――と、フィンセントは弟に手紙で告げた。――君がミレー、ジャック、シュレイヤー、ランビネ、フランス・ハルスなんかが好きだというのは、うれしいな。

テオは、仕事のときもそうでないときも、積極的に美術館に出向き、オランダやフランスの最先端の画家たちの作品をむさぼるようにして見た。

なぜそんなに美術に魅かれるのかわからない。けれど、いま見ておかなければ、いまみつけておかなければ——と、渇いた喉をうるおす水を求めるように、がむしゃらに絵画と向き合った。

不思議なことに、自分が絵を描こうとは思わない。ただ、自分は絵を見るのがたまらなく好きで、自分が好きな絵を探し出すのはもっと好きなのだ。そして、これはすごい、という画家を見出したとき——まるで神の声を聞いてしまったかのように、魂が震えるのだった。

——きっと、フィンセントも同じなのだろうな。

兄と自分は同じ感性を持っているのだと、テオは信じて疑わなかった。そう、フィンセントと自分は、すぐれた画家を見出す目を持っている。いずれふたりともグーピルを離れ、一緒に画廊を経営する日がくるかもしれない——と。

いつの日か、自分たち兄弟は、きっと一緒に仕事をするに違いない。

しかし、テオの期待とは裏腹に、フィンセントは画商の道を逸脱していくこととなる。

もともと思慮深く信心深いフィンセントは、ロンドン駐在中に、恋に破れ、苦悩のどん底に落ちた。その様子を見かねたセント伯父のはからいで、パリ本店に転勤するも、激しい落ち込みが解消することはなく、結局、「グーピル商会」を退職することになる。フィンセント、二十三歳の春のことだった。

それに呼応するように、テオもまた、深刻な鬱《うつ》状態に陥ってしまう。初恋の人が突然他界し、神も美術も仕事も人生も、何もかも信じられなくなってしまったのだ。

この時期、フィンセントとテオの気持ちは、互いにそっぽを向いて、寒々しく離れていってしまった。

フィンセントは、ひたすら聖書を読み耽り、自分の心のよりどころは神の国以外にはない、と思うようになる。それでも、テオよりは幸せだったかもしれない。心のよりどころがあったのだから。

テオは、たったひとり、真っ暗な夜の海に放り投げられてしまったかのように、メランコリーの波間をあてどなく漂うほかはなかった。

そして、二十一歳になる直前に、テオは、パリへ行くことになった。

目をかけていた甥の行く末を心配するセント伯父のはからいで、「グーピル商会」パリ本店がパリ万博に出店する際、その担当に配属されたのだ。

仕事にも美術にも、すっかり興味を失ってしまったかのようなテオだったが、セント伯父は、環境を変えればきっともと通り働き始めるだろう、とにらんでいた。

悩み多き若者を立ち直らせるには、パリという名の特効薬が必要なのだ。——もっとも、そのとっておきの特効薬は、フィンセントには効かなかったのだが。

パリ万博のメイン・パヴィリオンであるフランス館には、フランスを代表するえり抜きの企業が集結し、出店していた。「グーピル商会」はその中のひとつで、フランス芸術アカデミーの画家たちの傑作を、これでもかとばかりにずらりと陳列していた。

世界中から集まる見物客に、フランスが誇る画家の作品を見せ、説明し、注文を受け、販売する。テオはその大役に抜擢された。

暗い海から突然引き上げられ、今度は光り輝く遊園地の真ん中へ放り込まれた、という感じだった。

もはやぐずぐずしているひまはない。世界中の人々が、パリを、万博を目がけて押し寄せてくる。そして「グーピル商会」へ、自分のもとへとやって来るのだ。

——受けて立つほかはない。

パリという名の特効薬、万博という魔法は、テオには大いに有効だった。

テオははりきって接客した。必死で説明した。懸命に作品を売った。気がつけば、夢中になっている自分がいた。テオが夢中になればなるほど、客も夢中になってテオの話を聞き、陳列してある絵画に見入った。

あるとき、大勢のお付きの者たちを従えて、シルクハットとフロックコートを身に着けた、いかにも居丈高な男が、万博の「グーピル商会」の展示所に立ち寄った。カイゼルひげをたくわえた男は、時のフランス大統領、パトリス・ド・マクマオンであった。

マクマオン大統領は、「グーピル商会」の展示所を任されていたテオに、ふいに質問をしてきた。

――これは、アカデミーの画家かね？

――はい、大統領。アレクサンドル・カバネルのものです。神話や歴史に題材を求めて、完璧な人物像と風景を描き出せる、まことに稀有《けう》な芸術家です。

――そっちは誰だね？　初めて見る画家だ。なんの変哲もない「波」の絵のようだが……。

――いいえ、大統領。おそらく、どこかでご覧になったはずです。ギュスターヴ・クールベという、社会主義レアリスムの画家です。おっしゃる通り、一見、なんの変哲もありません。しかし、極力無駄なオブジェを除外して、純粋に「波」そのものを描いたこの画家の意図は……。

テオは、ほとんど緊張することなく、はきはきと答えた。その瞬間、まさしく世界の視線がこの弱冠二十一歳の若者に集まった。大統領は、満足そうにうなずいて、その場を去った。

――すごいじゃないか、テオドール。堂々と大統領の相手をするなんて！　君は、グーピルの誇りだ！

テオの近くにいながらひと言も大統領と口をきけなかった上司が、テオの背中を勢いよく叩いた。

確かに、幸運が自分に向かって微笑みかけてくれたような気がした。

と同時に、大統領に対してすら、平然と「不本意な」説明をしてしまえる自分を空恐ろしく思う、もうひとりの自分がいた。

その頃、テオの興味を強く引きつける画家の一派があった。

それは、グーピルで扱っているアカデミーの画家たちとはまったく違う表現方法を見出した画家たちだった。世間では、落ちぶれた画家の吹きだまりのような一派だとか、見るのもおぞましい堕落した画家たちだとか、散々に言われていた。

しかし、グーピルの万博要員としてパリへやって来たテオは、彼らの絵の複製を見て、どうしようもなく胸騒ぎを覚えた。

複製画を見ただけで、これほどまでに動悸がするのだ。ほんものを見たら心臓が止まってしまうのではないか――と危ぶまれたほどだ。

それほどまでに、彼らの絵は、テオにとって「事件」に等しかった。

その画家の一派は、「印象派」と呼ばれていた。

きちんとデッサンもせず、構図も決めず、色彩の配置もよく練られていない。つまり、画家の「印象」だけで描かれた、劣悪な、絵とも呼べぬ、たんなる「印象」に過ぎないものなのだと。

――おぞましい絵。芸術の範疇にも入らぬもの。

しかし、テオは、この一派に魅かれていた。まるで、新しい恋に落ちてしまったかのように。

そして、兄・フィンセントが、やはりこの一派に関心を覚え、やがて絵を描くようになることを、二十一歳のテオは、まだ知らずにいた。

一八八六年　二月上旬　パリ　十区　オートヴィル通り

薄暗いアパルトマンの小部屋、壁に掛けてある古ぼけた水銀の鏡をのぞき込んで、加納重吉は、白いボウ・タイを懸命に首に結びつけていた。

まったく、このタイにはいつも手こずらされる。もう何度結んだかわかりはしないが、何度結んでも不細工な仕上がりになってしまう。

頭の中では、東京開成学校の先輩であり、在仏の先輩でもあり、いまや重吉の雇用主となった林忠正の声が響いている。

――いいか、シゲ。おれたち日本人は、このパリではどこへ行っても注目の的だ。注目される理由は、ふたつある。

ひとつは、もちろん、おれたちが東洋人だからだ。黒い髪、黄色い肌、低い鼻、短い足。おれたちの容姿は、何ひとつとっても、西洋人の目には滑稽に映ることだろう。だけど、髪を金色にできるわけじゃなし、肌を白く染められるわけでもない。どんな高下駄を履いたところで、足の短さはごまかせまい。

ならばいっそ、紋付袴で正装して、日本人でござい！　とばかりに強調したとて、かえって馬鹿にされるだけだ。

では、どうするべきか。——完璧に、優雅に、西洋紳士の格好を心がけることだ。

完璧に洋装を着こなせば、まずは見た目でフランス人と同列に立てる。ほんとうのところは、まったく同列なんかじゃないんだが、とにかく、同列に立ってやろうじゃないかという気概を見せることはできる。

その上で、完璧な発音のフランス語で、ご婦人方を喜ばせる気の利いた冗談のひとつでも口にするんだ。

となれば、ほう、なかなかやるじゃないかこの東洋人は、ってことになる。

そこまでやって、ようやく一歩近づけるんだよ、連中の立ち位置に。

というわけで、シゲ、パリにやって来たばかりのお前に期待したいのは、まずは完璧な西洋風の着こなしだ。

ボウ・タイ、ちゃんと結んでこい。このまえみたいに、ゆるみすぎていたり、歪んでいたんじゃ失格だ。凛々しく、気品を持って、かつ軽やかに、だ。しっかりやれよ。

「しょうがないじゃないですか、不器用なんだから」

目の前に忠正がいるかのように、重吉はぶつぶつとひとりごちた。

「……で、ふたつめはなんですか？　我々がパリで注目される理由、その二は……」

――注目される理由、その二。それは、いま、パリで巻き起こっている「ジャポニスム」旋風だ。

いま、パリのブルジョワジーたちは、競って日本の美術を買いあさっている。むろん、すべての金持ちがそうとは言えないが、虚栄心があって、好奇心が旺盛で、新しもの好きで、人を出し抜くことばかり考えている新興のブルジョワジーは、とにかく「いままでにはなかった何か」を探し求めているんだ。

そんな連中の目に留まったのが、日本美術というわけだ。

おれはパリに暮らして八年になるが、まさか日本美術がここまでの人気になるとは、想像もしなかった。

パリだけじゃない。ウィーンでも、ロンドンでも……ヨーロッパ各地で日本美術はたいそう人気がある。

だから、おれたちの店もうまくいっているし、わざわざお前を日本から呼び寄せることもできたんだ。

パリで大人気の日本美術。良質な日本美術を扱っている「若井・林商会」。社長であるおれと、最近日本から到着したばかりの専務であるお前。西洋風の紳士服を、完璧に着こなす日本人ふたり。

——どうだ？　注目されないはずはないだろう？

コツン、と窓に固いものが当たった音がした。夢中で鏡をのぞき込んでいた重吉は、はっとして窓のほうを振り向いた。

窓辺に歩み寄って、ガラス戸を押し開ける。重吉の部屋はバルコニーのついていない四階だった。身を乗り出して下を見ると、幌付きの馬車が停まっており、歩道にケープ・コートを着込んだ日本人の男が立って、こちらを見上げている。

「——林さん！」

大声で呼びかけると、忠正は、大きく振りかぶって、勢いよく何かを投げつけた。「あいたっ」と声を出して、重吉は額を押さえた。ころころと音を立てて、クルミがひと粒、ヘリンボーンの木の床を転がっていった。

「早く下りてこい《デ　ツ　サ　ン　デ》！」

忠正が叫んだ。

「ウイ！」とひと言、返して、タイを結ぶのもそこそこに、シルクハットを被り、ステッキをつかんで、重吉は部屋の外へ飛び出した。

四階から一階まで、螺旋《らせん》階段を一気に駆け下りる。毎度のことだが、アパルトマンの階段を上り下りするたびに、ぐるぐる、ぐるぐる、目が回って、いったいいま何階にいるのかもわからなくなってしまう。「若井・林商会」も、大きな建物の一階から四階までを占めているのだが、あちらは大きな造りなので、階段も広々として、目が回ることはない。もっとも、会社の中を行き来して、いちいち目を回していたら仕事にならないのだが。

「お待たせしてしまって、申し訳ありません」

馬車の前に佇んでいた忠正に向かって、重吉はていねいに頭を下げた。忠正は、むすっとした表情で言った。

「詫びは受け入れる。が、頭は下げるな」

そして、さっさと馬車に乗り込んだ。重吉は、きょとんとしたが、すぐに忠正の後に続いて乗り込んだ。

御者がピシリと鞭を打つ音が響いて、馬車が動き出した。ゆらゆらと揺られながら、忠正が言った。

「……日本人は何かといえばひょこひょこ頭を下げる。頭がバネで動く人形みたいだと、こっちに来た初めの頃、言われたものだ」

忠正と同じ調子で体を揺らしながら、はあ、と重吉は気の抜けた相槌を打った。

忠正は、諭すような口調で後輩に言った。

「シゲ。こっちでは、なにごとも西洋式でいかねばならん。頭を下げるのは、顧客が百フラン以上の買い物をしてくれたときだけにしろ。それ以外は、たとえおれがお前の雇い主だとて、辞儀は無用だ」

重吉が目を瞬かせて、

「じゃあ、今日のようにご招待を受けたら……その、お屋敷の主には、どのようにあいさつしたらよいのでしょうか」

と訊くと、

「お屋敷の主ではない。サロンのマダムだ」

すかさず正された。はあ、とまた重吉は、いかにも要領を得ない声を出した。

忠正は、「いいか、シゲ。心得ておけ」と前置きしてから、まだパリに到着して日が浅い後輩に、嚙んで含めるように語って聞かせた。

「このパリでは、真の文化の庇護者《パトロン》はご婦人方だ。日本においては、婦人は表には出ず、ひたすら陰で夫を支える、それこそが美徳とされているが、そんなものはパリでは通用しない。夫は事業で富を築き、奥方がそれを消費する。ドレスや、靴や、帽子や、日傘。子供にも上等な服を着せ、かわいい子犬を飼って、色とりどりの菓子を食べて……」

この国の裕福なご婦人方は、頭のてっぺんから足のつま先まで着飾って、買い物やら観劇やらに出かける。家の中の調度品を充実させ、壁という壁すべてに絵を飾り、玄関には彫刻を置いて、それを自慢するために客人を招く。ひとり招くよりは、大勢をいっぺんに招いたほうが、噂になって広がるので、大きな宴会《バンケ》を催すのだ。

この宴会では、専属の料理人に料理を作らせ、ぶどう酒でもてなす。人気のピアノ弾きや歌い手や楽団も呼んで、にぎやかな宴《うたげ》になる。これが「サロン」と呼ばれる宴会である。

紳士淑女は、ここぞとばかりに着飾って、サロンへと出かけていく。サロンは、ただの飲み食いの場ではない。社交の場であり、商談の場でもあるのだ。

サロンを開くほうは当然だが、招かれたほうも、ただぼうっとして参加するのでは意味がない。紳士たちは気品あふれる身なりを、ご婦人方は最新の衣装を身に着けるのはあたりまえのことで、気の利いた会話のひとつも披露しなければ、恋の駆け引きはできないし、ましてや商談なんぞできるはずがない。

そのために、人々は、街なかに出かけていって、流行のドレスを買い、演奏会に参加し、芝居や展覧会を見る。このパリで何が話題になっているか、必死に探すのだ。

そうとなれば、いま、流行の先端に位置している、「日本美術」を手にしない理由はあるまい。

「流行の最先端である日本美術を扱っている日本人画商。それがおれたちの立ち位置だ。だから、おれたちは、彼らに対してむやみに頭を下げる必要はない。毅然としていればいいのだ」

忠正は、少しあごを上げて前を向いた。重吉は、じゅうぶん納得した、という様子でうなずくと、

「それでは、サロンのマダムへのあいさつは、直立不動で『ボンソワール、マダム』と申し上げればいいのですね」

忠正は、ぷっと噴き出した。それから、くっくっと笑い声を立てた。

「まったく、お前は生真面目だな……いや、それも日本人の美徳か……」

つぶやきながら、しばらく笑いが止まらないようだった。

重吉は、忠正に笑われて少々癪《しゃく》に障ったが、初めて「マダムのサロン」へ招待された緊張が、すっかりやわらいでいるのに気がついた。

林忠正が初めてパリへ渡航したのは、一八七八年（明治十一年）のことである。

当時、忠正は二十六歳で、もう半年待てば東京開成学校を卒業できる、という時期だった。

校長の濱尾新《はまおあらた》には渡仏を思いとどまるように言われた。君が帰国するまで学校のほうは待ってやれない、いま渡仏すれば退学になってしまう、それはあまりにも不利だからやめておけ、と。

しかし忠正はこれを聞き入れず、卒業よりもすぐに渡仏することを選んだ。

忠正より三年下で、同じ諸芸科にいた重吉は、英語を学ぶ者が趨勢《すうせい》を誇る開成学校にあって、脇目も振らずにひたすらフランス語を学ぶ先輩として、忠正を慕っていた。忠正のほうでも、「フランス語ひとすじの偏屈者」として、重吉を何かとかわいがった。

ふたりは、競うようにしてフランス語の書物を読み、フランス語で感想を書いて交換したり、フランス人教師の家にしょっちゅう押しかけてはフランス語で質問攻めにしたり、とにかく熱心に勉強した。

重吉から見た忠正は、語学が得意の秀才、というだけではなかった。やると決めたことは絶対にやり抜く気概と、物事を俯瞰《ふかん》する冷静さ、「動」と「静」を併せ持った人物であった。

確かにフランス語を得意とするところは尋常ではないほどだったが、忠正は、たとえ語学に秀でていたとしても、ただ辞書を読み込んで語彙を増やすばかりでは意味がない、と常々言っていた。

——語学は使ってこそ意味があるんだ。外国語の本が読めるようになったところで、実際に使わなければ一語も知らぬも同然だ。

おれは生きたフランス語を使いたい。フランスに、パリに行って、周りが全部フランス人という中で、おれの言葉が通じるか、試してみたい。

忠正は本気だった。重吉は、忠正に同感しつつも、もしも周りが全部フランス人という中に放り込まれたら、自分ならばどうするだろう、と想像してみた。

金髪碧眼、洋装の外国人の中で、右も左もわからずに、袴姿であたふたする自分。米も梅干しも日本酒もなく、下駄も畳も風呂もなくて、戸惑う自分——が、見えた。

自分も、もちろん海外留学を狙っているし、パリに行きたいという気持ちはほんものだ。けれど、心のどこかで、しょせん夢物語だ、と思っているふしがある。

しかし、忠正はどうだろう。本気でパリに行く、そのためにならどんなことでもする——というひたむきさがある。

きっといつか、林さんはパリへ行くだろう。そうしたら、自分も、林さんを追いかけてパリへ行きたいものだ。

いや、絶対に行こう。

重吉は、心密かにそう誓っていた。

ある日の夕方、ちょっと付き合えと忠正に誘われた。いきつけの日本橋の茶屋の座敷に腰を落ち着けるやいなや、忠正は言った。

——おれはパリへ行くぞ。

それはいつも忠正が念仏を唱えるように繰り返していたひと言だったが、その日の忠正は目が違った。ほとばしるような喜びと興奮で、異様な輝きを宿していた。

——来年の五月、パリで世界万国博覧会が開催される。日本政府主導で、民間の会社が数社、そこに出展すると決めたらしい。

となれば、フランス語の通訳を探しているに違いない。おれは、知り合いのつてでこの民間会社の人物に直談判した。自分ならば完璧な通訳をいたします、ってな。

忠正が自分を売り込みにいった先は、「起立工商会社」という民間企業で、開国まもない日本の貿易を盛んにするために政府が資金援助をして作られた国策会社だった。

当時、日本は欧米からの圧力もあって、さまざまな物品を輸入していた。しかし、さしたる産業もまだ発達していなかったから、日本から輸出できるものは限りがあった。茶、和紙、いくつかの農産物、それに美術工芸品などの雑貨類。これらのわずかな物品が、日本から海外に向けて売り出すことのできるものだった。

「起立工商会社」は美術工芸品と雑貨のたぐいを扱っていたが、そこそこに商いがうまくいき、まずはニューヨーク支店、続いてパリ支店を開いた。万博は、各国がそれぞれの産業や物産を紹介する見本市であり、パリのような大都市で開催すれば、おのずと世界中から人々が集まり、大きな宣伝となる。「起立工商会社」も、この機会に日本の優れた美術工芸品を紹介して、さらなる販路を見出そう、という計画だった。

同社の副社長である若井兼三郎《かねさぶろう》は、パリへ一緒に連れていってほしいと、自分のところを訪ねてきた林忠正という若者のただならぬ熱意に心を動かされた。

何があってもパリへ行きたい、ぜひお供させてください、お役に立ってみせます、といきまく忠正に、そんなにフランス語が得意なら、いますぐにここにある壺をフランス語でおれに売り込んでみろ、と若井は言った。そして手もとにあった伊万里焼の壺を差し出した。

忠正は、フランス語は得意でも、焼き物に関する知識はからきし持っていなかった。しかし、度胸が戸惑いを押し切った。

――この壺は古来、日本に伝わるもので、大変珍重され、古くは皇帝に謹呈されたほど価値の高い壺であります。これほど美しく珍しいものが海を渡ってパリに伝えられるとは、先祖が知ったらさぞや驚くことでしょう。そもそも日本の陶器というのは比類ない芸術品であり……と立板に水で説明をすると、若井はすっかり忠正を気に入った。

――フランス語がどれほどうまいか、正直おれにはわからぬ。しかし、かの地で西洋人と渡り合うには、その度胸こそが必要だ。

そんなことがあって、忠正は、ついにパリに行くことになったのだった。

先輩の度胸と実行力、そして運の強さに、重吉は驚きのあまり言葉も出なかった。

得意満面の忠正を、しばらくぽかんとみつめていたが、ようやく我に返って重吉は尋ねた。

——い、いつ……いつ、ですか。いつ、パリへ……？

——来年一月だ。万博は来年五月からだから、そのまえに行って準備をするんだ。

——え、じゃあ、学校のほうは……？

——むろん、退学する。実はもう校長に退学届を提出した。あと半年で卒業なのにもったいない、と言われたが、卒業を待っていたらフランス行きはなくなる。おれにとっては、卒業よりも渡仏のほうが重要なんだ。

熱燗の盃をくいっとあおって、忠正はさばさばと言った。重吉は、またあっけにとられてしまった。

生徒たちは、日本随一の学《まな》び舎《や》である開成学校を卒業することで、親を喜ばせ故郷に錦を飾ろうとやっきになっているのに、そんなことは忠正の眼中にはまったくない。この人は大きい人物だ、と重吉はあらためて感服した。

しかしながら、よくよく聞くと、「起立工商会社」における忠正の立場は、パリ万博の最中の通訳ということで、会期中に限られた臨時雇いであった。

当然ながらパリに知り合いがいるわけでもなく、収入のあてがあるわけでもない。せっかく行っても、半年かそこらの万博が終わってしまえば、また日本に帰らなければならなくなるだろう。学校を退学した身分では、帰国後の身の処し方も難しくなる。

そういったあれこれを考えると、重吉はにわかに忠正の向こう見ずさが心配になってきた。が、当の本人は、なあに大丈夫さ、とあくまでも飄々《ひょうひょう》としている。

——パリへ行ったとて、確かにおれにはなんのあてもない。しかし、行ってしまえばこっちのものだ。きっとどうにかなるさ。

そして、後輩の戸惑い顔に向かって、はつらつとして言った。

——パリに来いよ、シゲ。

お前もパリで難なく働けるように、おれが道を作ってやる。全部整えてやるから、そうしたら、きっとパリに来い。

いいな？　約束だぞ。

向こう見ずな先輩の決断に、半ば戸惑い、半ばあきれていた重吉は、忠正の強引で一方的な約束に、思わず頰をゆるめた。

——そうなのだ。

林さんとは、こういう人なのだ。

決断が早くて、向こう見ずで、勢いがよくて……走り始めてしまったら、もう誰も止められない。

けれど、信念を持ってひとたび口にしたことは、必ず、まっすぐに実現する。

それこそが、林忠正なのだ。


ブローニュの森近くにあるモンテ・ド・ペレル伯爵の屋敷に、忠正と重吉を乗せた車《キャリッジ》が到着した。

白亜の屋敷の玄関先には次々に馬車が到来していた。忠正に続いて車《キャリッジ》を降りた重吉は、玄関ホールに入った瞬間、「うわあ……」と声を出した。

天井から吊り下がって輝きを集めるシャンデリア、つややかな大理石の螺旋階段、濃紺のビロードに植物文様が配された壁。こんもりと毛足の長い赤い絨毯《じゅうたん》、その上を優雅に行き来する紳士淑女たち。

出迎えた使用人に、ケープ・コートとシルクハット、ステッキを預けると、ふたりは屋敷の奥へと進んでいった。

きょろきょろと頭《こうべ》を巡らす重吉の肩をつついて、「落ち着けよ」と忠正が小声で言った。

「田舎者でござい、って顔に書いてあるぞ」

重吉は、思わず両手で顔をごしごしこすった。その様子を見て、忠正は笑いを頰でどうにか止めた。

「やあ、アヤシ、ごきげんよう」

「H」を発音しないフランスふうの呼び方で背後から声をかけられ、忠正と重吉は振り向いた。

そこには、華奢な体に燕尾服を被せた、目つきの鋭い男性が立っていた。

「やあ、フレデリック、ごきげんよう」

すかさず忠正が応えた。ふたりは握手して、しばらくあいさつ代わりにフランス語で会話を交わしていた。会話に入っていくタイミングをはかれずに、重吉はふたりから少し離れたところでカクテルを飲みながら手持ち無沙汰にしていた。ややあって、忠正が目配せをしたので、重吉は緊張の面持ちで近寄っていった。

「紹介しましょう。我が『若井・林商会』の新任専務、シゲ・カノウです。シゲ、こちらはムッシュウ・フレデリック・ノルデール。パリでいちばん有名な東洋美術商だ」

重吉は小さく咳払いしてから、「初めまして、カノウです。お目にかかれて光栄です」と、うっかり手袋を握ったままの右手を差し出して、あわてて左手に持ち替え、もう一度差し出した。

ノルデールはにやりと不敵な笑みを口もとに浮かべ、重吉の右手を握った。

「パリは初めてで？」

ノルデールの問いに、「はい。まだ着いてひと月ほどです」と重吉は返した。

「そうですか、ようこそパリへ。この街は、寛容な街ですよ。あなたの社長やあなたのような異邦人も、黙って受け入れてくれる。……私もそうでした」

どことなく皮肉っぽい物言いだったが、ノルデール自身、ドイツ人なのだという。「F・ノルデール商会」という画廊を営んでおり、忠正の紹介にあった通り、主に東洋美術を扱って、パリの日本美術愛好家《ジャポニザン》のあいだでは知らぬ者はいないほど有名な存在だった。

いってみれば自分の競争相手であるはずのノルデールと、忠正はごく親しげに会話を交わしている。敵の懐《ふところ》に入り込むというのも西洋ふうの商売法なのだろうかと、まだ勝手のわからない重吉は、やはり会話に入っていけずに戸惑うばかりであった。

重吉と一緒に来ていることなど忘れたかのように、忠正はノルデールと何か話し込んでいる。重吉はあきらめて、邸宅の中を巡ってみることにした。

実にさまざまな人々が集まっていた。羽根飾りのついた帽子、腰高のドレス、サテンのリボン、優雅にうごめく扇。あたりに漂う薔薇の芳香、クープ・グラスの中で湧き上がる発泡酒《シャンパーニュ》の泡。見事な調度品の数々、そして壁に掛かっている幾多の絵。

調度品の中には、日本ふうの衝立や中国ふうの椅子などもさりげなく配置されていた。重吉は、そのひとつの近くへ歩み寄った。

——ほう、これは見事な衝立だ。……孔雀と象か。面白い意匠だな。画家は誰だろう？

美術商「若井・林商会」の新任専務となってパリへやって来た重吉だったが、実は日本の美術にさほど精通しているわけではなかった。

だから、日本に一時帰国していた忠正から「パリへ来い」と正式に誘われたとき、美術に明るくない自分がお役に立てるかどうか、とまずは遠慮してみた。たちまち雷が落ちた。

——そんなふうだからお前はいつまで経っても日本から外に出られないんじゃないか！「井の中の蛙」のままで一生を終える気なのか!?

「失礼ですが、ムッシュウ……あなたは、日本人ですか？」

衝立に見入っていると、また背後から声をかけられた。振り向くと、きちんとボウ・タイを襟もとに結び、すらりと燕尾服を着こなした、赤毛の若者が立っていた。

「はい、そうです。シゲ・カノウと言います。……あなたは？」

若者は、にっこりと微笑みかけると、ほっそりした指の右手を差し出した。

「テオドルス・ファン・ゴッホと言います。二区にある画廊『グーピル商会』の支配人をしています。……以後、お見知りおきを」

重吉は、鳶色の瞳をみつめ返して、差し出された手を握った。

そのさき、互いの人生に深くかかわることになる人物との、これが最初の邂逅《かいこう》であった。

一八八六年　二月下旬　パリ　十八区　ルピック通り

モンマルトルの街なか、にぎやかに商店やアパルトマンが建ち並ぶ通り沿いのとあるドアの前で、テオドルス・ファン・ゴッホを乗せた辻馬車が停まった。

馬車から通りに降り立ったテオは、頭を巡らせて通りの様子を眺めた。テオの勤める画廊、「グーピル商会」がある二区の界隈にくらべると、ここの街並みはひどく庶民的な感じがした。どこかしら猥雑で、何が起こるかわからない、そんな雰囲気。だからこそ、ブルジョワ好みのお高くとまった地域よりも、ずっとわくわくする。

――やはり、モンマルトルはいいな。

テオは、心の中でつぶやいた。

――二区はどうも性に合わない。このへんにいたほうが、ずっと気が楽だ。

実際、日中の堅苦しい業務から逃れるように、夜になればモンマルトル周辺のカフェやキャバレーに出向き、酒を飲んで憂さを晴らすのが、その頃のテオの定番になっていた。

何年かまえ、同郷の友人の妹を知人の葬儀の際に見初めたのだが、思いを告げられぬままに過ごしてしまった。そんなこともあって、うぶな自分を捨て去りたかった。

しかしその日、テオがモンマルトルへ出向いたのは、夜の街で享楽に耽るためではない。業務時間中に、得意先に出かけると店の者に告げ、同業者の画廊を訪ねたのである。

茶色い油紙に包まれたカンヴァスを一枚、テオは小脇に抱えていた。それをしっかりと持ち直すと、テオはドアの横についている呼び鈴を押した。ジリリリ、という音が響いたあと、ややあってドアが開いた。きれいに金髪を撫でつけ、きちんとジャケットを着た青年が顔をのぞかせた。

「『グーピル商会』のテオドール・ヴァン・ゴーグです」テオは、フランスふうの発音で名乗った。「ムッシュウ・ポルティエはご在廊でしょうか」

「お待ちしておりました。中へどうぞ」と、店番らしき青年はテオを中へ招き入れた。

アルフォンス・ポルティエの画廊は、さほど大きな規模ではない。しかし、その店の中は、テオにとってはまるで夢の国の様相だった。

小ぶりの居間のような空間の壁には、ところ狭しと木版画が掛けられてある。そのすべては日本の浮世絵であった。喜多川歌麿の美人画、歌川広重の人物画、葛飾北斎の富士山の風景などなど、くっきりと明確な線描と鮮やかな色彩の版画の数々。小さな部屋だからこそ、密集した浮世絵が醸し出す濃厚な空気に圧倒されてしまいそうになる。

浮世絵ばかりではない。ポルティエの店のきわめつきは、奥の間に飾ってある何点かの印象派の画家たちの作品だった。エドゥアール・マネ、クロード・モネ、アルフレッド・シスレー、オーギュスト・ルノワール。さほど大型の作品はなかったが、画家たちが親密に描き込んだ熱が感じられるものばかりだった。パリに画廊多しといえども、印象派の作品を扱っている画廊は数えるほどしかない。ポルティエの店は、その中の貴重なひとつであった。

同業者の紹介で初めてこの画廊を訪問したとき、どれほどテオは興奮したことだろう。浮世絵の版画と印象派の油彩画、まったく別質の絵画が同じ壁に掛かっている——しかしその展示は驚くべき調和を生み出していた。テオは興奮のあまり、背中がじっとりと汗で湿ってくるのを感じていた。しかしそれを画廊主のポルティエに悟られまいと、落ち着き払った態度を無理やり貫いたことを、テオはふいに思い出した。

ここ数年間、ブルジョワのあいだで所有することが一種の流行になっている浮世絵と、アカデミーが牛耳っているフランス画壇において、いまだに鼻つまみ者扱いされている印象派の画家たちの作品には、不思議な響き合いがある——と、テオは感じ取っていた。それが見事に証明された展示であった。

テオが勤務している「グーピル商会」は、ポルティエの画廊とはまったく対極の立ち位置にあった。

「グーピル商会」が取り扱う作品は、アカデミー所属の画家のものか、アカデミーの画家の推薦を得た画家、またはアカデミーが審査する官展に入選した画家のものに限られていた。つまり、アカデミーの息がかかっていない画家の作品など眼中になく、未来永劫《えいごう》にわたって取り扱う予定は一切なかった。

十九世紀後半のパリの美術市場は、新興のブルジョワジーたちの旺盛な消費によって支えられていた。アカデミー関係の画家たちの作品しか扱わない「グーピル商会」は信頼に値する——という図式のもとに、ブルジョワジーたちは売り上げに貢献してくれているのだった。

一方で、彼らは新しいものに対して目がなかった。なんであれ、とにかく新しくて面白いもの——ただし自分以外の誰かが見出して「面白い」というレッテルが貼られたもの——に飛びつく傾向があった。そのひとつが「日本美術」であった。

日本美術が初めてフランスに紹介されたのは、一八六七年にパリで開かれた万国博覧会だった。当時、日本はまだ江戸幕府の幕引きをしたばかりで、世界に向けて錆び付いた扉を恐る恐る開き始めたところであった。東の果てにひっそりと存在していた島国が、その神秘の片鱗を見せるのに、美術品は格好の展示物であった。

闇よりも深い黒漆に、ねっとりと輝きまつわる金泥の鶴と亀。四角く切り取った夜のような文箱、その蓋にはめ込まれた虹色に変化する螺鈿細工の蓮の花。自立する屛風に描かれているのは粉雪が降り注ぐ勇壮な松、その枝に肩をとがらせて留まる鷹。繊細な工芸品や焼き物、平坦なのに不思議な奥行きを感じさせる絵画。いままで一度も見たことのない表現の数数に、人々は目を奪われ、ため息をつき、熱狂した。「日本」がヨーロッパに受容された歴史的瞬間であった。

その後、一八七八年のパリ万博における日本館では、さらに大規模に日本美術が紹介された。このときにはすでに日本美術の熱心な収集家が存在し、日本美術の愛好家は「ジャポニザン」と呼ばれていた。日本美術を専門に扱う画商もパリに店を構えて、ジャポニザンたちの購入意欲に応えていた。

テオもまた、一八七八年のパリ万博をきっかけに、日本美術のすばらしさを発見したひとりであった。

一八七八年のパリ万博のとき、二十一歳のテオは、フランス館に出展していた「グーピル商会」の一員として、会場に日参していた。そこで日本美術を初めて見たのである。

――パリはあらゆる刺激に満ちているけれど、僕にとってもっとも刺激的だったのは、日本美術との出会いだったよ。

テオは、兄のフィンセントに手紙を書き送った。

フィンセントは、失恋や画商の仕事がうまくいかないことなどの積み重ねからメランコリーに陥り、いったん帰郷したあと、聖職者を志してベルギーに滞在していた。人生に対して絶望している兄へ、テオは、ことあるごとに手紙を書き送っていた。

——兄さんは、パリにいるとき、あるいはロンドンで、日本美術を見る機会はあっただろうか？　こちらではいま、美術愛好家たちがもてはやしているようだよ。

僕は正直、どれほどのものかと思っていたんだけれど、今回、万博の日本館で、まとめて日本美術を見ることができた。

なんとも表現できないけれど、いままで見たことのあるどんな美術とも違う。

僕は、兄さんにも日本美術をしっかり見てもらいたい気持ちにかられている。それが兄さんの人生にとって何かのきっかけになるような気がしてならない……。

テオはフィンセントに、パリに来て日本美術——つまり新しい美術に触れてみてはどうかと暗に誘った。しかしながら、兄からは興味を示す返事はこなかった。

万博が閉幕したあと、テオはそのままパリの「グーピル商会」勤務となった。日本美術に対する遠い憧れのような想いを胸に秘めたまま、ブルジョワ相手にアカデミー関連の画家の作品を売りさばくことが、テオの主たる業務となった。

しかし、日本美術が彼に与えた衝撃は一過性のものではなかった。日本美術へのほのかな「恋慕の情」は、その後もずっとテオの中でくすぶり続けた。

テオは、自由闊達な表現に飢《かつ》えていた。パリという街の華やぎと、足音が聞こえてきた二十世紀の到来とが、自分を解き放つべく誘《いざな》っている気がした。

日本美術以外に、彼の胸を高鳴らせるもうひとつの美術の潮流が、その頃のパリに現れていた。――「印象派」である。

印象派――とは、新たに出現した革新的な画家たちの集まりを皮肉ってつけた意地の悪い呼び名であった。

一八七四年、写真家ナダールのスタジオで画期的な展覧会「画家・彫刻家・版画家の共同出資会社　第一回展」が開かれた。さほど広くないスタジオ内は、画家たちの個性がぶつかり合って閃光を放っていた。似たような作品ばかりが延々と並ぶ官展とはまったく異なる様相に、来場者たちは戸惑いを隠せなかった。

その展覧会に参加した画家たちは、チューブ絵の具とパレット、イーゼルとカンヴァスを携えて、陰鬱なアトリエから光あふれる戸外へと飛び出していった「逸脱者」であった。彼らが画題として求めたのは、ごく普通のパリの街なかや郊外の風景――さわやかに風が通り過ぎる街路樹、カフェでくつろぐ人々、きらめくセーヌの川面、陽だまりの中の少女などだった。のっぺりした絵肌《マチエール》の女神や仰々しいゼウスなどはどこにもいない。自由闊達な筆使いと歌うような色彩、そしてパリの街と日々の暮らしを謳歌する生身の人間たちがカンヴァスの主人公だった。

その展覧会に、クロード・モネの筆による一枚の絵が出品されていた。〈印象・日の出〉というタイトルのその絵は、ル・アーブルの港、その水平線の彼方にたったいま太陽が昇った瞬間をとらえた作品である。船々は黒い影となって水面に浮かび、風景は薄靄《うすもや》にけむって、しっとりした朝の輝きに満ちている。それは写実を超えて、まさに画家の「印象」がそのまま「絵画」というかたちになって表出したかのようである。

ところがこの展覧会を見た批評家ルイ・ルロワが、「印象主義の展覧会」とこき下ろした。皮肉なことに、フランス画壇のルールを逸脱した画家たちをおちょくってつけられた「印象派」という呼び名が、その後、広く一般に受け入れられ、定着したのだった。

のちに「第一回印象派展」と呼ばれるようになるこの画期的な展覧会が開かれた頃には、テオはまだパリにいなかった。が、一八七九年に開催された第四回の展覧会を見ることができた。「グーピル商会」パリ本店勤務二年目だったテオは、その頃にはすでに巷《ちまた》の話題をさらっていた「奇妙な一派」、印象派の展覧会を、なんとしても見てみたい――と、勇んで出かけたのだった。

オペラ大通りに面した会場は、好奇心に駆られてやって来たパリ市民でごった返していた。

テオは、展示室の中に足を踏み入れた瞬間、まぶしくて目を開けていられないような感覚を覚えて、思わず目を細めた。

——これは……まるで、光の洪水のようだ。

一点一点、壁に掛かっている絵に見入るうちに、どうしようもなく胸が高鳴ってくるのを感じた。長いこと胸の奥底にしまい込んでいた感情が、再び目を覚ましたような気がした。

それは、パリ万博で日本美術を初めて目にしたときと同様の感情だった。

——どうにかしたい。

テオはそのとき、押しとどめようのない衝動が湧き上がってくるのを感じた。

——これこそ、新しい絵だ。自分たちの時代の美術だ。自分が扱いたいのは、こういう作品だ。

その頃、テオはすでに、「グーピル商会」が扱っている「商品」に疑問を感じていた。金持ち相手によそ行きの笑顔を作り、アカデミーの画家たちの作品がいかに価値があるかを説明する自分に、いつしか腹立たしさを覚えていた。

が、仕事を捨てることは決して許されなかった。実家の両親と兄を養う義務がある限りは。

同じ頃、兄のフィンセントは、これといった定職には就かず、聖職者にはなれなかったものの、せめて伝道師になるつもりでいた。そしてオランダ各地を転々としながら、社会的に恵まれない人々を対象に伝道めいたことを続けていた。実家も決して経済的に楽ではなく、テオだけが一家の希望の星だった。

アカデミーの画家の作品を古臭いと感じているからといって、「グーピル商会」を辞めるわけにはいかない。辞めるどころか、どんどん調子のいいことを言って顧客を口説き、業務の成績を上げて昇進しなければならなかった。

やりたいことと、実際にやっていることのあいだに横たわる溝の深さ。ときどき我が身を顧みると、もっとも軽蔑しているはずのブルジョワに、自分自身が染まっているような気がして、おぞましい気分が込み上げてくるのだった。

――兄さんにだけは、正直に告白するよ。

「グーピル商会」に勤め始めて三年目。あるとき、テオは、フィンセントへの手紙の中で胸の内を吐露した。

――僕は、フランスのアカデミーの画家になど、もうちっとも興味がないんだ。その代わりにもっとも興味を掻き立てられているのは、ふたつの芸術。ひとつは、日本美術。もうひとつは、印象派だ。
兄さんが絵を描き始めたことを、父さんや母さんがどう思っているのかはわからないけれど、僕は歓迎するよ。そして、せっかくならば、兄さんが日本美術や印象派の作品を研究して、彼らのような……いや、彼らを超える作品を生み出すことを期待している。

フィンセントは、二年ほどかけて伝道師になる道を模索してきたが、経済的な理由や家族の反対などから、結局あきらめざるをえなかった。人生の目的を失ったフィンセントは、なぐさみに近所の人々や風景をスケッチするようになり、次第に絵を描こうという意識が強くなってきていた。

その年、困窮する兄を助けようと、テオはフィンセントへ仕送りを始めた。なんであれ、兄が再び生きる活力を見出してくれれば、という思いから、絵を描き続けることを勧め、励ました。そして、自分も苦しい立場にいることを告白し、ほんとうに興味がある日本美術、新しい表現、革新的な美術に、兄も関心を寄せてくれればいい――と願っていた。

――このまえ、アルフォンス・ポルティエという人物の画廊に行ったよ。彼の画廊の壁には、浮世絵と印象派の絵が一緒に掛かっていた。斬新な構図、鮮やかな色。すばらしい調和を生み出していたよ。ほんとうに興奮した。その日はなかなか眠れなかったくらいだ。……兄さんにも見せたいと、心から思ったよ。

しかし、日本美術や印象派を見てみたい、という兄からの返事は、ついに得られなかった。テオの胸の中には、燃え残った暖炉の火のようなものがいつまでもくすぶり続けていた。

ポルティエの画廊の応接間に通されたテオは、小脇に抱えていた油紙に包まれたカンヴァスを長椅子の上に置き、画廊主が現れるのを待っていた。

隣室へと続くドアがさっと開き、アルフォンス・ポルティエが現れた。

「やあ、テオ」とにこやかに歩み寄ったポルティエと、テオは握手を交わした。

「昼間に君と会うのはひさしぶりだな」

ポルティエもまた、夜になればモンマルトル界隈のカフェやキャバレーに現れて、テオとテーブルをともにすることがあった。

ポルティエは、「グーピル商会」にくらべれば新興の画廊経営者ではあったが、自分の興味が向くものを積極的に取り扱い、新しもの好きのパリジャンたちが得意客になっていた。浮世絵や印象派の作品も早くから扱っており、あまり売れずに辛酸を嘗《な》めた時期もあったが、ここのところはどちらも人気なので、業績は右肩上がりになっているようだった。

テオにしてみれば、自分が扱ってみたいと長らく憧れている画家たちの作品を画廊に常設していたポルティエは、羨望の対象だった。ポルティエは、やはり新興の画廊経営者、アンブロワーズ・ヴォラールと同等かそれ以上に、時代を先取りする感性があると、テオは目していた。

そのポルティエに、テオは、今日は特別な作品を見てもらおうと持参していた。

無論、グーピルが扱っている作品ではない。まったく別の——テオ個人が「これはぜひともポルティエに見てもらいたい」と直感した一作である。

「お忙しい中、お時間をいただき、ありがとうございます」

緊張のあまり、手のひらに汗をかいていたが、そんな様子は微塵も見せず、テオはなごやかな表情で礼を述べた。

「いや、ほかならぬ君が、私にだけ見せたい作品がある、と言うものだからね……これは無視できないと、楽しみにしていたんだよ」

恰幅のいい体を柔らかなソファに預けながら、ポルティエが言った。

「いったい、誰の作品だね？　まさか、ジェロームの新作じゃあるまいが……」

「ええ、残念ながら……」と答えて、テオは涼しく微笑んだ。

「アカデミーの大家のものではありません。……まったく無名の画家のものです」

ほう、とポルティエが指先であごひげを撫でた。

「……無名の？」

テオはうなずくと、黙したままで、カンヴァスをテーブルの上に載せ、ゆっくりと包みを解いた。

胸の中で、痛いくらいに心臓が暴れている。いや、しかし、それを気取られてはならない。いかにもすごい画家をみつけたと言わんばかりに、もっとじらして、もっとゆっくりと……神秘のヴェールを剝がすのだ。

茶色い油紙をがさがさと広げる。ポルティエが、ぐっと身を乗り出す。——息を凝らしているのがわかる。

——ふたりの目の前に、薄暗い食卓が現れた。

小さな四角いテーブルを囲む五人の男女。狭苦しい部屋を灯すのは、中央に下がっているオイルランプだけだ。そのささやかな灯火が、貧しい人々の顔をかすかに照らしている。

オランダふうの粗末な服を着た人々は、家族だろうか、食事の最中だ。しかし食卓をともに囲む喜びは、どの顔にも見えない。痩せてギョロッとした目つきの女。疲れ果てた男の横顔。彼らの顔には、見えない明日への不安が靄のように広がっている。

いままさに、彼らが分け合い、食べているのは、じゃがいも。ただ、ゆでたじゃがいもばかりだ。

右端の女は、カップにコーヒーを注いでいる。その顔の皺の深さが、彼女の困難で恵まれなかった人生を如実に物語っている。

なんともさびしく、わびしい食卓。パリの華やぎのかけらもない――。

「……これは……」

ポルティエが、長いこと止めていた息を放った。不思議な光を宿した目をテオに向けて、彼は尋ねた。

「これはまた、見たことがないたぐいの絵だ。……誰の作品だね……？」

テオは、まっすぐにポルティエの目をみつめ返した。胸の高鳴りは、いっそう強くなっていた。

しかしできるだけ静かに、けれどじゅうぶんな熱を込めて、テオは答えた。

「――ファン・ゴッホ。フィンセント・ファン・ゴッホと言います。……私の兄です」

一八八六年　二月下旬　パリ　十区　オートヴィル通り

　表通りに、次々と荷馬車が到着する。荷台には、大きな木箱がいくつも載せられている。がっしりした体格の荷運び人夫たちが、手押し車に木箱を移し替え、ガラガラと音を立てて石畳の上を押してゆき、中庭へと運び込む。

　中庭には、白いシャツの袖を腕まくりした重吉が立っている。日本から到着した木箱の番号を確認して、厚手の紙挟みに挟んである「送り状」と見合わせ、鉛筆で丸印をつけていく。

「若井・林商会」の事務員で栗色の髪に碧眼の長身の若者、ジュリアンも、シャツを腕まくりして、人夫たちにてきぱきと指示を飛ばす。

「奥のほうから詰めて置いていってくれ。……ああ、だめだめ、積み上げちゃあ。開梱できなくなるだろう。平置きで頼むよ。乱暴にしないで、一個ずつ、そうっと置いてくれ、そうっと……」

　ジュリアンはこの会社に勤め始めて一年ちょっとだということだが、なかなかどうして、手慣れたものである。

社長の林忠正に直々に誘われてパリにやって来た重吉は、いきなり「専務」の肩書きをあてがわれたものの、やること為すことすべてが初体験で、なんであれ、ジュリアンに訊きながら進めていかなければならなかった。あたりまえだが、すべてフランス語で。

その日、忠正はロンドンへ出張中であり、店は休業して、重吉とジュリアンのふたりで到着したばかりの仕入れ品の検品と整理をすることになっていた。

「さあ、これで全部、運び込まれたはずです。シゲさん、送り状の記載と到着した荷物の個数は合致していましたか？」

ジュリアンに尋ねられて、あわてて送り状を見直しながら、「ああ、おそらく……」と重吉は答えた。

「だめですよ、『おそらく』じゃ。完璧に合ってないと。これ全部、我が社の大切な商品なんですからね」

両手を腰に当てて、ジュリアンが諭すように言う。

到着した荷物は、すべて日本から輸入された美術工芸品である。その数、二百十五個。こんなに大量に仕入れてしまって、ほんとうに売れるのだろうか。忠正は「もののひと月もしないうちにさばける」と言っていたのだが、重吉は半信半疑だった。

「さあ、いまから開梱ですよ。一番の箱から開けますから、シゲさんは、送り状と照らし合わせながら中身を検品してください。壊れていないか、傷が入っていないか、破れていないか……ていねいに見てくださいよ」

ジュリアンが手際よく人夫たちに指図して、中庭いっぱいに並べられた木箱を順番に開け始めた。釘抜きを使って蓋に打ち付けられた釘を器用に抜いていく。

一番から十番までの箱は、陶芸品だ。重吉が勢いよく蓋を外すと、籾がらが舞い上がった。目を直撃されて、「うわっ」と両手でばたばたと宙を掻いた。それから、立て続けに三回、くしゃみをした。

「ほら、だから言ったじゃないですか。ていねいに見てくださいって」

くすくす笑いながら、ジュリアンが言った。

「いや、まさか、フランスくんだりまで来て、箱の中から籾がらが出てくるとは思わなかったよ」

重吉は、手首で目と鼻をこすって苦笑した。しかし、なるほど、壊れやすい陶芸品であっても、籾がらの中に詰めておけば破損することはない。これも林さんの知恵なのかな、と重吉は、そんなところでも感心しきりだった。

箱の中からは実にさまざまな美術工芸品が出てきた。陶磁器では花器、大皿、香炉、茶碗、徳利、盃、鉢。漆器では螺鈿が施された文箱、盆、塗椀、棗《なつめ》、肘掛、衣紋掛、脚付きの膳。

鋳物では鉄瓶、文鎮、小鐘、煙管《キセル》、小型の仏像、観音像、えびす像。

「おや、火箸まである」

半紙にていねいに包まれた長いものを広げた重吉は、銅製の火箸を取り出して、へえ、と半ばあきれたような声を出した。

「こんなものがフランス人に売れるんだろうか……」

「ああ、それは人気商品ですよ。暖炉の炭をつつくのにちょうどいいって」

「なるほどねえ。日本の囲炉裏で使うのと、用途は同じってわけだ」

重吉は、実家の囲炉裏端で祖母が火箸で炭をつついていた風景を思い出した。フランス人に対して、なんとなく親しみが湧いた。

次々に取り出された器や実用品や飾り物を検品しながら、店の奥にある収蔵庫に収めていく。かさばるものを先に片付けてしまってから、次は掛け軸、屏風、版画など、絵画の検品である。

軸物は長細い箱にひとつずつ収められている。送り状と箱書を交互に照らし合わせながら、重吉はテーブルの上に軸を広げた。梅にうぐいす、富士山、見返り美人。掛け軸はわずか三点しかない。

「掛け軸はもっとあってもいいはずなのに、ずいぶん少ないな。あまりいいものがみつからなかったんだろうか」

　富士山の掛け軸を眺めながらつぶやくと、

「掛け軸はこっちのアパルトマンには合わないから売れないと、ハヤシさんが言っていました」

　すかさずジュリアンが言った。

　確かにそうだ。オスマン式のアパルトマンには床の間などない。天井も高いから、上から吊るすといかにも間抜けな感じになってしまう。

「フランスには、季節ごとに絵を掛け替える習慣はあるのかい？」

　ついでに訊いてみると、ジュリアンは首を横に振った。

「いいえ。季節ごとに絵を掛け替えるなんて、考えたこともありませんよ。……日本にはそういう習慣があるのですか？」

　重吉は、うーむ、とうなった。

「いや、日本人のほとんどがそうではないんだが……日本には茶の湯というものがあって、はて、なんというか、その……緑茶を客人に振る舞う伝統的な『セレモニー』があるんだ。ほら、そこにある茶碗。それに茶を点てて、亭主が客人をもてなす。茶室という場所で……そこには、『床の間』っていう、掛け軸と花を飾る一角があってな。季節やもてなす相手によって、違うものを掛けるということで……」

はあ、とジュリアンは、まったくぴんときていない様子だ。

重吉の実家は郷里ではそれなりの家だったので、自宅には茶室もあったし、茶の湯の席に招《よ》ばれることもあった。したがって、たしなみがないことはないのだが、フランス人に茶の湯について説明するとなると、これは至難の業である。

「『チャノユ』というセレモニーについてはよくわかりませんが、日本人が独特の季節感を持っていることは、この店に置いてあるものを見ていればわかります」

重吉が日本文化についてフランス語で説明するのに四苦八苦していると、ジュリアンがそう言ってまとめてくれた。重吉は、ほっとして、

「わかってくれればそれでいいんだ」

と返した。ジュリアンは笑顔になった。

「でも、面白い講義でしたよ。ハヤシさんは、日本の文化についてなど、僕にはあまり話してくれませんからね」

少し意外な気がした。林さんは、自分にはフランスの文化についていやというほど講義をぶつのに……。

屏風やふすま絵は二十点ほど来ていた。花鳥風月図や竜虎図の立派なもので、これらはす

ぐに売れそうだと、さすがに重吉にもわかった。ジュリアンは「そういうものは、右から左です。到着まえに、もう得意客から予約が入っていますよ」と教えてくれた。

「けれど、なんといっても皆が狙っているのは浮世絵です。……そっちの箱ですね。テーブルの上に出して検品しましょう」

中ぐらいの大きさの木箱の中に、ずっしりとした紙の束が入っていた。さらしの木綿の布にくるまれて、麻ひもで固く縛ってある。重吉とジュリアンは、それを両側から持ち上げて、収蔵庫から運び出し、店の中央にあるテーブルの上に置いた。

「これが全部、浮世絵か……ずいぶんあるんだな」

重吉は驚きを隠せなかった。こんなに大量に仕入れてしまって、パリでそんなに売れるのだろうか？

日本では、浮世絵といえば読物の挿絵だったり、瓦版や新聞記事だったり、店先に宣伝用に貼ってあったりして、べつだん珍しいものではない。歌舞伎役者の似顔絵や皇族のやんごとなき方々の肖像なども作られている。人気の役者絵などは、小さく折って帯に入れている婦女子もいるらしいが、とにかく、浮世絵を美術品として後生大事にしている者に会ったことなどない。その代わり、茶碗屋で器を包むのに使っているのを見たことがあるが……。

重吉は、ジュリアンに扱い方を教えてもらいながら、一枚一枚、ていねいに版画を検品した。それでまた、驚きを新たにした。

——これは……すごい。

広重の東海道五十三次の連作、写楽の役者大首絵、歌麿の美人画などなど。パリに来てすぐ、忠正に「勉強しておけ」と言われたので、重吉も、店にある浮世絵の「写真」——本物は売れてしまって在庫がなかった——と散々にらめっこして、特徴のある絵描きの名前はすでに覚えていた。その本物が、いま、目の前にある。しかも、一枚や二枚ではない。どっさりあるのだ。

あたりまえだが、この店が仕入れている浮世絵は、市井でよく目にするたぐいのものとは違う。画題、構図、色の組み合わせ、発色、そして状態——すべてが秀逸であり、目を奪うあでやかさだった。

重吉は、自分の中で何かがふつふつと沸騰してくるのを覚えた。

——これは、れっきとした美術品じゃないか。

浮世絵に価値があろうなどとは露ほども思ったことがなかった。用がなくなれば丸めて捨てるものだと軽んじていた。ほとんどの日本人の浮世絵に対する見方は同様に違いなかった。

が、どうだろう。こうして自分の目の前に広げられた浮世絵のすばらしさは。——ぞっとするほどじゃないか。

自分がいまパリにいて、日本の美術品をフランス人に売る立場になったからだろうか。日本を離れて、西洋人の目を持つようになったのだろうか？

「……絶対にこれで茶碗は包めないな……」

思わずひとりごちた。

「え、なんですって？」とジュリアンが、版画を数える手を止めて顔を上げた。いいや、と重吉は笑った。

「なんでもないさ」

と、そのとき。

「こんにちは。ちょっと失礼。……シゲ・カノウはいますか？」

少しなまりのあるフランス語で呼びかけられた。

ドアを開けっ放しにしていた店の出入り口のほうを振り向くと、山高帽にフロックコート姿の、見覚えのある赤毛の男が立っている。

重吉は、すぐに思い出した。忠正とともに出向いたモンテ・ド・ペレル伯爵夫人のサロンで出会ったオランダ人画商だ。

「おや、あなたは……ムッシュウ・ファン・ゴッホ、でしたね。ようこそ」

テオは、温和な笑顔で、「今日は休業日だったのですね。これは失礼しました」とていねいに言った。

「ちょっと近くを通りかかったものだから……いつでもお寄りくださいと、あなたがあのとき言ってくださっていたので、のぞいたのです。お邪魔でしょうから、また日を改めますよ」

すぐに出ていこうとしたので、「いやいや、遠慮は無用です」と重吉が呼び止めた。

「今日、荷物が到着したところで、むさくるしい様相ですが……ちょうどお茶の時間だし、休憩しようとしていたところですよ。どうですか、あなたもご一緒に」

遠慮するテオを、さあさあ、と店の中に招き入れた。そして、テーブルの上に広げた浮世絵を手早く片付けようとするジュリアンに、上司然とした態度で言いつけた。

「ジュリアン、お茶を頼む。……ああ、いや、コーヒーのほうがいいな。コーヒーをふたつ、向かいのカフェに行って注文してきてくれ」

ジュリアンは、何か言いたげな表情を作ったが、すぐに「ウイ、ムッシュウ」と応えて出ていった。

「いいのですか」テオがなおも訊くと、

「もちろんです。さあどうぞ」と、浮世絵が広げられたテーブルのほうへと誘った。

――ちょうどいい。到着したてのこの浮世絵を見せて、老舗画廊の支配人をしているとかいうこの若者の審美眼を試してみよう。

テオは、テーブルのそばへと吸い寄せられるように近づいた。そして、おお、と感嘆の声を上げた。

「なんというすばらしさだ。……これは、ホクサイではないですか。ああ、そうだ、フジヤマを描いた連作《セリ》だ。……驚いたな、全部で三十六場面あると噂には聞いていたが……まさか、ほんとうにあるとは……」

帽子を頭からむしり取って傍らの椅子に置くと、コートを脱ぎもせず、細長い上半身をテーブルの上に屈めて、食い入るようにみつめている。

浮世絵に対する西洋人の熱狂はただごとではないぞ、と忠正に聞かされてはいたが、実際に興奮する様子を目にして、重吉はなんともいえぬ優越感を覚えた。

「お尋ねしますが、シゲ。これは、三十六場面、すべて揃っているのですか？」

ゆったりと両腕を組んで眺めていた重吉のほうを振り向いて、テオがいきなり訊いた。

重吉は、あわてて「え？　いや、あの、それは……」と言いよどんだが、

「もちろんです。三十六場面、すべて揃っています。しかも日本から直輸入した正真正銘の北斎のものですからね。ロンドンやパリのジャポニザンの画廊から引っ張ってきて転売する

のとはわけが違いますよ。こんなことは、うちにしかできません」

と胸を張った。テオの表情が見る見る変わっていくのがわかった。まるで泣き出す直前のような顔。感極まっているようだ。

と、背後でバタンとドアが閉まる音がした。ちょうどいいところへジュリアンがコーヒーを持ってきたぞ、と重吉は振り向いた。

ところが、そこに立っていたのは、ジュリアンではなく、シルクハットにフロックコート姿の林忠正であった。

重吉は、はっとして「おかえりなさい……」と日本語で言いかけた。が、それに重なるように、忠正がフランス語で言った。

「……お言葉ですが、それは間違った北斎に関する知識ですよ。『グーピル商会』の支配人、ムッシュウ・テオドルス・ファン・ゴッホ」

オランダふうの発音で呼びかけると、つかつかとテオのもとへと歩み寄った。テオは少々面食らったようだったが、すぐに笑顔を作って、右手を差し出した。

「これはこれは、ムッシュウ・アヤシ。……お留守のところ、お邪魔してしまってすみません。近くを通りかかったものですから……」

ふたりは握手を交わした。なんとなく、ふたりのあいだの空気が張り詰めている。そういえば、モンテ・ド・ペレル伯爵夫人のサロンでも、忠正はテオとあいさつしていたが、必要以上の会話は交わしていなかった。ノルデールというドイツ人の東洋美術専門の画商とは、会話をつないでいたのに……。

「ずいぶん早く帰られたのですね。遅い到着になると聞いていたのですが……」

重吉が日本語で訊くと、

「フランス語で話せ《アン・フランセ》」

ぴしゃりと返された。

そうだった。フランス語を話す人の前では日本語の会話を禁ずる、と忠正に言われていたのだ。重吉は、あわててフランス語に切り替えた。

「ええと、あの……さきほど『間違った北斎に関する知識』とおっしゃいましたが、それは、いったいどういう意味でしょうか」

「教えていただけますか」テオも重吉に続いて言った。

「私の知識がどう間違っているのか……是非知りたいです」

忠正は、ふたりの顔を交互に眺めてから、「よろしい。それでは、お教えしましょう」と応えた。

「北斎が制作したその浮世絵連作は《冨嶽三十六景》と題名がつけられています。富士山が見える名所三十六箇所、という意味です。だから、三十六枚の連作である。そうお思いだったのですよね、テオドルス？」

　テオは、すなおにうなずいた。

「ええ、その通りです」

「ごもっともです。しかし……」と忠正は、言葉をつないだ。

「北斎は、この連作を一八二三年頃から作り始めました。そして版画は、一八三一年から三五年頃に刊行されたのです。刊行当初は、三十六景の連作として出されたのですが、次第に評判が上がり、『続作を』ということになった。そこで北斎は、さらに十景を追加で制作したのです。この追加の十景は『裏富士』と呼ばれています。つまり、最終的には、《冨嶽三十六景》は『四十六景』になった。……連作は四十六点あるのです」

　初めて聞く話だった。こいつはすごいな、と重吉は感服した。旺盛に創作した北斎に、ではなく、学生時代は美術などほど遠い世界だった忠正のほうに。

　さすがにパリで美術商をやっているだけのことはある。浮世絵に関する知識の豊富さは、西洋人が逆立ちしたって太刀打ちできるものではない。

　じっと忠正の話に聴き入っていたテオは、息詰まった様子で尋ねた。

「それで……ここに、その四十六点、すべてが揃って来ているのですか？」

忠正は、テオの鳶色の瞳をまっすぐにみつめて答えた。

「さて。いま、検品の途中ですから、なんとも……」

テオは、はっとしたように「これは、失礼しました」と、椅子の上に置いた帽子を取り上げて被った。

「作業の途中にお邪魔してしまったことを、うっかり忘れていました。……このホクサイが店頭に並んだ頃に、あらためて出直します」

「残っていればね」

テオと握手を交わして、忠正が言った。テオは、返す言葉を探す様子で、

「……できるだけ早く参上します。どうしても見せたい人がいるので……」

と、言った。忠正は、目を逸《そ》らさずに、

「どなたですか」

と訊いた。テオはまた、言いよどんだが、

「私の兄です」

思い切ったように答えた。忠正は微笑した。

「あなたと同じご職業ですか」

「ええ、以前はそうでした。けれど、いまは……」

まなざしを、一瞬、泳がせたが、忠正の目をみつめ返すと、言った。

「画家です」

忠正は、もう一度微笑んだ。不敵な笑みだった。

「そうですか。それならば……おふたりでいらっしゃるときまで、売らずにおきましょう」

テオが去ったあと、重吉は、「いやあ、すばらしいです、林さん」と声を上げた。

「《冨嶽三十六景》じゃなくて『四十六景』だったとは……テオはパリで美術商をかれこれ八年やっている、と言っていましたが、彼も知らない事実を知っておられるなんて。やっぱり、林さんはすごい……」

「――馬鹿野郎！」

ひと声叫んで、忠正は、バン！　とテーブルを叩いた。重吉は、びくりと身をすくめた。

「新入荷の商品の検品の途中で他人を店に入れるやつがあるか！　しかも同業者を！　『グーピル商会』の支配人に手の内をさらすだなんて……非常識にもほどがある！」

烈火のごとく怒った。重吉は、色を失って立ち尽くした。

散々わめき散らしてから、忠正は、大きく息をついた。それから、テーブルの上の北斎の版画に暗いまなざしを投げかけて、つぶやいた。

「シゲ、お前にはまだわかるまい。……おれにとって、パリは花の都なんかじゃない。……

ここは、戦場なんだ」

そのとき、重吉は初めて見た。──華やかな画商ではなく、孤独な侍の顔をした林忠正を。

一八八六年　二月二十八日　パリ　二区　モンマルトル大通り

大通りをふち取って佇むプラタナスの街路樹は、冬の終わりの冷たい風に枝先を揺らしている。

黒いコートを着込んだ紳士や、羽根飾りのついた帽子を被った淑女が通りを行き交い、がらがらと音を立てて辻馬車が何台も通り過ぎていく。カフェテリアがテーブルを通り沿いに並べ、衣料品の店、手袋の店、靴屋、パン屋、菓子屋など、さまざまな店がショーウィンドウをにぎやかに演出して、来客を待ち構えている。

通りの向こうから、黒いフロックコートに山高帽のテオが、足早に歩いてくる。紐をかけられた平たい包みを後生大事に抱えて、息を切らし、「グーピル商会」の入り口にたどり着いた。

深緑色のドアの脇にあるベルを鳴らすと、すぐさま開いた。テオの助手、アンドレが、「おかえりなさい」と上司を迎え入れた。

「ずいぶん時間がかかったのですね……何か問題でも？」

手にしていた包みを、入り口脇の長椅子の上にさりげなく置いてから、コートを助手に渡して、テオは「いや、まさか」と答えた。

「マダム・ジョフロワがすっかりご機嫌でね。新着作品の写真を見せるだけのつもりが、午後のお茶に付き合うはめになってしまったんだ……まったくご婦人方の話し好きには参ってしまうよ」

「そうですか。では、商談はうまくいったのですね」

「むろんだ」

「それはよかった」アンドレは、にこやかに言った。

「まもなく『先生』がいらっしゃいます。コニャックとキャフェ、両方の準備が整っています」

「ご苦労。……先生のご到着まで、ちょっと事務室にいるよ。急いで見なくちゃならない書類があるんでね。来られたら、すぐに呼びにきてくれ」

そう言いつけて、テオは包みを取り上げると、自分の事務室へと急いだ。

ドアを閉めて、鍵をかける。包みをデスクの上に置き、紐をほどく。がさがさと紙を広げると、厚紙に挟まれて、一枚の浮世絵が現れた。

歌川広重――〈大はしあたけの夕立〉。

雨の情景を描いた絵。実に幻想的な絵である。

大河の上に架かった大きな橋――セーヌに架かっているポン・ヌフのような堅牢な石橋ではなく木材で組み上げられたそれは、かすかに曲線を描いている――、その上を人々が行き交っている。ある者は傘をさし、ある者は大きな帽子を被り、またある者はマントのようなものを背中に羽織っている。それぞれの顔は隠れており、姿勢が前のめりで、誰もが早足で橋の上を駆け抜けようとしている。その様子から、この雨が「予期しない雨」だと見て取れる。

突然の雨。――それは「黒い斜線」で描かれている。斜めに走る線描が縦長の画面全体を支配し、リズムを作っている。黒い線は、橋も、川も、人々も、すべてを貫き、覆い尽くしている。

画面上部は黒ひと色でふわりとぼかされ、雨雲が低くたれ込めている様子がわかる。川向こうでは、木立のシルエットが薄い墨色で浮かび上がり、雨にけむっている。

そして何よりも驚くべきことに――この絵は、動いて見えるのだ。

川岸の水平線が斜めに傾き、下のほうを橋が斜めにぐっと横切っていること、そして「雨」である無数の線も斜めに描かれていることによって、画面がまるで動いているかのようだ。絵画にこんな効果をもたらすことのできる画家の技量と感性に、テオは心底驚かされた。

　この絵は、大きなカンヴァスにしっかりと油彩で描き込まれた「絵画作品」ではない。うすっぺらな紙に印刷された木版画である。

　それなのに、この臨場感はどうだ。みつめるうちに、この場面の中にすっと入っていってしまう。さあっと雨の音が耳もとに聞こえ、肌を叩く冷たい感触を覚えさえする。

　テオは、しばし陶然として一枚の浮世絵に見入った。そして、両腕を組んで、無意識にうなった。

　――これは……なんという迫力なんだ。

　斬新な構図、新鮮な色。細部まで完璧に刷り上げる版画の技術の高さ。そして、画家の風景に対する独特の解釈、卓越した表現力。

　こんな絵を描くことができるとは……いったい、この広重とは、どういう画家なんだ？

　広重が生まれた国、日本とは、どういう国なんだ？

　そして、これをこの国に持ち込んだ、あの男。――いったい、どういう人物なんだ？

　コンコン、とドアをノックする音がして、テオは我に返った。

　浮世絵を包みに戻してから、ドアを開けた。アンドレが几帳面な表情で立っていた。

「先生が到着されました」

「わかった。すぐ行く」

テオは答えて、マントルピースの上に掛けられている鏡と向き合うと、髪を撫でつけ、ジャケットの襟を整えた。そして、「先生」が待ち受ける応接室へと急いだ。

ルイ王朝時代のビロードの長椅子に腰掛けてテオを待ち受けていたのは、先生――ジャン＝レオン・ジェロームであった。

ジェロームは、レジオン＝ドヌール勲章に輝くフランス画壇屈指の画家である。フランス芸術アカデミーを実質的に牛耳っているこの巨匠の描く絵の多くは、古代ギリシア・ローマ時代に取材した歴史画や、神話、寓意画などである。どれもが緻密《ちみつ》に計算された構図で、人物の配置、背景の設定、遠近感、黄金律、ありとあらゆるアカデミックな手法にのっとった技術は寸分の隙なく完璧なものだった。まったく筆触を残さないスムーズな絵肌《マチエール》は、彼の筆さばきがいかに高度であるかを証明していた。

真珠のように白い肌をあらわにした浴女、剣を振りかざす甲冑をまとったローマの勇士、自分の作った彫像と恋に落ちるピグマリオン――現実の世界とはほど遠い、理想的な人物像と世界観がジェロームの作品の主人公であった。

完全無欠の絵画。「グーピル商会」の顧客は競って彼の作品を入手したがった。どんな小さなものでも高額で売れ、どんな高額なものでも必ず購入希望者が現れた。

「グーピル商会」の経営者、アドルフ・グーピルの娘、マリー・グーピルの夫でもあるジェロームは「グーピル商会」の看板画家であった。実際に、グーピルへのジェロームの貢献はひとかたならぬものがあり、その影響力は計り知れなかった。

その日、ジェロームはテオと会う約束をしていた。巨匠は、自分の新作を特別な顧客へ紹介してほしいときなどに、ひと言口添えをするために画廊に立ち寄ることはあったが、まえもって約束をしてからわざわざやって来るということはほとんどなかった。何か特別な依頼ごとでもあるのだろうか、とテオは想像していた。

こんな日に限って、「若井・林商会」の助手、ジュリアンが言付《ことづ》けにやって来た。ぜひとも一枚ほしいとおっしゃっていた「広重」の浮世絵ですが、お引き渡しする準備が整いましたので、本日中に取りにきてくださいませんか——と。言付けついでに持ってきてもらえばよさそうなものだが、融通してもらえるようなら自分で取りにいくからと、テオのほうが頼んでいたのだ。

日本人が経営する画廊から浮世絵を入手して、それをグーピルの事務室で検分しているところを誰かに見られてはまずい。「グーピル商会」モンマルトル大通り支店の支配人が浮世絵などにうつつを抜かしていることを知られれば、命取りになりかねないのだ。

応接室へ入るやいなや、テオは満面に笑みをたたえて、軽やかな足取りでジェロームに近づいた。

「これはこれは、先生。今日はわざわざお運びいただきまして、まことにありがとうございます」

右手を差し出すと、ジェロームは、立ち上がりもせずに、申し訳程度にその手を握って、

「君の店は昼間っから客に酒をふるまうのかね？」

嫌味たっぷりに言った。

ジェロームの酒好きを知っていたアンドレが気を利かしてコニャックを勧めたのが、かえってあだになってしまったようだ。テオは笑顔を崩さずに、

「いいえ、まさか。特別な方以外にはお出しいたしません。ナポレオン一世時代に造られた貴重なコニャックなど……」

そう言い繕った。実際にはそこまで古いコニャックを出したかどうかわからなかったが、高級品であることは間違いない。ジェロームは、ふん、と鼻を鳴らした。

「君のような若造に、古酒の味がわかるものか。……君はなんでも新しいものが好きなんじゃないのか？　酒でも、絵画でも……」

ぎくりとした。

その時点で、テオは、ジェロームがわざわざ自分を訪ねてきた真意を汲み取った。この巨

匠は、自分が所属している画廊の支配人が「新しい芸術」を取り扱いたがっていることを敏感に察して、ひと言忠告するためにやって来たのだ。

「つい先日、義父《アドルフ》に聞かされたのだが……君は、あの『印象派』のごろつきどもの絵を何枚か売りさばいたそうじゃないか。この『グーピル商会』の支配人の名前を使って」

そう言うと、ジェロームはいまいましげに顔を歪めた。

「いや、あんなものは『絵』などと言いたくもない。落書きのようなものだ。毛羽立った筆で絵の具を塗り付けた画面！　あの連中はおそらく、まともな筆も絵の具も買えないほど困窮しているんだろうがな」

テオは黙っていた。――何か言い返すにしても、慎重に言葉を選ばなければ。ジェロームの反感を買ったら最後、もうここにはいられなくなるだろう。

しかしながら、テオが印象派の画家の作品を新規の顧客に売ったことは事実だった。

テオは、ファン・ゴッホ家の家督相続者として――父は二年まえに他界し、長男であるフィンセントは駆け出しの画家で社会的地位も収入も安定していなかったので、家督を継ぐことはできなかった――母と妹たち、それに兄までも経済的に支えなければならなかった。そのために、この会社でようやく手に入れた支配人の地位と給料は、絶対に手放すわけにはいかない。

グーピルで作品を売れば、給与とは別に、数パーセントの取り分が販売担当者に与えられる。だから、どんなにうんざりしていようとも、アカデミーの画家たちの作品を積極的に売り続ける――それがテオに課せられた義務だった。

しかし、このところ、美術市場に変化が起こりつつあることをテオは感じていた。新しもの好きな新興のブルジョワジーの中には、より「革新的な」表現の作品を求める人々が現れ始めたのだ。

いわゆる「第一回印象派展」が開催されてから、すでに十二年が経っていた。当初はまったく見向きもされなかった印象派の画家たちだったが、近頃では専門に扱う画廊もちらほら出てきていた。テオが付き合いを深めているアルフォンス・ポルティィエはそのひとりだった。テオは、ポルティィエが順調に印象派の絵を売っている実績を注意深く見守っていた。

あるとき、「グーピル商会」の経営者、アドルフ・グーピルに思い切って相談してみた。

――最近、顧客の方々から、印象派の取り扱いはないのかというお問い合わせを受けるようになりました。市場でも印象派の作品は動いているようですし、一度、試しに扱ってみてはいかがでしょうか。

当初、グーピルはまったく聴く耳を持たなかった。が、営業成績が抜群の若き支配人の勘は無視できないものがある。テオに熱心に口説かれて、グーピルはとうとう首を縦に振った。

ただし、あくまでも「余力」で売ること。主力作品はジェロームをはじめとするアカデミーの画家たちのものであるという方針は決して変更しないように、との条件付きだった。

その結果、テオは二点の風景画を売却することに成功した。カミーユ・ピサロ、そしてクロード・モネ。作品はポルティエ経由で画家たちから仕入れた。

たった二点の売上額はたいしたものではなかったが、それでもテオにとっては快挙であった。初めて自分が心の底から「売りたい」と思ったものを売ることができた。その実績は、アカデミーの大家や顧客に愛想を振りまくことに疲れていたテオに、再び絵を売る楽しさを思い出させてくれたのだった。

モネの描いた風景画を買ったのは、パリ市内でデパートの経営を始めた男だった。最近移り住んだばかりだという、オペラ座にほど近いアパルトマンに作品を届けたとき、その男の夫人がテオを迎え入れてくれた。

包みを開いて作品を見せた瞬間、彼女が顔を輝かせて言ったひと言を、テオは忘れることができない。

――なんてすてきなんでしょう。この絵を部屋の中に飾ったら、まるでもうひとつ新しい窓ができるようだわ！

その言葉こそがいまの美術界を象徴していると、テオには感じられた。

——新しい窓。そうだ、その通りだ。

新しい時代に向かって開け放たれた、新しい窓。

印象派の画家たちの作品は、まさにその「窓」なのだ。

しかし、保守的なものの見方で凝り固まっているグーピルやジェロームが「新しい窓」の意義に気がつくはずもなかった。

「たしかに、私は印象派の画家の絵を販売しました。たった二点の小作品ですが……」

苦虫を嚙み潰したようなジェロームの顔に向かって、テオはできるだけ穏便な口調で言った。

「最近は、少々変わった趣味の顧客も増えてきましたので、どのような顧客の要望にも応えられる体制を敷くべきだと、私からムッシュウ・グーピルに提案を差し上げたのです。もちろん、ジェローム先生をはじめ、アカデミーの諸先生方の人気は不動のものですから、今後とも変わらずに力を入れて売らせていただきたいと思っております。したがって……」

「そんなことはわかりきったことだ！」

バン！　と傍らの袖机を叩いて、ジェロームが大声を上げた。

「テオドール、君はまったくわかっていないようだな。いくら新しもの好きの顧客がいたとて、そんな連中をこのグーピルが相手にしなくともよいのだ。いままで通り、アカデミー会員の一流の作品だけを、一流の顧客に売っていればそれでよい。あんな落書きもどきのおかしなものを、成金の客にわざわざ売る必要など、どこにもない」

ジェロームが印象派を心底嫌っていることは、とっくにわかっていた。

そもそも印象派が生まれたきっかけは、ジェロームが審査員を務めるアカデミー主催の「官展《サロン》」が、新興の画家たちの入選を決して許さなかったことにある。保守的な審査会は、新しい表現を模索しているのが見て取れる作品を容赦なく落とした。が、落選した画家たちのあいだに募った不満の声がナポレオン三世に届き、「落選展」が開かれる。その後、この流れが「印象派展」へと発展するのだ。

ジェロームにしてみれば、印象派は自分たちアカデミーに反旗を翻した存在である。たとえ一点でもその連中の作品を自分の親族の画廊が販売したとなると、黙っていられないのは当然のことだった。

「……先生のご意見はごもっともです。私の考え方が浅はかでした。まことに申しわけありません」

テオはすなおに詫びた。ジェロームの怒りがこれ以上増幅して、自分の首が飛んでしまっては元も子もない。

ジェロームは、なおも苛立ちを隠し切れない様子だったが、立ち上がると、

「言いたいことはそれだけだ。……失礼する」

　さっさと出入り口に向かった。

　アンドレがコートと帽子、ステッキを持って飛んできた。コートを着せかけられながら、ジェロームは、

「ときに、テオドール。君が、印象派ばかりでなく、もうひとつ別のものに気をとられていることも、私の耳にとっくに入っているぞ」

　鋭いまなざしをテオに向けた。

「さて、なんのことでしょうか」

　テオは努めてさりげなく返した。

「とぼけるな。……君が日本人の画廊に出入りしていることを、私が知らないとでも思っているのか」

　テオは何も答えなかった。ジェロームは、なおもいまいましそうな調子で言った。

「浮世絵だと？　笑わせるな。あんなものはただの紙くずだ。……もっとも、フランス人ではない君に、わが国の絵画《タブロー》の偉大さを理解しろと言ったところで、しょせん無理なのかもしれんがな」

　荒々しくドアを開けると、別れのあいさつも口にせず、去っていった。

テオは、その場に佇んだまま、湿った熱風が自分の中を通り過ぎていくのを待った。

――間違っていない。

胸の中で自分に言い聞かせた。

僕は間違ってなどいない。自分を信じていい。

一度開かれた「新しい窓」は、もう閉ざすことはできないのだ。

そう思いつつも、いざジェロームを前にすれば、いつも通りお追従を口にして機嫌をとる以外に術《すべ》はない。やるせない思いがテオを苛《さいな》んだ。

事務室に戻ったテオは、再びドアの鍵をかけ、デスクの前の椅子にどさりと腰を下ろした。

――ついさっきまで、ようやく「広重」を手に入れたと有頂天になっていたのに。

しばらくのあいだ、テオはうなだれていた。が、ふいに立ち上がると、背後にあるクローゼットに歩み寄った。扉の鍵を開け、奥にしまい込んでいた麻布の包みを取り出す。それをデスクの上に載せると、布をほどいた。

中から現れたのは、一枚の油絵だった。

陰鬱な、暗い画面。テーブルに集まってじゃがいもを食べる人々の貧しい食卓の風景。いちにちの労働を終えて、ようやく食事にありついた人々のわびしげな顔を、オイルランプの明かりが心細く照らし出す。未来などどこにもないから、いまを懸命に生きる、オランダ人の農民たちの姿——。

　この絵の作者は、テオの兄・フィンセントだった。

　フィンセントは、十代の頃から情緒が不安定なところがあり、何をやっても長続きせず、職も居場所も転々と変えて、いまはベルギーのアントワープで絵の勉強をしている最中だった。

　テオは、兄が絵に対する鋭い感性を持っていることに早い段階から気づいていたが、フィンセント自身は、聖職者になるとか伝道師になるとか言いながら、ぐずぐずと回り道ばかりして、本格的に絵を描くにはいたらなかった。だから、紆余曲折の末、二十八歳でとうとう画家になる決心をした兄を、このさき何があっても支えよう、と決意を固めたのだった。

　テオにそう決意させた背景には、もちろん、兄の才能を信じていたこともあり、また、どうしたって不器用にしか生きられない兄に、絵を描くことで自立してほしいという切実な願いもあったからだが、「新しい窓」が開くに違いない、という期待が募っていたからにほかならない。

　きっと、フィンセントの絵は、第三の新しい窓になる。

　テオは、そんなふうに思っていた。

　第一の窓は、日本の美術。第二の窓は、印象派。そして、第三の窓——それこそが、フィンセント・ファン・ゴッホの作品なのだ。

　この三十年ほどのあいだ、パリは歴史的にも社会的にも文化的にも、激動と変革の時期を迎えていた。

　ナポレオン三世が即位し、普仏戦争に敗れ、パリ・コミューンでは多くの市民の血が流され、第三共和政が発足した。第二帝政期のオスマン計画で街路が生まれ変わり、万博が開催され、人々は豊かになった。

　十五年後には新世紀を迎えるいま、パリは栄華を極めようとしている。世の中にはありとあらゆる物が出そろった。出そろい過ぎてしまった。だからこそ、もっと新しい何かを、変革を求める人々の欲求が高まっている。

　美術の世界でも、いままでになかった新しい表現の作品が受け入れられる下地がすでにできているのだ。

　そんな状況下で、最初に「窓」を開いたのは――実は、日本美術だった。

　その斬新さに人々はあっと驚かされた。そして、日本美術のすばらしさにもっとも敏感に反応したのは、革新的な芸術家たち――つまり、印象派の画家たちだった。

　印象派の画家のうち、何人かは日本美術の影響をもろに受けた。マネ、モネ、ドガ、ピサロ、ルノワールなどは、その作品を見れば、いかに日本美術の魅力の虜《とりこ》になったか、手に取るようにわかる。

ゆえに、印象派が開けた「窓」は、日本美術に続く第二の窓なのだ。

テオは、デスクの上に置いた兄の作品の横に、手に入れたばかりの広重の〈大はしあたけの夕立〉の浮世絵を並べてみた。

フィンセントが描いた〈じゃがいもを食べる人々〉と、広重の〈大はしあたけの夕立〉。両者は似ても似つかない。けれど、なぜかこのふたつのあいだに一本の糸がつながっているような気がしてならなかった。

――あなたの兄上は絵描きだと言っていましたね。

その日、広重を受け取りにいった「若井・林商会」で、社長の林忠正がテオの到来を待ち受けていた。

ぜひとも一枚広重を所望したい、と頼み込むテオに、浮世絵は入荷したらすぐに売れてしまう、あなたの手もとにはなかなか回ってきませんよ、と忠正は言っていた。だから、まず無理だろうと半ばあきらめていたのだが、突然、引き渡す準備ができたと言ってきた。ジェローム来訪の約束があろうとも、テオはすっ飛んでいった。すると、広重の入った包みを渡しながら、忠正が言ったのだ。

――これは、あなたにお渡しするのではない。あなたの兄上にお渡しするのです。

もし、彼が、既存の美術界で孤独な存在ならば……そして敏感な人ならば、おそらく、特別な何かを感じ取ってくれることでしょう。

そのとき、テオは、強く思った。——この人物に、フィンセントの作品を見てもらいたいと。そのときまでに、テオは、〈じゃがいもを食べる人々〉を、ただひとり、アルフォンス・ポルティエに見せただけだった。印象派と浮世絵、その両方を同時に展示するセンスの持ち主であるポルティエならば、きっとフィンセントの絵を評価してくれるに違いない、と信じてのことだった。

案の定、ポルティエは、作品を目にした瞬間、雷に打たれたように動かなくなってしまった。そして、しばらくしてから、たったひと言、口にした。——見たことがないたぐいの絵だ——と。

そのひと言は、いつまでもテオの胸の中でこだましていた。浮世絵同様、いままでにない「新しい絵」だと担保されたような気がした。

まだ時期尚早かもしれないが……あの男、林忠正にならば、見せてもいいかもしれない。テオは、忠正に対して強い警戒心を抱くと同時に、不思議な親しみを覚えてもいた。自分同様、パリで孤軍奮闘している外国人だから、だろうか。いや、それよりも、もっと深い何か……人を引きつける磁力を、あの男は持っている。

ひょっとすると、フィンセントは、あの男に導かれて、新しい「窓」を開けることになるのではないだろうか？

——と、そのとき。

コンコン、とドアをノックする音がして、テオは我に返った。

カンヴァスと浮世絵を一緒にして麻布で包み、急いでクローゼットへと戻す。落ち着いた足取りで、ドアに近づき、鍵を開けた。

ドアの向こうには、アンドレが立っていた。

「失礼いたします。今日、お出かけ中に、見知らぬ男から手紙を言付かりました。お渡しするのを、うっかり忘れていまして……」

そして、白い封筒を差し出した。

「誰だ？」封筒を受け取りながら尋ねると、

「さあ……」と、アンドレは困惑顔になった。

「みすぼらしい身なりの男でした。名前は言わずに、これを支配人に渡してくれと、そう言って立ち去りました」

不審に思いながら、テオは、封を切った。

二つ折りになった紙片を広げると、見覚えのある文字の走り書きが現れた。

一気にパリまで来てしまった。どうか怒らないでくれ。
いまからルーブルへ行ってくる。「方形の間《サル・カレ》」に来てくれるかい。待っているよ。
君と話がしたい。きっとすべてがうまくいくはずだ――。

フィンセント

一八八六年　三月初旬　パリ　九区　オペラ大通り

壮麗なオペラ座を右手に眺めながら、馬車がゆっくりと大通りへ入ってゆく。

店舗やカフェがずらりと軒を並べる一角、「オテル・ド・ラ・ペ」の正面の入り口前で、林忠正と加納重吉が乗った馬車が停まった。

馬車から降りてきた重吉は、振り返ってオペラ座「ガルニエ宮」を仰ぎ見た。

ナポレオン三世の命を受けて、フランス人建築家シャルル・ガルニエが設計し、十一年まえに完成したこの劇場は、なだらかな階段の上に鎮座して、春の澄み切った青空を背景に絢爛たる姿を見せていた。ファサードに居並ぶ列柱には彫刻と装飾が施され、屋根の上には金色に輝く天使が翼を広げている。

「おい、シゲ。何をぽかんと見てるんだ。さっさと行くぞ」

忠正に声をかけられて、重吉は我に返った。パリに来て二ヶ月、まだまだ見るもの聞くもの、すべてが物珍しく、なかなか慣れない。

「すみません。ガルニエ宮があまりにもすばらしくて……」

ホテルの中へと入っていった忠正を追いかけて、言い訳をすると、

「もう何べんかこのあたりに来ているじゃないか。来るたびに同じことを言っているぞ。まったく……」

忠正は呆れて言った。そして、

「まあ、わからんでもない。おれも、初めてパリに来たときは、慣れるまでにずいぶん時間がかかったものだ。言葉のほうは、割合、すぐ慣れたんだが、いちばん慣れなかったのは風景だったな」

朝、目が覚めて、窓を開ける。すぐ目の前に、いかにもパリらしいアパルトマンがある。

そのたびに、ああそうか、ここはパリなんだ、と思う。

出かけていけば、なおのことだ。街角のカフェ、テラスでくつろぐ人々。山高帽にステッキを携えた紳士、腰を膨らませた優雅なドレスをまとったご婦人方。大通りを行き交う馬車の列。ルーブル宮で見られる美術品の数々、なごやかなチュイルリー公園、リュクサンブールのしたたるような緑……。

そして、滔々《とうとう》と流れゆくセーヌの流れ。

「ポン・ヌフの欄干にひとりでぼんやりもたれて、夢じゃないか？　と何度も思ったものだ。おれはいまパリにいる。確かにパリにいる。でもまてよ、ひょっとすると長い夢を見ている

んじゃないか？　夢なら覚めないでくれ……ってな」

「やっぱり。林さんもそうだったんですね」

　重吉は、頬を紅潮させて言った。

「僕も、毎朝起きるたびに、あれっ、ここはどこだ？　って、びっくりするんですよ。いつも金沢の実家の畳の部屋で目が覚めた気がして……それで、朝餉《あさげ》の味噌汁のにおいの代わりに、どこからともなくキャフェのにおいがしてきて……ああ、ここは金沢じゃない、パリなんだ、って」

　忠正は、立ち止まると「まったく、お前ってやつは……」と、怖い顔を作った。

「なんだそれは。もう少し、『ロマン』を感じさせる物言いを心がけろ。パリのブルジョワジーは、日本人に『ロマン』を求めているんだからな。幻滅させるなよ」

　はあ、と重吉は心もとない返事をした。

「ロマン……小説……つまり、物語、ってことですか？」

「そうだ」忠正が、快活に言った。

「いまから会う人物は、パリの文壇きってのすばらしい小説家《ロマンシエ》で、大の日本びいきだぞ。心して面談するように。わかったな」

　その日、重吉は、「若井・林商会」の上顧客で、忠正が「誰よりも日本の美術に深い理解を示している文士」と賛辞を呈する人物、エドモン・ド・ゴンクールに初めてまみえたのだった。

ホテルに併設された「カフェ・ド・ラ・ペ」の奥まったテーブルで、ゴンクールは朋友の到来を待ちかねていた。ふたりの日本人の姿を認めると、すぐさま立ち上がって歩み寄り、「やあ、アヤシ！」と親しげに忠正を抱擁した。

「紹介しましょう、エドモン。私の会社の専務、シゲ・カノウです」

忠正が重吉を紹介すると、ゴンクールは、ぴんと張った白い口ひげの口もとをほころばせて、

「やあ、パリへようこそ。よく来てくれたね。やっと会えてうれしいよ」

と、右手を差し出した。重吉は、しっかりとその手を握ってあいさつした。

「はじめまして、ムッシュウ・ゴンクール。こちらこそ、ようやくお目にかかれて光栄です。お噂はかねがね、ムッシュウ・ハヤシより伺っておりました」

ゴンクールは月に二、三度は忠正の店に立ち寄っていたのだが、これまで重吉は、あいにくいつも出かけていたのだった。

日本美術を賛美する「ジャポニザン」を自称することは、いまやパリの文化人やブルジョワジーのあいだでちょっとした流行のようになっていた。日本美術をひとつくらいは持って

いて当然、女性たちが扇や着物を模したコスチュームを身に着けないのは流行遅れと目されるほどであった。

しかしながら、雰囲気だけ「ジャポニザン」ふうにしていて、そのじつ、日本美術や日本文化についての知識などまったく持ち合わせていない輩も大勢いた。

そんな中で、エドモン・ド・ゴンクールは、正真正銘の日本美術愛好家、筋金入りのジャポニザンであった。

ゴンクールには、かつて、ジュールという弟がいた。兄弟は共同で小説や歴史書を執筆し、パリの文壇を牽引していたのだが、ジュールは結核を患い、十六年まえに三十九歳の若さで帰らぬ人となった。

風貌も性格も言動までも、まるで双子のようにそっくりだった弟を亡くして、ゴンクールは悲しみの海の底に深く沈んだ。しばらくはペンも執れないほどに落ち込んでいたが、そんな彼を救ったのは、日本への憧れと、日本美術への強い執着だった。

――私は日本へ行きたい。日本に行って暮らしたい。そこで新しく人生をやり直したいんだ。

そんなふうに夢想することで、弟を失ったさびしさを紛らわしていた。実際に、日本への渡航を真剣に考えもした。が、それが容易ではないことをていねいに説明し、パリにいても日本美術を研究し続けることで、限りなく日本に近づけることをゴンクールに諭したのは、忠正であった。

「アヤシがパリへ呼び寄せたくらいだから、君はさぞや日本美術に見識があるんだろうね、シゲ?」

ワインで乾杯したあとに、ゴンクールがわくわくした調子で重吉に向かって言った。彼にしてみれば、重吉は憧れの国からパリへ遣わされた新たな美の使者なのだ。

はるばるパリへやって来る日本人はごく限られていたから、そう思われても当然のことだったが、あまり買いかぶられても困る。重吉は頭を掻いて、

「いやあ、それほどではありませんが……」

と謙遜した。

とたんに、テーブルの下で忠正が重吉の膝に膝をぶつけてきた。はっとして横を向くと、忠正は素知らぬ顔で、

「彼はフランス語も大変堪能ですが、それ以上に日本美術をフランス語で語る知識と技術を持っています。私が自分の右腕として呼び寄せたのですから、ご信頼いただいても大丈夫です。保証しますよ」

と言った。重吉は、居住まいを正して、「ええ、もちろんです」と続けた。

「最近、パリでは日本美術を模した粗悪な絵が横行していると、ムッシュウ・ハヤシから聞いております。見識を持たぬフランス人が、それらしく作られた安物に飛びついていると……我が社で扱っている作品は、すべて、正真正銘、日本から直々に仕入れているものです。私は、ムッシュウ・ハヤシとともに、一点一点、すべて検品し、お客さまのもとに届けていく所存です。特に、日本美術に造詣が深く、また人一倍愛情も深い、あなたのようなかたのもとに……」

自分でも不思議なくらい、重吉はすらすらと話した。忠正の横顔に（それでよし）と言いたげな微笑が浮かんだ。

ゴンクールは、いかにも満足そうに二重あごを上下させてうなずいた。

「なるほど。なかなか頼もしいな。君は、美術を見る目ばかりじゃなく、どうやら人を見る目もありそうだ。……そのあたり、同じ外国人とはいえ、あのノルデールとは大違いのようだね」

忠正は、ふふ、と笑い声を立てた。

「まあ、自称『日本通』はいまパリにごまんといますからね。……私たちがノルデールよりもより日本美術に詳しいのは、なにも見識が優っているからじゃない。私たちは、ただ、彼と違って日本人なだけですから」

ゴンクールは、ため息をついた。

「そう、その通りだ。君たちは、ただ、日本人なだけだ。でも、だからこそ、私たちの憧れをいっそう煽る。どうにかして日本人になりたいと本気で思い込んでいた私には、君たちの存在自体がすばらしくもあり、うらやましくもある……」

重吉には、なぜそこまでゴンクールが日本人と日本の文化に傾倒するのか、いまひとつわからなかった。彼はまるで、自分がパリに憧れていたのとまったく同質の熱情を日本に注いでいるようだった。

その日は、ゴンクールが日本の友人と彼の店の新入りをもてなしたい、ということで、忠正と重吉は昼食に招かれていた。

スープのあとに鴨の焼き肉《ロティ》がテーブルに出てきたとき、「ところで……」とゴンクールが切り出した。

「君は確か、『パリ・イリュストレ』の日本特集の監修と執筆を依頼されたと言っていたね、アヤシ？　その後、どうなったんだい？」

それは、重吉の知らない話であった。

「パリ・イリュストレ」は、パリで大流行している絵入り雑誌であり、さまざまな事件の報道や異国の見聞記、風刺画や色つきの写真などを掲載して、ひときわパリ市民の目を引いていた。重吉もしょっちゅう買い求めては隅から隅まで目を通している。

そんな大人気の雑誌で日本特集をするとは初耳だった。しかも、林忠正が執筆・監修とは。

ほんとですか林さん!?　とはしゃぎそうになって、重吉はぐっと自分を制した。そんなことをすれば、例によって忠正に叱られるだろう。フランス人の友人の前でおれに恥をかかすな、と言われるのが落ちだ。

忠正は、思わせぶりな笑みを口もとに浮かべると、

「そうですね、ここだけの話ですが……実はもう、原稿は完成しています」

そう答えた。ゴンクールの目が輝いた。

「そうなのか。発売はいつだ？」

「まもなくです。いつとは申し上げられませんが」

忠正は、いかにも含みのある言い方をした。

「それにしても、『パリ・イリュストレ』の編集部には物好きが集まっているようですな。なにも私のような一介の美術商などではなく、フィリップ・ビュルティにでも執筆を頼めばよいものを……」

フィリップ・ビュルティとは、フランスにおける日本美術の受容と普及に貢献した美術評論家である。フランスばかりでなく、いまやヨーロッパ各地で日本美術はすっかり定着した

感があるが、その面白さ、すばらしさにいち早く目をつけたビュルティは、ヨーロッパの人人の日本への強い関心と、日本趣味の表現や日本美術に影響を受けた芸術を総称して「ジャポニスム」と名付けた。彼自身も日本美術の収集家として知られており、忠正の上顧客のひとりでもあった。

「確かに、ビュルティの日本美術に対する見識は尋常ならぬものがある。そして情熱も……まあ、あの男と双璧に日本に対する愛情表現をできるフランス人は、パリ広しといえども、この私くらいしかいるまいがね」

そう言って、ゴンクールは胸を張った。どれほど日本に憧れ、日本美術に深く傾倒しているか、自慢合戦の体になってきたな、と重吉はほくそ笑んだ。

「だが、アヤシ、君たち日本人は『謙遜』という美学を持っているようだが……『日本特集』を指揮できるのは自分しかいない。ほんとうのところは、そう思っているんだろう？」

ゴンクールが、ずばりと言った。忠正は、眉ひとつ動かさずに「ええ、まあ、そんなところです」と受け答えした。

「なぜならば、私はあなたがたとは違う。『日本人』ですから」

謙遜など、とんでもなかった。忠正は、自分が「日本人であること」を、堂々と主張している。重吉は、そんな忠正の不遜とも思える態度に驚きを覚えたが、同時に、このパリで

「日本人であること」を誇りにしている、そうでなければならないのだと、身をもって自分に教えてくれているのだ、と気がついた。

ゴンクールは、羨望を込めた口調で「その通りだ」と言った。

「君は、私たちとは違う。日本がどういう国か、日本美術がなんたるか、君以上にわかっている人物はこの国にはいまい。私も、君に多くのことを教えてもらっている。……感謝しているよ、アヤシ」

そして、ワイングラスを軽く持ち上げてみせた。それに応えて、忠正もグラスを持ち上げた。重吉も、あわててグラスを持ち上げて、ついでに残っていたワインを一気に飲み干した。

「……それで、どんな内容なんだ？　少し教えてくれないか？」

そわそわした調子で、ゴンクールが尋ねた。

忠正は、ワインをひと口含むと、「さて……」とつぶやいた。

「それは読んでのお楽しみ……ということにしましょう」

もったいぶった物言いには、なんらかの企てが隠されているようである。ここはあくまで素知らぬ態度を貫いたほうがよさそうだ、と重吉は目の前の鴨の皿に集中しているふりをした。

ううむ、とうなって、ゴンクールはナイフとフォークを握った手を止めた。忠正は涼しい顔で鴨のロティを切っている。

「……表紙は？」

ややあって、ささやき声でゴンクールが訊いた。忠正の手が、ぴたりと止まった。

「『パリ・イリュストレ』日本特集の表紙には、いったい……どの画家の作品を持ってこようと思っているんだ？」

忠正は、顔を上げてゴンクールを見た。重吉も、同時に顔を上げた。実はそれだけがゴンクールの訊きたかったことなんだと、その瞬間、重吉は理解した。

「あなたにだけは、誰よりもさきにお教えしましょう」

ゴンクールの目をみつめて、忠正は答えた。

「表紙には、渓斎英泉《けいさいえいせん》の浮世絵を掲載しようと考えています。……作品も、すでに決まっています。《雲龍打掛《うんりゅううちかけ》の花魁《おいらん》》という作品です」

ゴンクールがごくりとつばを飲み込んだ。テーブルに身を乗り出して、彼は言った。

「英泉か……！　その題名は聞いたことがない。どんな作品なんだ？　美人画なんだろうな？　色は？　構図は……？」

それから、一拍おいて、

「それを、君は持っているのか？」

忠正がにやりと笑った。

「もちろんですとも。……お取り置きしましょうか？　もしもあなたが、それをどうしてもほしいとおっしゃるのなら……」

日本特集が出たあと、英泉の作品は必ず値段が跳ね上がる。だから、そうなるまえに、あなただけのために取り置きしてもいい、と忠正は言った。ほかならぬ友人のあなただから、と。

「い……いくらだ？」

ゴンクールの声が上ずった。忠正は、口もとに微笑を浮かべたままでゆっくりと答えた。

「……千フラン、申し受けます」

重吉は、思わずフォークを落としそうになった。

千フラン。——フランス芸術アカデミーの巨匠・ジェロームの油絵に匹敵する値段だった。


翌日、忠正は、浮世絵の買い付けのためにロンドンへ発った。

ロンドンでも浮世絵の人気は著しかったが、パリよりもまだ廉価な値段で手に入れることができた。そのため、忠正は頻繁にロンドンへ出かけ、浮世絵を買い集めてはパリの店へ持ち帰っていた。

「若井・林商会」では、共同経営者である若井兼三郎が日本で商品を集め、定期的にパリへと船便で送り出していた。

忠正がパリへ来て間もない頃、若井は、当時副社長を務めていた「起立工商会社」のパリ支店に忠正を誘った。若井は生粋の江戸っ子で、生家が質屋を営んでいたこともあって商才があり、成人してからは美術骨董商として独立した。一八七三年のウィーン万博の際に道具商の資格でヨーロッパへ渡り、茶商の松尾儀助と共同で、輸出商社「起立工商会社」を設立した。そこに忠正が呼ばれ、パリにおける本格的な日本美術の販売に乗り出した。

日本美術は飛ぶように売れたが、仕入れが間に合わず、粗悪品でもいいから売りさばけという会社の方針に反発した若井と忠正は、相次いで辞職した。その後、ふたりで「若井・林商会」を立ち上げたのだった。

若井はかなりの目利きで、自ら日本各地を訪ね、良質な美術工芸品や浮世絵を探して回った。そして、持ち主が「えっ」と驚くほどの高い値段で買い取った。それまでは、浮世絵は読み終わった瓦版同様、たいした価値がないものとされていたので、若井のもとには我も我もと浮世絵の持ち主がやって来て、どんどん買ってもらった。若井は大量に集まった良質な浮世絵をまとめて、ほかの美術工芸品とともにパリの店に送っていた。

しかし、日本からの船便が到着するまでは三ヶ月以上かかる。商品が底を突くまえに補充しなければならない。ロンドンでの仕入れの背景にはそういう事情があった。

「パリ・イリュストレ」日本特集の発売は五月の予定だった。発売後に浮世絵の値段はさらに高騰するはずだから、そのまえにできる限り商品を集めておかねばならない。忠正は着々とその準備を進めていたのだった。

まもなく日本特集が出ることを知っているのは、ごく一部の関係者のみだった。日本美術を扱っているノルデールの店のような同業他社に知られまいと、忠正は神経を遣っていた。ゴンクールとの会食の席で話題に上がるまで、重吉でさえも知らされていなかったのだ。

その日、重吉は、額装した英泉の作品〈雲龍打掛の花魁〉を、表通りに面したショーウィンドウの向かい側の壁に掛けた。その場所に展示したのは、外から店内をのぞいたときに、もっともよく見える場所に掛けておくように――と忠正に言われたからである。これ見よがしに見せるのではなく、何があるのだろう、と足を止めてわざわざ店内をのぞき込む「興味津々の」客の目を引く位置に、これからパリじゅうで知られることになるであろう英泉の一枚を掛けておく。抜かりない計画であった。

重吉は、両手で額を支えて慎重に壁に掛けると、少し離れたところから眺めてみて、曲がっていないかどうかを確認した。英泉の描いた「花魁」は、はっと息をのむほど色鮮やかで、花魁の妖艶さが際立つ逸品である。重吉は、しばらくのあいだ、額の中の遊女と向き合った。

縦長の画面。豪奢な打掛を身にまとい、おびただしい数の簪《かんざし》を髷に挿し、しなを作って振り向く花魁の姿。その背中で、雲が湧き上がり、龍が昇り立つ。打掛と着物と帯、黒と赤と青と白のくっきりとした色の対比が実に鮮やかである。花魁の能面のような顔には不思議な色香が漂っている。画面いっぱいに描かれた遊女の姿は、平面的かつ装飾的でありながら、あふれんばかりの「生」が感じられる。まさに、英泉が得意とした美人画浮世絵のきわめつきの一枚だ。

――これが、あの「パリ・イリュストレ」の表紙を飾るのか。

パリの街角のいたるところにあるキオスクの店先を艶やかな花魁が占拠する場面を想像して、重吉は思わずにやりとした。

――まるで、このパリで「花魁道中」するようなものじゃないか。それはつまり、日本の美術が天下を取ったようなものじゃないか……？

ふと、額にはめられたガラスに人の影が映り込んだ。表通りで足を止め、ショーウィンドウ越しに店内をのぞき込む人物の影。その影は、ぴくりとも動かずに店内を――いや、「花魁」をみつめているようだった。

重吉は、振り向いてショーウィンドウのほうを見た。

窓の向こうに、丸い中折れ帽を被り、薄汚れた上着を着込んだ男が佇んでいた。痩せこけた頬は赤いひげに覆われ、くぼんだ眼孔の奥の瞳が瞬《また》きもせずに「花魁」をみつめている。その目には猛禽類の鋭さがあった。

重吉の胸がどきりと音を立てた。なぜかはわからない。けれど、重吉は、その男のまなざしにただならぬ欲望を感じた。――いますぐに「花魁」を奪い去ってしまうかのような。

一瞬、男と目が合い、重吉はあわてて視線を逸らした。貧しい身なりの不審な男である。うちの顧客にはなり得まい、無視するのがよかろう、と重吉は、そそくさと奥の事務室へ移動した。

ややあって、ドアベルの音が響き渡った。事務室の机の前の椅子に座りかけた重吉は、はっとして腰を上げた。

ドアがバタンと閉まる音がした。助手のジュリアンが客を通したのだとわかった。――いや、それがあの男だとしたら、「招かれざる客」だ。

ドアノブに手をかけると、素早くノックの音がして、ドアが内側に開いた。目の前にジュリアンが立っていた。

「お客さまがお見えになりました」

重吉は舌打ちをした。

「なんで断りもなく通したんだ」

ジュリアンは、きょとんとして、

「シゲさんと面会のお約束の方ですよ」

と答えた。

「『グーピル商会』のムッシュウ・テオドール・ヴァン・ゴーグです」

重吉は、急いで部屋を出た。

英泉の「花魁」の前に、ふたりの男の姿があった。

山高帽に上質のフロックコートを着こなし、ステッキを手にした上品な物腰の男性。重吉のパリでの数少ない友人となったテオだった。

そして、もうひとりは、ついさっき、暗く鋭いまなざしでショーウィンドウ越しに「花魁」に見入っていた――あの男。

テオの兄、フィンセント・ファン・ゴッホであった。

一八八六年　五月上旬　パリ　十八区　ルピック通り

坂下の広場で乗り合い馬車を降りると、テオはゆるやかな坂道を早足で上り始めた。

その日は「グーピル商会」の経理の締め日で、書類の整理が忙しく、店を出るのがすっかり遅くなってしまった。出入り口のドアに鍵をかけてから懐中時計を見ると、夜八時を回っていた。部屋に帰り着くのは九時近くになるだろう。兄は待ちきれずに、もう出かけてしまったかもしれない。

九時近くではあったが、五月のパリはまだ明るく、宵の口といった感じである。街なかのカフェやブラッスリーのテラス席は、ようやく巡りきた気持ちのいい季節を満喫する人々であふれかえっていた。

坂の途中にあるアパルトマンの青いドアは、中庭へと続く通路《コリドー》の出入り口になっている。そのドアの取っ手に手をかけた瞬間、ふいに内側に開いた。おっと、と驚いた顔で鉢合わせした相手は、兄のフィンセントだった。

「ああ、テオ。ちょうどよかった。いまから『ヴァタイユ』に行こうと思っていたんだ。君の帰りを待ってたら日が暮れちまうから……」

そう言って、笑ってみせた。吐く息はアルコールの臭いがした。家では飲むなとあれほど言ったのに、とテオは苦々しい気持ちになったが、

「今日は店の締め日だったから、遅くなってしまったんだ。待たせて悪かったね」

穏便に応えて、ドアを閉めた。

「なんだ。それならそうと、出かけるときに言ってくれればよかったのに。もう腹が減って死にそうだよ。さ、早く行こう」

フィンセントはそそくさと坂道を上り始めた。なんだよ、とテオはふてくされた気分になった。今朝、僕が出勤するときには眠りこけていたくせに。

「今日はどのくらい進んだ？　きのう、描きかけの風車を見せてくれたよね。あの続きを描きに出かけたんだろ」

兄の背中に向かってテオが尋ねた。昨夜、モンマルトルの丘の上にある風車を描いた制作途中の風景画を見せてもらった。なかなかいい構図で、面白い一枚に仕上がりそうな予感がした。

「ああ、まあね」とフィンセントは気乗りのしない声で答えた。

「今日は出かけなかったよ。ずっとうちにいた」

「なんで？　いい天気だったじゃないか。絶好の制作日和だったのに……」

フィンセントは、ぴたりと足を止めて振り向いた。

「制作日和だって？　なんでそんなことが君にわかるんだ？　君が絵を描いているわけじゃないだろう？　今日が描ける日か、そうじゃないか、それはおれにしかわからないことだろう？」

兄の目はにごって血走っていた。テオは返す言葉に詰まってしまった。

こんなふうに、フィンセントはときどき真理を口走る。そしてたちまち、自分はそれにねじ伏せられてしまうのだ。

「まあ、そんなことはどうでもいいよ。早く行こうぜ。すっかりのどが渇いちまった。いつものテーブルで、今日いちにちが無事に暮れゆくことに乾杯しよう」

テオの顔に複雑な表情が浮かび上がったのに気づいたフィンセントは、くだけた調子でそう言うと、さっさと歩き始めた。

薄汚れてよれよれになった上着の背中が最初の角を曲がらないうちに、テオもまた早足で坂道を上っていった。

フィンセントがなんの前触れもなしに突然パリへやって来たのは、二月末のことだった。テオが「グーピル商会」を留守にしているあいだに、走り書きの伝言が残されていた。そこには、すぐにルーブルに来てほしい、と誘う言葉が並んでいた。

走り書きの紙片を上着のポケットに突っ込むと、帽子も被らずに、テオは画廊を飛び出した。

ルーブル美術館の二階、壮麗な広間「方形の間」には、オランダの黄金時代の絵画やイタリアのルネサンス期の傑作の数々が掛けられてあった。はたして、その部屋の中心にフィンセントは佇んでいた。

「フィンセント兄さん！」

呼びかけられて、赤いひげ面が振り向いた。

形の崩れた中折れ帽、薄汚れたよれよれの上着とズボン、土がこびりついた靴。展示室の入り口のテオに向かって、にっと笑いかけた。歯が欠けて皺くちゃの顔は、三十代半ばの壮年ではなく、老人のようだった。

テオは激しく肩を上下させながら、兄のそばへと歩み寄った。そこまでの道々、兄に会ったらなんと言おうか考え続けてきた。

——どうしてこんなに突然やって来たんだよ、兄さん？

アントワープの美術アカデミーに通っていたはずじゃないか？　描きかけの作品が山ほどあると手紙に書いていたじゃないか？

こんなに急に来られちゃ困るよ、こっちにだって段取りってものがあるんだから。

いつも兄さんはそうやって僕を困らせる。こうなればいい、と僕が思うようには動いてくれない。

気ままで、自分勝手で、家族や僕がなんと思っていようとおかまいなし。やりたいようにやる、そういうふうにしかできないんだと言わんばかりに。

わかっているよね？　僕が養っているのは兄さんだけじゃないんだよ。故郷の母さんや妹たちも僕を頼っているんだ。二年まえ、父さんが神に召されてからは、この僕がファン・ゴッホ家の家長になったこと、忘れていないよね？

僕だって、好き好んで家長になったわけじゃない。本来なら、家長になるべきは兄さんだ。ファン・ゴッホ家の長男なんだから。

だけど、兄さんはちっとも落ち着いてくれないし、自分の生活すらままならない。結局僕が家長にならざるを得なかった。

でも兄さんは、僕から仕送りを受け取っていることを、ほんとうは恥じているんだろう？だから、僕から渡されているお金は「仕送り」じゃなくて「対価」ということにしたいって、提案してきたんだろう？

（——テオ、毎月僕は君に作品を送る。その作品は、君の所有物だ。君がそれをどうしようと、まったく君の自由だ。誰にも見せない権利だってあると認めよう。たとえそれを引き裂いてしまったとしても、僕はなんら文句を言うつもりはない。

前進するためには金が必要だ。……だから、君が僕にとって有用かつ不可欠な金を送ってくれる限り、君とは縁を切らないし、必要とあらば、どんなことでもがまんするつもりだ。テオ。僕が君と君の金に対して抱いている考えは、君が僕と僕の作品に抱いている考えに釣り合ったものだろう——？）

あの提案が書かれていた手紙を、僕がどんな思いで読んだか……兄さんはわからないだろう。

僕は、兄さんの作品を仕送りしているお金と交換に自分のものにしたいなんて、一度も思ったことはない。

兄さんの作品は誰のものでもない。兄さんの作品は、画家フィンセント・ファン・ゴッホ自身のものなのだから。

家族からも世の中からも孤立して、たったひとりで苦しみながら描き続けている兄さんの作品を、たかだか月々百五十フランで自分のものにするだなんて……そんなこと、僕にはとてもできないよ。

それなのに、「金を送ってくれる限り」僕との縁を切らないと、兄さんはあの手紙に書いていた。

僕らの関係は、そんなものなのか？　僕が兄さんの作品の受け取りを拒否して、「対価」を送るのをもしもやめたら、僕らはもう永遠に兄でも弟でもなくなると言うのか？

兄さん。あなたと僕は、いったい、どれほど重苦しい鎖で結ばれているんだろう。

いっそこのまま、このさき、もう二度と会えずに終わることができたら。

幼い頃憧れたあなたのまぼろしだけを心に宿して生きていくことができたら。

僕はどれほど幸せだろうか――。

心の中で独白を続けながら、テオは「方形の間」にたどり着いた。

そして、すっかり老け込んだ兄の顔を見たとたん、すべての言葉をなくしてしまった。

ああ言おう、こう言おう、そんなふうには言わないほうがいい、あのことは言わずにおこう。堂々巡りしていたやるせない思いが、かえってテオを無言にしてしまったのだ。

「やあ、テオ。……帽子を被ってないじゃないか。君らしくないね、どうしたんだ？」

皺くちゃの笑顔で、照れ隠しにか、フィンセントはそんなことを言った。そのとぼけた調子と、いかにもみすぼらしい風体をみつめるうちに、テオは、ふいに涙と笑いが同時に込み上げてくるのを抑えられなくなった。

「だって、こんなに急にルーブルに来てほしいなんて呼び出すから……あわてて飛び出しちゃって、帽子だのステッキだのなんて持ち出すひまがなかったよ」

少しうるんだ声で、テオはそう言った。

フィンセントは、いっそうくしゃくしゃと笑顔になって、

「ああ、そうか。いや、急なことで……びっくりさせて悪かったな。だけど、僕のほうだってびっくりしてるんだ」

と言った。

「びっくりって、何が？」

テオが訊き返すと、

「そりゃあ、『グーピル商会』に飾ってた絵さ！」

フィンセントは腕を大きく振って、体じゅうで驚きを表現してみせた。

「君の留守中にちょっと中に入って見せてもらったんだけど……コローにドーミエ、ギュスターヴ・モロー、バルビゾン派……まさかアカデミーの画家以外の絵も売っているだなんて、驚きだったよ」

心底感心した様子で言った。

以前、フィンセントがテオに先んじて「グーピル商会」の社員だったとき、彼もパリに在住してグーピルの本店に勤務していたことがある。その頃、グーピルではアカデミーの画家の作品以外は一切扱っていなかった。

確かに、その頃にくらべればずいぶん様変わりしたといっていい。グーピルは、アカデミーのお墨付きの作品ばかりではなく、市場が求めている作品を扱うようになり始めていた。そうするように仕向けたのはテオだった。ジェロームに苦言を呈されつつも、目立たないように印象派の作品もぽつぽつと売るようになっていた。これは老舗画廊にとっては大きな変化であった。

その事実にひと目で兄が気づいてくれた。テオはすなおにうれしかった。

「この展示室《ギャラリー》に飾ってある作品は、ほとんど変わっていないようだが……」

フィンセントは、頭を巡らして、四方の壁を埋め尽くすように掛けられている名画をぐるりと眺めた。そして、あらためてテオの顔を正面にみつめると、言った。

「ずいぶん変わったんだな、パリは」

テオは、微笑んでうなずいた。

「ああ、変わったよ。……これからも、もっと変わっていくはずだよ」

よりよく、より面白く、より刺激的に変わっていく。――それが、パリという街の運命だった。

　その街とともにある芸術家たちもまた、変わりゆく運命なのだ。


　フィンセントは、結局そのまま、テオのひとり暮らしのアパルトマンに文字通り転がり込んだ。

　よくよく聞いてみると、確かに突発的にやって来たのだが、その直前に住んでいたアントワープの下宿は引き払い、登録しつつもほとんど通うことのなかった美術アカデミーも退学して、荷物をすべてまとめて――といってもほとんどは画材だった――移住するつもりでやって来たのだった。

　ラヴァル通り二十五番地にあったテオの部屋はこぢんまりとしていたが、いつもきちんと片付けられて居心地がよかった。フィンセントは、当然のように「おれはここで暮らす」と言い張った。パリこそが自分のいまいるべき街であり、もはやどこへも行くつもりはない、と。

　フィンセントがなんのためにパリへやって来たか。もちろん、絵を描くため、画家として世間に認められるためであった。となれば、いかに居心地がよくてもテオの部屋はあまりにも手狭だった。フィンセントのためにアトリエが必要だった。ほとばしる絵の具がどんなに飛び散ってもかまわない部屋を用意しなければ。

テオはすぐさま何人かの友人に尋ねて回った。画家の卵である兄がパリへやって来て、ふたりで暮らすことになった。ついては少なくとも三部屋——兄と自分それぞれの部屋とアトリエ用の部屋——があって、なおかつそんなに賃料が高くないアパルトマンがあればそこに移りたいのだ、と。

友人たちは一様に驚きを隠せなかった。——君には兄さんがいたのか。それも画家の卵だって？　だったら君の画廊から売り出してやればいいじゃないか、云々。

「グーピル商会」から無名の画家など売り出そうものなら、自分はジェロームに永久追放を言い渡されるであろう、という説明をはぶくためにも、テオはすでにフィンセントの絵を見せたことのある人物に相談した。アルフォンス・ポルティエである。

ポルティエは、非常に有益な情報をもたらしてくれた。自分が住んでいるモンマルトルのルピック通りにあるアパルトマンにちょうど空きが出た。四階にある貸し物件には四部屋に台所が付いていて、テオがいままで住んでいた九区ほど賃料も高くない。しかも同じアパルトマンにフェルナン・コルモンの画塾がある。この画塾に通ってはどうか、とていねいに助言もしてくれた。

コルモンもまたフランス芸術アカデミーの重鎮だったが、ジェロームとは違って、新進気鋭の画家たちに積極的に画塾の門戸を開いていたのだ。テオも噂では耳にしていた。コルモンのもとには、新たな表現を見出そうと瞳を輝かせる若い画家の卵が多数集まっていると。

――まさに、ルピック通りのアパルトマンは、フィンセントにぴったりの場所ではないか。

ポルティエに大家《おおや》を紹介してもらい、すべてがとんとん拍子に決まった。引っ越してすぐ、テオはポルティエにフィンセントを紹介した。ポルティエは、興味津々の様子でフィンセントにまみえた。

テオはポルティエに〈じゃがいもを食べる人々〉を一度見せたことがある。そのとき、ポルティエが言った言葉が忘れられない。

――見たことがないたぐいの絵だ。

「見たことがないたぐいの絵」、つまり、誰の作品にも似ていない、極めて個性的な絵、ということだ。

まさに、フィンセントの絵は誰の作品にも似ていなかった。そう、初めて日本美術を見たときに、テオの胸には同じ思いが浮かんだのだ。

――なんだこれは？　こんな絵が世の中にあるのか？

構図も色も、いままで見たどんな画家のどんな作品にも似ていない――。

あのときの沸き立つ感じを思い出して、テオは、ポルティエの言葉を〈じゃがいもを食べる人々〉への最大限の賛辞と受け止めたのだった。

その「見たことがないたぐいの絵」を描いた本人と向かい合ったポルティエだったが、絵を見せてほしいともなんとも言いはしなかった。ただひと言、助言するにとどめた。――コルモンのアトリエには面白い連中が集まっているから、あなたも参加してみたらいい、と。

新しい芸術の動向にはいちはやく反応するポルティエが、もしやフィンセントの仕事に興味を持つまいか、とほのかな期待があった。しかし、荒削りで暗い色調の絵を描くこの無名の画家は、ようやくパリで認められつつある印象派や大人気を博している浮世絵とはまったく別質の個性を備えていた。つまり、ポルティエが関心を示すたぐいの画家ではないのだった。

ルピック通りのアパルトマンの窓からは、モンマルトルの街並みが一望できた。周辺には市場やさまざまな店、カフェやキャバレーが軒を連ね、庶民的な活気に満ちていた。多くの若い芸術家たちがこの界隈に住んでいる。テオは、この環境がフィンセントに画家としてのやる気と安定感をもたらしてくれるのではないかと期待した。

パリは刺激に満ちている。フィンセントがいままで画題に選んできたさびれた農村や黙々と働く農民の姿はどこにもない。軽やかな時代の空気を吸い、華やかな街並みに親しめば、きっと彼の絵の雰囲気は変わっていくはずだ。

それまでのフィンセントは、オランダやベルギーの各地を転々として長く一箇所に定まらなかったし、娼婦との痴情のもつれや別の女性への片思いなどで精神的にも落ち着かない日日を送っていた。画材を買うために食費も切り詰めていたにもかかわらず、しっかりと画業に専念できずにいた。

そんな兄が、意を決してパリへ——自分のもとへやって来た真意をテオは思った。

——変わりたい。

フィンセントは、そう願っているのではないか？

かれこれ六、七年ものあいだ、彼は闘い続けている。芸術という名の魔物と。そして傷つき、苦しみ続けている。どうにもならないほど追い詰められている。

その状況を変えたくて、フィンセントはパリへやって来たんじゃないか？　そして自分自身が変わることを望んでいるんじゃないか？

そんなふうに思い至ったとき、テオは、フィンセントを受け入れよう、と決心した。

テオは、もうずいぶん長いこと兄を経済的に支援し、画家として立身してほしいと願っていた。そのじつ、時が経てば経つほどどんどん情けなく、醜くなっていく兄から目を逸らしたい気持ちがあった。

少年時代、フィンセントはテオの憧れだった。両親の期待を一身に背負い、学校で高い教育を受け、伯父の支援を得て大都会のハーグ——とそのときテオの目にはそう映っていた——の大画廊に就職を決めたフィンセント。がっしりした体軀を持ち、ときおりメランコリーに陥ることもあったが、いつも何くれとなく弟を思いやってくれた。

テオの中には、遠い昔のフィンセントの姿がいつまでも生き生きと残っていた。その姿を消したくはなかった。だから、現実から顔を背けていたのだ。

フィンセントは情緒不安定になると、激しく弟を罵倒する意地の悪い手紙を狂ったように送りつけてきた。そんな文面を読んで、もう兄でも弟でもない、二度と会いたくなどないと何度思ったことか。兄からの便りを受け取るたびに、開封せずに破り捨てようとした。それでも、ひょっとすると少し落ち着いたかもしれない、制作が進んだかもしれない、いい作品が完成したよと喜んでいるかもしれないと、やっぱり読んでしまうのだった。

手紙のやりとりは頻繁だったが、ふたりは長いこと会わずにいた。テオにしてみれば、フィンセントに会うのは怖かった。決定的な仲違《なかたが》いをして、ほんとうにこのさきもう二度と会えなくなってしまうようで。

ところが、二年まえ、思わぬかたちで兄と再会した。故郷の父が他界したのだ。葬儀に駆けつけたテオは、母やきょうだいたちをやさしく抱擁する兄の姿をみつけた。

テオは、涙があふれて仕方がなかった。帰らぬ父の亡骸と対面したからではない。食費を切り詰め、胃を病み、歯が抜けて、痩せこけて老人のようになってしまったフィンセント。それでも家族を懸命になだめ、長兄らしく振る舞っているその姿を見て、どうしようもなくせつなく、さびしく、いとおしく、泣けてきたのだ。

——僕は、一生、このままなんだろうか。

葬儀を終えて別れるとき、フィンセントは不安そうな色を浮かべた瞳で弟をみつめて、独り言のようにそうつぶやいた。

——僕は、もう変わることなく、終わってしまうんだろうか。

テオは、思いのこもった目で兄をみつめ返すと、はっきりと言った。

——そんなことはない。きっと変われるよ。兄さんさえその気になれば。

——ほんとうにそう思うか。

兄の問いかけに、テオは力強くうなずいた。フィンセントは、かすかに頬を歪めて微笑んだ。

そうして、フィンセントはやって来たのだ。パリへ。芸術の都へ。——テオのもとへ。ただまっすぐに。

表通りのガス灯がぽつりぽつりと灯されてゆく。

先を歩くフィンセントのよれた上着の背中が、青い宵闇に溶けて、だんだん遠くなってゆく。

もう兄の背中を追いかけたくない、という気持ちと、決して見失ってはいけない、という気持ち。相反するふたつの思いが、テオの中で静かに闘っていた。

街路樹のマロニエは、豊かに生い茂る枝葉のあいだに薄紅色の花をつけて、惜しげもなく芳香を放っている。ふいにせつなさが込み上げるのは、始まったばかりの夏のせいだろうか。

いつかの夏、故郷の街で、少年のテオは遠ざかる兄の背中を夢中で追いかけた。こんな気持ちになるのは、あの頃の自分がよみがえるからだろうか。

名も知らぬ感情を胸に抱いて、テオは、夜の街へと消えていくフィンセントの背中をどこまでも追いかけていった。

一八八六年　五月中旬　パリ　十区　オートヴィル通り

大通り沿いの街路樹の枝々に若葉が萌えいで、朝の日差しを受けてきらめいている。

初夏を迎えたパリの街並みは、街路沿いにずっと並べ植えられた木々のせいで、いっそう華やいで見える。

オートヴィル通りにあるアパルトマンから、勤務先の「若井・林商会」に徒歩で通っている重吉は、石畳の道を足早に歩きながら、ときおり、林忠正とともに出かけた隅田川支流のほとりの茶屋のことを思い出すことがあった。

橋のたもとにつながれた小舟がさざ波にちゃぷん、ちゃぷんと揺れるのを眺めながら、おれはなんとしてもパリに行く――と強い意志のこもった声色で語った忠正の横顔。あのときの情景がなんの脈絡もなく脳裏に浮かぶのは、こうしてパリの右岸の街角を歩いていると、吹きくる風にかすかに湿り気を感じるからだろうか。

そう、ここは東京ではなく、パリである。隅田川ではなく、セーヌ川が流れている。空には都鳥ではなく、カモメが舞い飛んでいる。風に揺れているのは柳のしなやかな枝ではなく、プラタナスの豊かな青葉だ。

そうだ、おれたちは、あの頃、語り合ったものだ。どうかして、フランスへ、パリへ行きたいものだと。

おれはただただ、雲をつかむような心地で夢みていたにすぎなかったが、林さんは違った。あの人は最初から本気だった。絶対にパリへ行く、そしてこの世界がどうなっているか、自分の目で確かめてやるんだと。

そして、あの人は、本当にそれを実現してしまった。ついでにおれまでも引っ張ってくれた。

おれは、林さんがいなかったら、とてもじゃないがパリに来ることなどできなかった。夢みることはできても、本気で来ようなどとは思わなかったはずだ。

それがどうだ。いま、こうしておれはパリの街角を歩いている。隅田川じゃなくて、セーヌ川の気配を風に感じながら。

五月のパリはもっとも美しい。生きていることを誰かに感謝せずにはいられなくなるほどだ――と重吉は忠正に聞かされていた。つい浮き立ってしまうのは、清々しい季節が巡りきたせいだ。

――と、店の前までやって来て、ぎょっとして足を止めた。

ショーウィンドウの前に人だかりができている。山高帽を被った紳士たちの一群が、ガラス窓の中をのぞき込んだり、人待ち顔で通りの向こうを眺めたりしている。

何があったのだろう。重吉は、急いで紳士たちのもとへ駆け寄った。

「失礼、どうしましたか。いったい何が……」

声をかけると、

「あなたは、アヤシの画廊の人ですか？」

ひとりの紳士が訊いてきた。なまりの強いフランス語だった。

「ええ、そうですが」

と答えると、別の紳士が、

「この浮世絵はこの店で売っているのかね？」

そう尋ねながら、手にしていた雑誌を差し出した。その雑誌の表紙になっている絵を見て、重吉ははっとした。

黒髪に幾多の簪を挿し、しなを作ってこちらを振り向く妖艶な遊女の立ち姿——。英泉の浮世絵〈雲龍打掛の花魁〉である。

今月発行された絵入り雑誌「パリ・イリュストレ」の日本特集。林忠正が日本美術に関して寄稿し、大きな話題になっていた。発売直後から、表紙になった英泉の作品に関する問い合わせが重吉のもとに次々に寄せられ、在庫としてあった数十枚の英泉の作品はまたたくまに売り切れてしまった。

これはまだまだ売れる、ということになり、忠正はすぐにロンドンへ仕入れに出向いた。ロンドンの日本美術を扱っている店を片っぱしからあたればまだ在庫があるはずだと予想して行ったのだが、すでにロンドンのジャポニザンのあいだでも評判になっており、どの店に行ってももはや入手することはできなかった。逆に、そっちにはないのか、あれば言い値で買う、ぜひとも頼む、としつこく言い寄られ、散々な目にあってしまったよ、と言いながらパリに帰ってきたのだった。

大あわてで買いにきたのは、忠正の友人で日本美術の大コレクター、作家のエドモン・ド・ゴンクールだった。英泉を売ってもよいと忠正に事前に持ちかけられたものの、値段を聞いて二の足を踏んでしまった。忠正は〈雲龍打掛の花魁〉になんと千フランという値段をつけたのだ。

浮世絵は版画だから同じものが複数枚存在するのだし、人気の画家のものであってもせいぜい二、三十フランというのが相場である。さすがにそれはないだろう、とゴンクールが文句を言うと、だったら結構です、と忠正はつっぱねた。そのうちに、千フランでも安いと思うようになるはずです。しかし、そう気づいたときにはすでに遅いでしょうけれどね……。

忠正の予言は的中した。店にあった英泉の在庫は、どの作品も一枚残らず千フラン以上で売れた。〈雲龍打掛の花魁〉ならば三千フランでも買うという客も現れた。ゴンクールが駆けつけたときには、すでに在庫が底を突いていた。忠正はロンドン出張中で、重吉が対応をしたのだが、ゴンクールは地団駄を踏んでくやしがっていた。その様子を見て、「後の祭り」とはまさにこのことだな、と重吉は密かにほくそ笑んだのだった。

英泉騒ぎがようやく一段落して、やっとひと息つけると思っていたところだったが、今朝、店へ出てきたらこの騒ぎだ。いったい何があったんだろうか。

「この作品はすでに売り切れました」

重吉が言うと、紳士たちは、一様にがっかりした表情を浮かべた。そして、すらりと背の高い男性が、いかにもあきらめきれない、という調子で言った。

「私たちはアムステルダム在住の浮世絵愛好家のグループです。この雑誌の日本特集が、アムステルダムでも評判になっていて……なんでも、こちらの店で、表紙になっているこの作品を扱っているという噂を聞いたので、アムステルダムから汽車を乗り継ぎ、三日三晩かけてここまで来たのです。それなのに……ああ、なんということだ、売り切れとは！」

紳士の話に重吉は驚かされた。

パリやロンドンばかりか、ヨーロッパのほかの国にも日本美術の熱心な愛好家がいると聞いてはいたが、それは事実だったのだ。

それにしても、三日三晩かけてオランダからやって来て、一枚の英泉も見られないとは。気の毒に思った重吉は、紳士たちを店内へと誘った。

「どうぞ中へお入りください。長旅でお疲れでしょう、少し休んでいかれては……」

「いや、いや。すぐにでもほかの店に行ってみます。浮世絵を扱っている店は、ここ以外だとどこにあるのでしょうか？」

そう言われたので、重吉は、ノルデールの店とポルティエの店、それぞれがある通りの名前を教えた。紳士たちは口ぐちに礼を述べると、足早に立ち去っていった。

山高帽の一群の後ろ姿を見送っていると、彼らとすれ違いながら、通りの向こうから忠正がやって来るのが見えた。

「おはようございます」

ショーウィンドウの前に佇んでいた重吉は、忠正の怪訝そうな顔に向かってあいさつをした。

「なんだ、あの連中は？　お前の知り合いか？」

訊かれて、重吉は「いいえ、違います」と答えた。

「なんでも、三日三晩かけてアムステルダムからやって来たという、オランダ人の日本美術愛好家のグループだそうです。『パリ・イリュストレ』の日本特集を見て、英泉を求めてここまで来たんだそうですよ」

ほう、と忠正は興味深げな声をもらした。

「それは、わざわざご足労なことだな。……どうして店内にお通ししなかったんだ？」

「休んでいかれてはとお誘いしたんですが、すぐにでもほかの店をあたってみると言われまして……」

「ふむ。そして？」

「ノルデールとポルティエの店を教えて差し上げました」

忠正は、つかのま無言で重吉をみつめていたが、

「ちょっと来い」

と言って、つかつかと中庭へと続くコリドーを歩いていった。重吉は、あわてて怒り肩の背中を追いかけていった。

店内に入ってドアを閉めると、忠正が振り向いた。重吉は反射的に首をすっ込めた。

「――馬鹿野郎！」

案の定、特大の雷が落ちてきた。忠正は重吉の頭から帽子をむしり取って床に投げつけた。重吉は亀のようになって、いっそう首を縮こめるしかなかった。

「お前というやつは……本気で画商をやる気があるのか!?　わざわざ外国から三日三晩かけてやって来るほどの金持ちのジャポニザンを、どうしてみすみす競争相手に引き渡すようなことをするんだ！」

アムステルダムで「パリ・イリュストレ」を入手できる立場で、浮世絵を買うためだけにパリへ出てこられる人物は、かなりの富裕層、しかも筋金入りの日本美術の愛好家である。今日のところは売るものがなくても、せめて住所と名前を訊いておけば、将来の上顧客になっただろうにと、忠正は烈火のごとく怒った。いったん火がついてしまうと、忠正の怒りはなかなか収まらない。重吉は、雷神の怒りが鎮まるのを恐れおののきながら待つほかはなかった。

さんざん怒鳴り散らしたあと、忠正は、肘掛け椅子にどさりと身を投げて、ため息をついた。

「お前には失望したよ。せっかくパリに呼び寄せたのに……」

立ちすくむ重吉の顔をじろりと見上げると、とどめにひと言、言った。

「これ以上、ここにいても役には立たん。……帰ってもらうとするか」

えっ、と重吉は声を上げた。

「帰ってもらうって……に、日本へですか!?」

「そうだ。それ以外にお前がどこへ帰ると言うんだ」

そう聞いて、重吉は思わず忠正の足下にひれ伏さんばかりになった。

「そ、それは……それだけは、どうかお許しください！　故郷も家も学校も捨てて、ここまでやって来たのです！　あ、あの……実は、隠してましたけど、結婚するつもりで付き合っていた女もいました。が、その女とも別れてきました！　何もかも捨てて……僕は、パリで……パリで林さんと一緒に……そ、それだけが望みで、ここまで来て……それなのに……」

言いながら、泣けてきた。ちっとも忠正の役に立っていない自分が腹立たしく、情けなくて仕方がなかった。

「おいおい、シゲ。泣くな」

忠正が心底呆れた声を出した。

「日本男子たるもの、泣いてはならんぞ。泣いていいのは、親が死んだときだけだ。……わかった、わかったから。……わかったと言ってるだろ、しつこいぞ！」

ぴしゃりと言われ、

「はいっ！」

重吉は居住まいを正した。そして、あらためて深々と頭を下げ、「申し訳ありませんでした！」と謝った。

忠正は両腕を組み、仕方なさそうな表情を作って、

「しょうがない。今回ばかりは帰さずにおこう。……ただし、ひとつだけ条件がある」

厳かに言った。重吉は顔を上げて忠正を見た。切れ長の目がきらりと光るのが見えた。

「お前が売却した英泉を、あのオランダ人画商から取り返してこい」

オランダ人画商。――テオドルス・ファン・ゴッホのことだった。


坂道の下で辻馬車を降りた重吉は、手もとの紙片と建物の壁に貼り付けられている通り名のプレートを交互に見比べながら、ルピック通りを上っていった。

五月の明るい宵である。坂の途中にいくつも軒を連ねているカフェでは、テラス席に大勢の人々が集い、楽しげに談笑している。日本でも五月、六月は日が長いが、こちらは宵の口からいつまでも明るくてなかなか夜にならない。それにフランス北部に位置するパリは冬のあいだ日が短いから、パリ市民は陽光が恋しいのだ。だから皆こんなふうに、カフェテラスに陣取って、なかなか暮れないいちにちの終わりを楽しんでいるのだろう。

――あった。ここだ、ルピック通り五十四番地。

青いドアの真上の壁に「54」の番号を確認してから、重吉は取っ手を握り、扉を押してコ

リドーの中へと入っていった。

この建物の四階に、テオと彼の兄であるフィンセントが住んでいる。重吉は、彼らの部屋を訪ねようとしていた。

つい先日、助手のジュリアンに「グーピル商会」へテオ宛の伝言を届けてもらった。おりいって話がある、時間を作ってはもらえないか——と。すると、テオはすぐに返事を持たせて帰した。——次の金曜日、仕事が終わってから私のアパルトマンへいらしてください。兄ともどもお待ちしています。

重吉とテオは、それまでに何度も会っており、いまや友人同士の仲になっていた。

文明開化を迎えるまえから、日本はオランダと交流があった。ヨーロッパの文化や学問はオランダによって日本にもたらされてきたのだ。だからだろうか、オランダ人であるテオと会話を交わすときは、フランス人と接するときよりも、重吉にはずっと気易く感じられる。

何より、彼が自分に対して深い興味を持ってくれているのがうれしくもあった。単なる好奇心ばかりではない。テオの態度には、重吉と日本に対するそこはかとない敬意が感じられた。

「若井・林商会」を訪問したテオは、店で扱っている日本美術のひとつひとつに関心を示し、中でも浮世絵のすばらしさに心底感嘆していた。もちろん、それまでにも少なくない数の浮世絵をパリにあるジャポニザンの店で見てきたということだったが、これほどまでに品質の高いものは見たことがない、と興奮していた。そして、北斎や歌麿の作品を譲ってほしいと熱望した。

重吉は、テオの瞳に浮かんでいた切実さに胸を衝かれる思いがした。パリの老舗画廊の支配人である人物に日本美術を所望された、だから誇らしい気分もあったのだが、自分同様、異邦人ながらこの街で奮闘しているということに共感を覚えた。そして何より、彼の本気に心動かされたのだ。

テオの希望を、重吉はすぐさま忠正に伝えた。忠正は同業者に対して警戒心を決して失わずに接することを、すでに重吉は心得ていたが、テオの浮世絵に対する関心は純粋に個人的なものである、「にわかジャポニザン」のような付け焼き刃ではない日本美術への深い敬意を感じる、と訴えた。なぜそんなにテオを擁護するのか、重吉は自分でもわからなかったが、自分が浮世絵を最初に売る相手は、ほかの誰でもなく、テオであってほしい気がしていた。

忠正は注意深く重吉の訴えに耳を傾け、その言を受け入れた。同業者には商品を譲らない、というのが「若井・林商会」の方針であるにもかかわらず、忠正は、テオを「個人の日本美術愛好家」として受け入れてくれた。そして、いい出物があったらまず知らせる上顧客のリストにテオを加えることを許可したのだった。

少しずつではあるが、重吉はテオに浮世絵を売った。――いや、正確には「忠正がテオに売った」といったほうがいい。人気の高い北斎や歌麿のものは、何人もの愛好家が入手を待ち望んでいて、どの作品を誰に分ける、という判断は、最終的には忠正がしていたからだ。

広重の〈大はしあたけの夕立〉が入ってきたとき、(これはテオに譲ってやりたい)と重吉は即座に思った。重吉とテオは、その頃までに、何度か互いの店を行き来し、ときには仕事帰りに待ち合わせをして、カフェでワインを飲み交わす仲になっていた。テオは日本美術に関してよく学び、高い見識を持っていると重吉は知った。そしてひとかたならぬ情熱も。だからこそ、下手なものは譲れない。いいものが入ってきたら、まずはこの男に知らせてやりたいと思っていた。

〈大はしあたけの夕立〉は、日本美術愛好家の中でも特に人気が高く、是非とも入手したいと熱望する顧客が数多くいた。だから、高額であっても必ず売ることができる。なんとかテオの手に渡るように都合できないか、と重吉は考えたが、ほかの上顧客を飛び越えて忠正が都合してくれるとは考えにくかった。

あきらめていたところ、忠正から意外なことを言われた。——あのオランダ人画商にこれを譲ってやれ、と。

それまでに、テオが「若井・林商会」でなんらかの商品を購入した履歴はなかった。つまり、テオは会社にとって顧客としての「実績」がなかったのだ。にもかかわらず、忠正は、愛好家のあいだでもっとも人気のある作品を優先的に譲ってくれた。重吉にはその理由がわかる気がした。

忠正には「人を見る目」が備わっている。特に「日本美術を心底愛する人を見抜く目」が。テオの本気は、忠正の目にもはっきりと映ったに違いなかった。

ついに〈大はしあたけの夕立〉を手にして、テオは喜びを爆発させた。「若井・林商会」まで作品を取りにきたテオの顔は輝いていた。震える手で作品を持ち上げると、隅々まで眺め回し、胸にかき抱かんばかりだった。

ありがとう、とテオは、うるんだ声で重吉に礼を述べた。――ありがとう、シゲ。私は、これを一生の宝物にするよ。

その後も、重吉はこれぞという浮世絵作品が入荷されるたびに、真っ先にテオに知らせた。そのつど、テオは店まで飛んできた。そしてすぐにそれを買った。いくらであっても言い値で買ってくれたが、重吉は高い値段をふっかけるようなことはしなかった。忠正に言われていたのだ。

――テオドルスにはふっかけるな。彼は美術市場を知り尽くしているし、誠実な仕事をしている男だ。お前も誠実なところを見せてやれ。

相手が言い値で買うとなると、どんどん値段を吊り上げて涼しい顔をしている、それが忠正のやり方だった。それなのに、テオに対しては誠実に――と忠告してくれた。重吉にとって、パリにおける最初の顧客であり友人となったテオは、もはや特別な存在だった。だから、忠正の忠告はありがたかった。

そして、くだんの英泉の「花魁」――これも、入荷してすぐ、重吉は（これはテオのもとに行くべき作品だ）と直感した。ゴンクールとの会話の中で、この作品が「パリ・イリュストレ」の日本特集の表紙を飾るのだと忠正に聞かされていたので、売るのは難しいだろうと思いつつ、早々に連絡を入れると、すぐにでも見にいく、との返事を得た。

英泉の作品は、「花魁」が数点と、ほかの作品も数十点入荷していた。「パリ・イリュストレ」が発売されたのち、それらの値段が高騰するはずである、と忠正は予見していた。忠正は、同誌が発売されるまえに、もっとも密な顧客に英泉作品の販売予約を取りつけた。その中にはテオが入っていた。

テオは「花魁」を見に、文字通り駆けつけた。珍しいことに、ひとりではなく、見知らぬ男と連れ立ってやって来たのだった。まるで浮浪者のように薄汚いいでたちをした赤いひげ面の痩せこけたその男は、テオの兄、フィンセント・ファン・ゴッホだった。

英泉の浮世絵を間近に見たフィンセントの顔には輝きが広がっていた。その顔を見て、このふたりは兄弟なのだ、と重吉はようやく得心した。額に入れて壁に掛けていた「花魁」を、フィンセントは食らいつくようにみつめ、そのまま固まって動かなくなってしまった。しばらくすると、激しく肩を震わせ始めた。彼は泣いていた。——どうして、どうして……とフィンセントは、子供のようにしゃくりあげながら言った。途切れ途切れの、しかし、驚くほど流暢な美しいフランス語で。

——どうして、こんな絵がこの世にあるんだ？　いったい、どうやってこんな絵が生まれたんだ？

兄は画家なんだ、と重吉は、フィンセントの背後でこっそりとテオに聞かされた。——まだ、誰にも知られていないけれど……。

テオは、すぐさま「花魁」の購入を決めた。フィンセントは、重吉に向かって、ありがとう、ありがとう……と、何度も何度も礼を述べた。

——この絵を売ってくれて、感謝します。私はこのさきずっと、この絵を大切にします。この絵は私の先生になるでしょう……。

「花魁」は収まるべき人のもとに収まった。ゴッホ兄弟が喜び合う姿を見て、重吉は我がことのようにうれしかった。ただ、いかにも品行方正で優雅な物腰の紳士然としたテオにくらべて、みすぼらしくて頼りなさそうなフィンセントの様子が気になりはしたが……。

画家ということだが……いったいどんな絵を描くのだろう？

一度兄さんの絵を見せてほしい、と重吉は、あるとき酒の席でテオに言ってみた。テオは少し考え込むそぶりで、そのうちにね、と答えるにとどまった。

そしてその日、期せずして、テオとフィンセントが共同生活を送るアパルトマンを訪《おとな》うことになったのだった。

テオに売却した英泉を買い戻してこい、との忠正の命は、明らかに「肝試し」であった。相手が誰であれ、一度売却した作品を正当な理由なく買い戻すなど常識的ではないし、画商としては掟破りである。それをあえて課したのには思惑があるのだと重吉にはわかっていた。忠正が望んでいるのは、実際に英泉をテオから取り返してくることではない。無理難題を突きつけられた重吉が、何か別の答えを持ち帰ることができるかどうか、試しているのだ。

英泉ではない「何か」。それがなんなのか、わからない。が、とにかくテオに会って話をしよう、と重吉は、アパルトマンのペンキのはげたドアを叩いた。

ややあって、ぎい……ときしんだ音を立ててドアが開いた。白いシャツ姿のテオが現れ、重吉の顔を見ると、笑みをこぼした。

「やあシゲ、ようこそ。さあ、中へ」

狭い部屋の中はこざっぱりと片付けられており、食卓の横の壁に「花魁」が飾られていた。それを目にして、重吉は胸の奥がちくりとするのを感じた。

「ちょうどフィンセントが制作中だよ。……アトリエへ行ってみるかい？」

テオに言われて、重吉はうなずいた。

「ああ。……ぜひ」

奥の部屋へと、重吉は誘われていった。

油絵の具のにおいが漂ってくる。カンヴァスをこする絵筆の激しい音が聞こえてくる。

その部屋に一歩踏み込んだ瞬間、重吉は、言葉をなくしてしまった。

鮮やかな青、緑、黄色——色彩の奔流がどっと押し寄せてきた。部屋中に絵の具を飛び散らせ、カンヴァスを平積みにし、絵筆やパレットナイフを転がして、その真ん中にフィンセントが陣取っていた。一心不乱に、描いていた。殴りつけるように、泳ぐように、踊るように——絵筆をカンヴァスにぶつけていた。

一八八七年　六月上旬　パリ　九区　クローゼル通り

なかなか暮れない六月の宵、仕事を終えたテオは、モンマルトルにあるアレックス・ビスカレ広場近くで辻馬車を降りた。兄・フィンセントと暮らすルピック通りから南へ行った場所である。アパルトマンが肩を寄せ合うようにして居並ぶクローゼル通りに、最近、フィンセントとテオが足繁く通う店があった。

店といっても、フィンセントが常連客として顔を出している場末のカフェなどではない。彼いわく「れっきとした画廊」である。ただし、これまたテオが勤める「グーピル商会」のように、大通り沿いに堂々としたショーウィンドウを構えている画廊というわけでもない。

「画材、画商、ジュリアン・タンギー」。古ぼけた看板がペンキのはげた入り口のドアの上に掲げてある。テオは確かめるようにその看板を見上げてから、ドアを開けて店の中に入っていった。

狭い店内に一歩足を踏み入れると、たちまち油絵の具のにおいに包まれる。壁という壁、棚という棚に、隙間なく掛けられ、置かれている絵の数々。新鮮な色彩と不思議な形態の絵——それは肖像画だったり、風景画だったり、静物画だったり、さまざまなモティーフで個性的な表現のものばかりだ。

ある絵は、奥行きのない画面にぽっかりと浮かんだ歪な山が描かれている。山の様子には、しかし、不思議な実体感がある。その山は決して美しくなく、どちらかというと醜いかたちである。が、それがいかにも「絵に描かれた美しく整った山」ではないがゆえに、かえって現実味を持って迫ってくる。

またある絵は、ブルターニュ地方の民族衣装を身につけた農婦たちが彩り豊かな田畑でくわを動かしている様子が描かれている。明澄な色があふれる画面には、フランス画壇で描かれてきた理想化された女性像とはまったく違う大らかさがあり、ただ悠々とした生命がある。たとえばあの大ジェロームが目にしたら、その場で卒倒するか、あるいは怒り出しそうな絵ばかりである。いまからおよそ十数年まえに、印象派の画家たちが登場したときにも、こんなものは絵じゃない、落書きだ、と評論家や大家たちには散々に酷評されたということだが、その「悪夢」がここに再び繰り返された……と言われてしまいそうである。

しかし、テオにとっては、神秘の美の森への入り口であった。いや、手つかずの美の原野というべきか。

草いきれのように立ち込める新鮮なテレピン油のにおいは、ここに置いてある作品が、埃を被った古臭い絵ではなく、描き上げられたばかりの「新しい絵」であることを教えてくれていた。

奥の部屋へと続くドアが開いて、白いあごひげをたくわえた小柄な男が出てきた。テオの顔を見ると、たちまち人なつっこい笑みをこぼした。

「やあ、テオ。よく来てくれたね、君の兄さんがお待ちかねだよ」

男はこの店の主、ジュリアン・タンギーだった。

常連客——といっても絵の具の代金をいっこうに支払わない、客とは呼べない若手の画家がそのほとんどだったが——に「タンギー親父《ペール・タンギー》」と呼ばれて親しまれている彼は、まるでその日いちにち友の来訪を待ちわびていたかのように、満面の笑みでテオと握手をし、その肩を抱いた。

「ボンソワール、親父さん。兄は奥の部屋ですか？」

「ああ、そうだとも。いつも通り、仲間たちの会話に耳を傾けているよ。今日出来上がったばかりだとかいう絵を、自分の横に座らせてね」

さもうれしそうにタンギーが言った。

タンギーの店は、もともと絵の具や絵筆やカンヴァスなどの画材を商う店だったのが、いつのまにか「画商」を兼業するようになっていた。主人が自分から作品を仕入れようとしたことは一度もないということだったが、絵の具代を払えない画家たちが支払いの代わりに自作の絵を預けるようになった。そうこうするうちに、自然と絵が集まってしまって、しまい込んでおくこともなかろうと、店先にどんどん置いていった。で、いつのまにやら「画廊」っぽくなってしまったから、そのまま画商をやっているのだと、初めてここを訪れたときタンギーに聞かされて、テオは思わず噴き出してしまいそうになった。……まるで冗談のような話じゃないか。

明確な売り上げ目標を掲げ、ブルジョワジーのマダムのお茶の相手をして、あの顧客にはこの画家の作品を、この顧客には来週入ってくるあの一枚をと、常に頭の中でめまぐるしく駆け引きをする——「グーピル商会」で自分がやっていることにくらべて、タンギーのほうは、絵が売れようが売れまいが、そんなことはちっとも意に介さず、ただただ若手の画家たちの力になりたいと、貧乏ひまなしを基本としているのだから、なんともかなわない。

日々のパンすらも買えないほど困窮しながら、それでも描くことをやめようとしない貧しい画家たち。フランス芸術アカデミーが牛耳る画壇に認められることをむしろよしとせず、自分だけの表現を見出そうと日々もがいている。そんな変わり者の画家たちをこそ、タンギーは応援しているのだった。

タンギーの店では、毎晩「変わり者の画家」たちが集って芸術談義に花を咲かせていた。タンギーは喜んでその輪に加わり、パンやワインを出して彼らをもてなした。店の経営は火の車だろうに、タンギーはいやな顔ひとつせず、むしろ喜びに顔を輝かせて、画家たちの話に耳を傾けていた。

その輪の中にフィンセントが加わった。面白い画家が集まっている場所がある、一度行ってみないか、と最初に誘ったのはテオだった。

テオのほうは、最近面白い動きをしている画商がいる、とアルフォンス・ポルティエに教えられて、タンギーの店を訪れてみた。そして、そこに陳列されている見たこともないような作品もさることながら、タンギーの人柄にすっかり魅了され、ここのところ制作に行き詰まっていたフィンセントを連れていったら刺激になるだろう、と考えた。

フィンセントは、すぐにテオとともにタンギーの店を訪れた。それから、すっかりこの場所が気に入り――いや、正確にはタンギーにすっかり気に入られて、カフェやキャバレーに入りびたりになる代わりに、ほとんど毎日、気鋭の芸術家たちの小さな城を訪れるようになったのだった。

その頃、フィンセントばかりでなく、テオも日々の暮らしにそこはかとない閉塞感を覚えていた。

兄とふたりきりでアパルトマンの部屋の中にいると、息苦しくなることがよくあった。どこでもいいから、ふたりきりにならない場所で、できるだけ長い時間を過ごしたい。兄と顔を合わせる苦痛から逃げ出したい気持ちだった。

この一年は、正直、兄弟で同居することがなぜこれほどまでに苦しいのかと、自分でもよくわからないほど苦難の連続だった。

一年まえに突然パリへやって来たフィンセントを受け入れたのは、兄が新しい絵を——自分だけの表現を求めてパリへやって来たのだと承知したからだ。

フィンセントと同居するのは少年時代以来のことである。その間に、フィンセントとテオの関係性は変わってしまった。かつてまっすぐに兄を尊敬し、その背中を追いかけていた自分はもういない。いま目の前にいるのは、癇癪《かんしやく》持ちで、自分勝手で、弟が稼いでくる給金を絵の具と安酒に換えてしまう、どうしようもない男である。酔っ払って眠り呆《ほう》けるフィンセントを見るたびに、つい目を背けてしまう。零落、という言葉を人間のかたちにしたらこうなった。そんな兄の様子に、いたたまれない気持ちになった。

それでもかろうじてフィンセントとの共同生活を維持し、彼の画家としての能力に賭けてみようと思い続けることができたのは、タンギーのような気鋭の画家を支援する人物と巡り合ったことと、よき友人を得たことが大きかった。

テオが目下、心の支えにしている友人——それは、遠い異国であるフランスで、孤軍奮闘している日本人画商の男、加納重吉であった。


タンギーの店の入り口のドアが、きしんだ音を立てて開いた。

タンギーとともに奥の部屋へ行きかけていたテオは、振り向いた。山高帽を被り、麻の上着を着込んだ重吉が入り口に佇んでいた。

「ボンソワール、親父さん。ボンソワール、テオ。ごきげんよう。今日もまた、芸術家たちの楽しい会に参加させてもらってかまいませんか?」

いかにも律儀な調子で重吉が問うた。すべての日本人の物言いはこんなふうにいつもていねいなのだろうかと、テオは重吉があいさつを口にするたびに感心する。タンギーも同様なのだろう、テオが連れてきたこの新参者の日本人の参加を、「もちろんだとも」と心から歓迎するのだった。

「やあ、シゲ。今日は早めに仕事を終われたのかい?」

とテオが訊くと、

「いや、実は、顧客のところに立ち寄ると林さんには言って、抜けてきてしまった」

ひそひそ声で、重吉が答えた。

「林さんには秘密だからな。くれぐれもよろしく頼んだよ、テオ」

テオは、小さく笑い声を立てた。

「もちろんだとも。……だけど、シゲ、いつまでも社長に秘密にしておかなくても済む方法がひとつだけある」

ほう、と重吉が興味深そうな表情になった。

「どんな方法だい？」

「知りたいか？」

「ああ、是非とも」

テオは、口もとに微笑を寄せて答えた。

「ムッシュウ・アヤシもここへ連れてくるんだ」


重吉とファン・ゴッホ兄弟が急接近したのは、一年まえのことである。

テオにとっては初めての日本人の友人である。実直な性格の重吉は、自分がいかにフランスに憧れてこの街にやって来たか、一生懸命に語って聞かせてくれた。そして、自分を呼び寄せてくれた林忠正が、いかに優れた人物であるか、どれほど彼を尊敬し、慕っているかも。

重吉にはすぐに親しむことができたテオだったが、重吉が敬愛している忠正にはなんとなく近づき難い距離を感じていた。店で何度か会って話をしたことがあったが、いつも微笑みながら目が笑っていない感じがした。いかにもていねいに接するものの——テオとて彼の店の顧客のひとりであることには違いなかった——いつもこちらの出方をうかがっているような気配があった。この男は根っからの商売人だ、油断してはいけないと、忠正に会えばテオはいつも気を引き締めた。

一方で、重吉から意外な事実を聞かされてもいた。テオが購入した何点かの浮世絵——広重、北斎、歌麿、そして英泉——は、どれも非常に人気の高いもので、何人もの顧客が購入希望リストに名前を連ねているにもかかわらず、忠正は、優先的にテオに分けてやるようにと重吉に指示を出したという。確かに、これらの画家の浮世絵は、ほかのジャポニザンの店ではすぐに売れてしまうためか、めったに目にすることはない。入手しにくいのは確かである。それをいちはやくこちらに回してくれたのは、重吉の口利きもさることながら、社長である忠正の承認がなければかなわないに違いなかった。

なぜ？　とテオは、重吉に問うた。

——なぜムッシュウ・アヤシは僕を優遇してくれるんだろうか？

重吉は、笑って答えた。

——林さんは、ほんものを見る目を持った人物にこそ、いちばんいい作品を所有してもらいたいと思っているんだ。そして、日本美術のすばらしさを理解し、広めてほしいと願っている。……君や君の兄さんのように、本気で日本美術に惚れ込んでくれる人こそが、自分たちの真の顧客なんだと、林さんは僕に教えてくれたよ。

冷たい光を宿した切れ長の目を、テオは思い出した。なるほど、彼のまなざしには相手を値踏みするような鋭さがある。しかし、自分たち兄弟がその鋭い目にかなったのであれば、願ってもないことだ。

忠正とは親密な会話をする機会になかなか恵まれなかったが、重吉との仲は深まっていった。

そしてあるとき、「若井・林商会」の助手が重吉からの伝言を届けに「グーピル商会」へやって来た。——おりいって話がある、時間を作ってはもらえないか、との伝言に、ただならぬものを感じ、アパルトマンへ来ないかと返事をした。

テオはフィンセントとともに何度も「若井・林商会」を訪問したが、忠正にも重吉にも、一度も兄の作品を見せたことがない。いつかふたりにフィンセントの作品を見せたいと考えていた。そのときがきた、と感じたのだった。

はたして重吉はルピック通りのアパルトマンへやって来た。よほど切羽詰まった用件があったのか、ドアの向こうに現れた友の顔は色をなくしていた。

ちょうどフィンセントがアトリエで制作中だった。テオは重吉をアトリエの中へ招き入れた。

フィンセントは、一度絵に取りかかると、彼の隣に誰が来て佇もうが、話をしようが笑い声を立てようが、たとえ雷が落ちようとも嵐が起ころうとも、まったく意に介さずに、ただただ自分の絵の中へと深く深く潜り込んでいく——それが常だった。そして、まさしくその「絵が生まれ落ちる」現場に、重吉は期せずして立ち会ったのだった。

かつてフィンセントが新境地を見出した一作〈じゃがいもを食べる人々〉の画中に漂っていたそこはかとない不穏な空気とメランコリックな色合いは、パリに来てからというもの、鳴りを潜め、いまやフィンセントの目の前にあるカンヴァスには強烈な生々しい色彩が躍動していた。

フィンセントの制作手法は独特で、パレットにさまざまな色の絵の具を大量に盛り上げ、そこに絵筆を突っ込んで、パレット上で色合いの調合などせずにすくい取る。そして、その絵筆を、まるで弾を撃ち込むかナイフで切り裂くかのようにカンヴァスに叩きつける。体全体を大きく揺すって、すばやく、激しく、手を動かす。アトリエでモデルと向き合い、じっくりと時間をかけて被写体《オブジェ》をカンヴァスに写し取る従来の画家の手法とはまったく違うやり方に、重吉は衝撃を受けたようだった。

　重吉は、アトリエの入り口に佇んだまま、しばらくのあいだ動けずにいた。どのくらいの時間、そうしていただろうか。彼の背後で見守っていたテオのほうを振り向いて、重吉は、ひと言、言った。――帰るよ、と。

――何か話があるんじゃなかったのかい？

　テオが訊くと、

――いや、いい。もういいんだ。

　そう言って、苦しげな笑みを浮かべた。その額にはじっとりと汗がにじんでいた。

　帰っていこうとする重吉に、ちょっと待ってくれ、と声をかけて、テオは自室から小さな紙挟み《バインダー》を持ってきた。そして、それを重吉に手渡した。

――これを持って帰ってくれないか。もし、君がこれを気に入ったら、ムッシュウ・アヤシにも見せてほしい。

　重吉は、バインダーをそっと開いてみた。中から現れたのは、一枚のスケッチ。独特の筆致で描かれた、英泉の〈雲龍打掛の花魁〉の模写だった。

――兄は、英泉を分けてもらったことをほんとうに喜んでいるよ。もちろん、僕もだ。ムッシュウ・アヤシに伝えてほしい。心からの感謝を。

重吉は、黙ってスケッチに視線を落としていた。やがて、顔を上げてテオをみつめると、ありがとう、と言った。少しうるんだ声で。

——僕のほうこそ……感謝するよ、心から。


フランス革命記念日が近づいた七月のある宵、ジュリアン・タンギーの小さな店は、閉店後、彼の友人であるフィンセント・ファン・ゴッホのために貸し切りになった。——「タンギー親父」の肖像画の制作が始まるのだ。

「さあ、こんな格好でどうだね。……せっかく肖像画を描いてもらうんだから、いちばんいい上着とシャツを家内に準備してもらったよ」

狭い店内でフィンセントとテオが片付けをしているところへ、奥の部屋からタンギーが現れた。インディゴのダブル・ブレストの上着に黒いズボン、白いシャツを身に着けて、いつもよりこざっぱりしている。

「やあ、すてきだよ親父さん。格好いいじゃないか」

売り物のカンヴァスをどかして、タンギーがポーズをとる場所を作っていたテオが明るく言った。

「何か忘れてないか、親父さん。帽子はどうした？」

イーゼルを立てて位置を決めていたフィンセントが言った。こちらもいつになく朗らかだ。

「ああ、そうだった。帽子、帽子……ちょっと取ってくるよ。寝室のクローゼットの中にあるはずだ」

あわててタンギーが奥へ戻っていった。その背中に向かって「夏の帽子を頼むよ！」とフィンセントが声をかけた。

その日から一週間ほどかけて、フィンセントによるタンギーの肖像画が制作されることになっていた。

とはいえ、タンギーから依頼を受けたわけではない。逆に、フィンセントとテオからタンギーに依頼して肖像画を描かせてもらうのである。

タンギーと知り合いになってこの方、フィンセントは画材をタンギーの店から調達するようになったのだが、実はずっと絵の具代を払っていなかった。テオには食費とは別に画材代も工面してもらっているにもかかわらず、金はすべて酒代に費やしてしまっていたのだ。

その事実が発覚して、テオは烈火のごとく怒った。タンギー親父の人の好さにつけ込んで、彼に支払うべき絵の具代まで全部酒代に換えてしまったとは……。

ところが、フィンセントはけろりとして「絵で支払うからいいんだ」と言う。そのほうがタンギー親父は喜ぶのだと。ただし、普通の絵じゃつまらないから、特別な一枚を彼のために描くことに決めた――タンギー親父の肖像画だ。すごいのを描いてみせる、それで溜めていたツケを帳消しにしてもらうのだ、そう親父に提案してほしい、それがおれの専属画商である君の役目だと、むしろ息巻いてテオに迫るありさまだった。

もしも兄の無茶な提案をタンギーが受け入れなかったら、自分がどうにかして絵の具代を全額払わねばなるまい。そう覚悟して、テオはタンギーに申し入れをした。

ところが、びっくりするほどあっさりとタンギーは快諾した。「それはまた、とびきりうれしい提案だね!」と。小躍りしそうな彼の様子に、いったいこの人はどこまでお人好しで、どれほど世間で認められていない芸術家が好きなんだろうと、テオはいっそ愉快になってしまうほどだった。

愛すべきタンギー親父のために、また、画家フィンセントの個性を際立たせるために、テオはこの肖像画を特別なものに仕上げてもらいたいと考えた。

そのためには、アトリエや一般的な室内でポーズをとってもらうんじゃだめだ。この絵を見た人が、タンギー親父とは誰か、フィンセント・ファン・ゴッホとはどういう画家なのか、一目で理解できる特徴を盛り込まなければ。

テオは、ふと、特徴的な背景を演出することを思いついた。フィンセントが愛してやまない絵をタンギーの背景に飾る。フィンセントは、タンギーの肖像を描きつつ、その絵の模写も画中に盛り込むのだ。

背景の絵として、何がもっともふさわしいか。――浮世絵以外には考えられなかった。

テオは、早速重吉に相談した。自分たちの所有している浮世絵も飾るつもりだが、大柄で見栄えのする浮世絵を、一、二点でいい、「若井・林商会」から借りることはできないか。

重吉は、その提案に興奮して、林さんに掛け合ってみると言ってくれた。

そして迎えた、制作の初日――。

「これでどうだい？」

すっかり準備が整った店内に、あらためてタンギーが現れた。つばが少し反り返った麦わら帽子を被っている。フィンセントとテオは、目を見合わせてうなずき合った。

「さあ、どうぞ親父さん。その浮世絵の壁の前にある椅子へ」

テオに促されて、タンギーは粗末なスツールに腰掛けた。その背後には六点の浮世絵が貼り出されていた。歌川豊国、歌川広重、そして渓斎英泉。風景画と美人画。はっきりと明瞭な色面、大胆な構図。どれもが一級品の浮世絵である。

「まるで日本のミカドのようだな」

浮世絵に囲まれて鎮座するタンギーを眺めて、ひと言、フィンセントが言った。タンギーもテオも楽しげに笑った。

ショーウィンドウが面したクローゼル通りを、長い日差しが照らし出している。

通りを挟んで店の向かい側の舗道に、ふたりの日本人が佇んでいた。――肖像画制作の現場を見せようと、重吉が忠正を連れてきたのである。

が、ふたりは、制作が始まった店内に入っていこうとはしなかった。長い影を連れて通りに佇み、ショーウィンドウ越しに店内の様子をうかがっていた。

「――やはり」と忠正の口が動いた。

「英泉はあのふたりのもとにあって、生かされたな」

重吉はうなずいた。

そのまま、ふたりは店内に入ることなく立ち去った。画家とモデルの親密な時間を壊すまいとするかのように。

一八八七年　十二月初旬　パリ　八区　サン・ラザール駅

鋼鉄とガラスで組み上げられたドームの下、石造りのプラットホームが何本も長く延びている。

ドームの彼方まで続いている線路の向こうから、もうもうと煙を吐きながら機関車が近づいてくる。汽笛が響き渡り、黒光りする車体がドームの中に入ってきた。鋼鉄の車輪をきしませて、機関車はゆっくりと停止した。

プラットホームで汽車の到着を待っていた人々の群れが乗車口に押し寄せる。いまかいまかと待ち構えていた重吉は、人混みの中、つま先だって、汽車から降りてくる乗客の中に待ち人の姿を探した。

ホームのなかほどで、ポーターの手押し車に大きなトランクをいくつか載せて運ばせている男がいた。黒いフロックコートにシルクハット、切れ長の目。

「林さん！」

大声で叫ぶと、涼しげなまなざしがこちらを向いた。

「おう、シゲ！　来てくれたのか」

駆け寄った重吉の背を軽く叩いて、忠正が言った。半年ぶりに日本語を聞いた重吉は、ただもうそれだけで胸がいっぱいになってしまった。

忠正は、七月の革命記念日を過ごしたあと、日本へ一時帰国していた。日本美術同様、最近ヨーロッパで人気の中国美術を仕入れるために、上海、天津、北京と買い付けの旅をし、そのあとに日本に立ち寄って、大量に浮世絵などを入手してきた。

パリで留守を預かった重吉のもとに、まず中国のそれぞれの都市から送られた商品が大量に届いた。重吉は、新しい商品が到着するのを待ち構えていた顧客にどんどん売りさばいた。彼らは「若井・林商会」が扱っているものならと、商品の説明もろくに聞かずに言い値で買ってくれた。

日本美術ばかりではなく、いまのパリでは中国美術も確実に売れる――忠正の読みは見事にあたった。さすがだな、と感心する一方で、なんとなく腑に落ちない気持ちもあった。

フランス人のブルジョワジーたちにとっては、日本美術と中国美術にたいした違いはない。要するに、いま流行の「東洋趣味」に沿ったものなら、日本美術だろうと中国美術だろうとかまいはしない。そんな風潮があることが、重吉は気にかかっていた。

もちろん、忠正とて、日本美術と中国美術が混同されていることをわかっているだろう。

が、彼のすごいところは、むしろ混同されていることを利用して、中国美術まで売りさばいてやろうという魂胆があるところだ。まったくうちの社長の商魂は半端なものではないと、複雑な思いがあるものの、やはり感心せずにはいられなかった。

「ル・アーブルから送ってくださった電報が、今朝届きました。今日の午後五時にサン・ラザールに着く、とあったので……お迎えしないわけにはいかないですよ。馬車を向こうに待たせてあります。さあ」

重吉はポーターに駅の正面へ荷物を持っていくように指示を出した。その様子を見て、忠正は「慣れたものだな」と感慨深そうに言った。

「ちゃんと馬車を待たせた上で出迎えてくれるとは、お前も成長したな。留守のあいだも、ずいぶん売り上げたようじゃないか」

二週間ごとに売り上げを累計し、電報を送って忠正に報告していた。自分の狙い通りに中国美術が飛ぶように売れたこと、またきっちりと留守を守ってくれた重吉の働きぶりにも、忠正は満足しているようだった。

馬車に乗り込むと、忠正は車《キャリッジ》の窓を開けた。冬の宵の冷たい空気が車内に流れ込んでくる。胸いっぱいに吸い込んで、「ああ、パリのにおいがする」とつぶやいた。

「どんなにおいですか？」

重吉が訊くと、

「いろんなにおいが混ざっている。……馬の汗、鞍の革、ご婦人の香水、ワイン、ガス灯……かすかな水のにおい……これは、セーヌから漂ってくるのだな」

パリにいることが日常となった重吉は、ふいに、初めてパリにやって来た頃のことを思い出した。朝になると、下宿の階下にあるカフェからパンとコーヒーのにおいが漂ってくる。やはりここはパリなのだと実感したのだった。

「東京のにおいは、どんなだったかなあ。もう思い出せなくなってしまいました」

何気なく重吉が言った。忠正は軽く笑った。

「おれもひさしぶりに帰ってみて、ちょっと驚いたよ。生臭いんだ。魚のにおいだな。それから、潮の香り……なつかしかったよ」

元号が明治に改まって二十年が経つ。東京の中心部は徐々に整備されつつあり、都市化――つまり都市の西洋化は進んではいるものの、それでもやはり花の都・パリとは比するべくもない。東京の成熟度はまだまだ西欧に劣っていると痛感した、と忠正は語った。

「博物館も五年まえに上野に移転したんだな。天皇の行幸があったそうじゃないか。今回、初めて行ってみたんだが……」

「ああ、そうです。僕も博物館へはしょっちゅう出かけていました」

重吉が言った。もともと博物館に陳列されているものにはさほど興味がなかったのだが、忠正に呼び寄せられて渡仏することが決まってからは日参したものだ。何しろ日本美術を扱う商人になるのだ。日本美術のなんたるかを少しでも学んでいかねばなるまいと、展示ケースに並べられた磁器や彫金や工芸品に見入ったのだった。

「どうですか、浮世絵のいいものは展示されていましたか？」

重吉の問いに、「まさか」と忠正は嘲笑気味に答えた。

「日本人が浮世絵に興味なんぞ持つものか。日本では、浮世絵はあい変わらず古新聞と同じ扱いさ。博物館に飾られるはずがないじゃないか」

言われて、重吉はひやりとした。

そういえば、自分だとて、パリに来るまえは浮世絵など見向きもしなかった。ところがパリでは、浮世絵はもてはやされ、信じられない高値で売れる。それがあたりまえになってしまっていた。

「だがな、シゲ。……考えてもみろ。日本では浮世絵が紙切れ同然に扱われているからこそ、我々の商売が成り立っているんだ」

低く静かな声で、忠正が言った。

「できる限り安く仕入れて、可能な限り高値で売る。それが商売というものだ。……日本人が日本美術の価値に気がついたら、それは、我々がこの仕事をやめるときだ」

　重吉は、口を結んでうつむいた。

　忠正の言っている通りだった。紙切れ同然だからこそ、安く大量に仕入れることができる。それを何十倍、何百倍にして売るからこそ利益が上がる。パリの中心地に店を構え、自分の給金も保証されるのだ。

　それを思えば、いつまでも日本人が日本美術の価値に気づかずにいてほしい——と願うべきなのだろう。

　しかし、自分はもはやその真価に気づいてしまった。

　ヨーロッパでかくもてはやされている日本美術。新興のブルジョワジーは流行に乗ってちやほやしているだけだろう。が、日本美術の真のすばらしさに多くの芸術家たちが影響を受けているのも事実なのだ。

　エドゥアール・マネ、クロード・モネ、エドガー・ドガ……印象派の画家たちが、まず日本美術の「革新性」にいち早く気がついた。

　そして、より新しい表現を求めて日々闘いを挑んでいる若き画家たちもまた、日本美術、特に浮世絵に、ことのほか傾倒している。

　なかでも、あの兄弟。テオドルス・ファン・ゴッホと、兄のフィンセント。

彼らふたりの日本美術を希求するまなざしのまっすぐなことといったら。北斎を、英泉を、歌麿を語るときの顔の輝き。まるで、朝日にさんざめくセーヌの川面さながらではないか。

印象派の絵に秘められているという革新性は自明のものである。テオの画廊で扱っているジェロームやブーグローとくらべてみても、印象派の画家たちの描く絵は、何から何まで従来の絵画とまったく違う。彼らの作品がいかに斬新か、ひと目でわかるというものだ。

過去数十年のあいだに急に富を手にした新興のブルジョワジーたちは、当初、競うようにしてアカデミーの大家たちの作品を買いあさっていたそうだ。美しく、立派な絵。堂々たる女性の裸体――といっても女神《ミューズ》だが――を、まるで目の前にいるかのように描き出す。なめらかな絵肌の豊艶な裸体は、思わずこの手で触れてみたくなるつややかさだ。

それにくらべて、たとえば、モネの絵に登場する女性たちは、顔もはっきり描かれていないし、色の塗り方も一見乱雑である。しかし、彼の絵にあふれる躍動感は、ジェロームの絵にはない。

ジェロームの絵の中の女神は、そこにいるかのようには見えても、氷結して動かない美なのだ。モネの絵の中の女性は、顔ははっきりしなくても、彼女のドレスの裾が風に揺れているのを感じられるし、アネモネ畑の草が触れ合うさわさわという音すら聞こえてくるようだ。

それに、実際、遠景の人物というのは顔の細部まで見えないのがあたりまえで、あんなふうにぼんやりとぼやけて見える。となれば、モネの描く女性や風景のほうが、よほど「写実的《レアリスト》」といえるのではないか。

モネら印象派の画家たちが、なぜあんなに従来の絵画の手法からかけ離れた表現を生み出すにいたったのか。その答えが浮世絵にあるのだ。

極端に対象物に近づいて描く手法。たとえば、歌川広重の〈名所江戸百景　亀戸梅屋舗〉。手前に梅の木の枝一本をぐっと近づけて、ほかの木々をずっと遠くに点景として描く。極端な遠近感が、小さな紙の上に無限の奥行きをもたらしている。たとえば、葛飾北斎の〈富嶽三十六景　神奈川沖浪裏〉。巨壁のようにせり上がった波の彼方に、巨大なはずの富士山をぽつんと小さく配置する、あの大胆さ。

浮世絵独特のああいった技法を、はて、いったいなんと呼ぶのかは知らないが、とにかく、西洋人の目には突拍子もない絵に映ったはずだ。

が、ブルジョワジーはむしろ珍しがってこれを求めた。そして、新しい表現に飢えていた芸術家たちは、なんとかして自分たちの創作に取り込もうと研究と努力を重ねたのだ。

浮世絵を紙くずとしかみなしていない日本人たちが、この現状を知ったら驚くだろう。パリの金持ちがその紙くずを競って買いあさっていること、一部の画家たちが浮世絵を自作に活かそうとやっきになっていること――。

「ときに、どうしている？　あのオランダ人兄弟は……」

忠正が問うた。散りぢりに思いを巡らせていた重吉は、我に返って、隣に座っている忠正のほうを向いた。

「フィンセントとテオ……ですか？　ああ、そうですね、まあ……ふたりとも、どうにか元気にやっていますよ」

歯切れの悪い返答をした。

そうか、と忠正は短く返した。それきり、ファン・ゴッホ兄弟の話題はたち消えてしまった。


忠正の留守のあいだ、重吉は、頻繁にファン・ゴッホ兄弟と会っていた。

正確にいえば、テオとは個別に会っていたが、フィンセントは見かけても会話をすることはまれだった。

テオの紹介で「タンギー親父の店」に出入りするようになった重吉は、若く名もない画家たちとの交流を深めていた。

パリに来た当初は、「印象派」だの「新進気鋭」だのといった耳慣れない枕詞がつけられた画家たちの作品に（なんだこれは！）と驚かされた重吉だったが、驚きを感じるのは彼らの生み出すものがまったく新しいからなのだとやがて理解し、その面白さに開眼した。そして、彼らの作品に表れている「新しさ」の背景に、少なからず日本美術がかかわっていることを知り、誇らしくも感じていた。

重吉は、いつしか「新進の芸術」の海に乗り出す船に乗っていた。その船長はテオだった。

——新しい時代がくる。それはつまり、新進の芸術の時代だ。

会えば必ずそんなふうに言って、テオは瞳を輝かせた。

——あと十年ちょっとで二十世紀がくるんだ。因習としがらみにがんじがらめにされていた古い時代はもう終わる。アカデミーの頭でっかちの画家の描いた古臭い絵は、まったく見向きもされなくなるだろう。

見ていろよ、きっとタンギー親父の店先に並べられている絵が、全部、信じられないような値段で売れる日がくるから！

重吉は、テオと会話を重ねるほどに、彼が兄への並々ならぬ期待を胸に秘めていることを感じ取っていた。フィンセント・ファン・ゴッホはすごい画家なのだとは、決して口に出すことはなかったが、テオが新進の芸術家を賞賛し、彼らの未来を嘱望するとき、それはすなわち兄を賞賛し、兄の未来を嘱望していることにほかならない。そして、日本美術を自分たちにもたらした日本人画商である重吉に――林忠正に、フィンセントを認めてもらいたいと切望しているようだった。

兄の作品をどう思うか、彼の描くものに興味があるかどうか、フィンセントのいないところで、テオは重吉に尋ねることがあった。重吉は、もちろん興味がある、と答えた。しかし、それ以上のことは言えなかった。

実際、重吉は、フィンセントの絵にひどく惹きつけられていた。が、その感覚を表現するのは難しかった。日本語ですらどんな言葉で言っても足りないような気がする。ましてや、フランス語で言い表すなんて到底できない。だから、面白いね、もちろん興味があるよ――と言うにとどめていた。

フィンセントの絵が放出するすさまじい力。じっとみつめていると、絵の中に引き込まれてしまうような……いや、引き込まれる、というのは生易しすぎる、引きずり込まれてしまうような荒々しさ。ふいに平手打ちをくらったような……鋭い刃物を突き立ててくるような……痛みと叫びがフィンセントの絵にはあった。

重吉がフィンセントの絵に接したときに覚えるのは、いままでに体験したことのない、見知らぬ感情だった。

　忠正が留守のあいだ、あるとき、テオが、予告もなく閉店間際の「若井・林商会」に重吉を訪ねてやって来た。

　最近、テオと会うのは行きつけの酒場やタンギーの店がほとんどだったので、何かあったのだろうかと重吉はいぶかった。

　応接間に通されたテオの顔は疲れ切っていた。椅子に座りもせずに、彼は、思い切ったような調子で重吉に尋ねた。

「ムッシュウ・アヤシは、兄の絵をどう思っているのだろうか」

　そして、すがるようなまなざしを重吉に向けた。

　重吉は、即座には答えられなかった。

　忠正は、テオから贈られたフィンセントのスケッチ〈英泉の花魁図〉を、確かに手もとに置いていた。

　あの「肝試し」の答えとして、重吉は本物の「花魁」の代わりにスケッチを持ち帰った。それを手にした忠正は、さすがに予想もしなかったのだろう、驚きの表情を浮かべた。そして、お前もなかなかやるじゃないか、と笑みをこぼした。

　思いがけなく手に入れたスケッチを、忠正は机の引き出しに入れ、ときおり取り出して眺めているようだった。重吉が社長室に入ると、取り出したスケッチがそのまま机の上に置いであることがしばしばあった。

しかし、忠正は、フィンセントの作品に関してなんら感想を口にしなかった。フィンセントがタンギー親父の肖像画を描くときに、とっておきの浮世絵を借りられないかとテオから申し入れられたことを重吉が伝えたときも、忠正は、よかろう、とひと言許諾しただけだった。

また、忠正が日本へ帰国する直前のことだが、フィンセントがタンギー親父の店で肖像を描くところを見にきてほしい、とのテオの要望を、重吉は忠正に伝えた。そのときも、ふたつ返事で、行ってみようと軽く出かけてくれた。しかし、店の前まで来ると、中には入らずに、ショーウィンドウの外から室内の様子を眺めただけで、踵《きびす》を返して帰ってしまったのだった。

「興味を持っていると思うよ」

テオの問いに、重吉はそう答えた。そう答えるのが精一杯だった。

「ほんとうに？」

テオが、重ねて訊いた。やはりすがるようなまなざしで。

「ああ。……ほんとうだとも」

それ以上のことは言えなかった。テオもまた、それ以上の答えを求めることはなかった。

あれから、どうもテオの様子がおかしい。

酒場に誘っても、忙しいからと言って断られる。タンギーの店にも現れない。「若井・林商会」にも、それっきり来ることはなかった。

フィンセントのほうは、あい変わらずだった。行きつけの酒場では飲んだくれている姿をしばしば見かけたし――面倒臭いことになりそうなので声をかけずにいたが――、タンギーの店では画家仲間の議論に加わるのではなく、あくまでも「傍観」していた。タンギーのところにいるときのフィンセントは、酒場にいるときとは打って変わって、ひどく控えめで無口なのだった。

画家仲間がきたるべき時代の芸術論をぶち上げているとき、部屋の片隅の椅子に座って、むっつりと黙りこくっているフィンセントの様子を見るたびに、重吉は、酒を飲んでいるのといないのとではずいぶん人が変わるものだな、と思った。余計なおせっかいだと思いつつ、フィンセントが仲間たちの輪にどうも入っていけない様子なのが気になった。

テオもフィンセントと同様、タンギーの店に顔を出したときには仲間たちの会話を「傍観」していた。重吉とふたりのときは快活に話をするテオが黙り込んでいるのは、いかにもフィンセントの手前、遠慮しているように重吉の目には映った。

フィンセントとテオは、兄弟ではあるが、それ以上の関係なのだ——と、重吉はすでにわかっていた。

フィンセント・ファン・ゴッホという画家を、この世でもっとも理解しているのはテオである。フィンセントの画家としての力量を推し量り、将来性を信じ、経済的にも精神的にも、全力で支えている。

以前、テオから聞かされた。自分は兄の「専属画商」なのだと——フィンセント・ファン・ゴッホを経済的に支える見返りに、彼の描く作品のすべてを与えられているのだと。

テオがフィンセントの画家としての才能に全幅の信頼をおいていることは間違いない。しかし一方で、葛藤が暗い影を落としていた。

フィンセントの描く絵は、激しい感情に彩られている。絵の具が叫び、涙し、歌っている。あんなふうに絵の具そのものに情緒が込められている絵が、いままでにあっただろうか。

画布の上でのたうち回る絵の具は、フィンセントがまったく新しい表現を勝ち得た芸術家であるという明らかな証拠なのだ。

フィンセント・ファン・ゴッホ。——ぞっとするほど、すごい画家だ。

けれど——。

彼のすごさを、どうやって世の中に認めさせたらいいのか。テオの苦悩を重吉は共有していた。

自分だとて、フィンセントが比類ない画家だとわかっている。しかし、それを世の中に認めさせる方法を知らないし、そんな力量もない。

それができるのは、冷徹に社会を俯瞰し、鋭く市場を見極め、新しい芸術を果敢に押し出す勇気を持った人物。

それは、いったい誰か。

——林忠正こそが、その人ではないだろうか？


「ああ、やはり店はいい。いまでは、ここが自分のほんとうの家だという気がするな」

日本からの長旅を終えて、忠正は「若井・林商会」の社長室に落ち着いた。

机の前に座ってようやくくつろいだ表情になったのを見て、重吉は、この人は心底仕事が好きなんだな、とつくづくわかった。——そして、好きな仕事がとことんできるこの街、パリが好きなんだ。

「お疲れでしょう。コニャック入りのコーヒーをお持ちしましょうか」

気を利かせて言うと、

「ああ、そうだな。『コーヒー抜き』で頼む」

と返ってきた。

ふたつのグラスに琥珀色の液体を注ぎ、両手に持って社長室へと急ぐ。二十年もののコニャック「クルボアジエ」は、忠正の留守中にゴンクールが持ってきてくれたものだ。社長の無事の帰還を祝って乾杯しよう。

半開きのドアのあいだから入っていこうとして、重吉は足を止めた。

忠正が、机の引き出しから一枚のドローイングを取り出して眺めている。それは、フィンセントが描いた英泉の模写〈花魁図〉であった。

まるで家族の写真に見入るかのようにして、忠正は、深いまなざしをその絵に注ぎ、両腕を組んで動かない。

重吉は、コニャックのグラスを両手に持ったまま、中へ入っていけずに、その場に立ち尽くしていた。

グラスから立ち上る馥郁とした香り。桜の花の香りがした。

気のせいかもしれない。それでも、忠正が日本の香りをパリへ連れ帰ったのだと、重吉には思われてならなかった。

一八八七年　十二月初旬　パリ　十八区　ルピック通り

ときおり吹きつける木枯らしに肩をすぼめながら、テオは、フィンセントとともに家路についていた。

少し前を歩く兄の後ろ姿を、見るともなしに眺める。薄汚れたぶかぶかのコート、擦り切れた革靴。アルコールと体臭が入り混じったすえた臭いが風に乗って運ばれてくる。このみすぼらしい男が浮浪者ではなく画家なのだと証明できるのは、彼の手にこびりついた油絵の具だけだ。

一方、自分はといえば、勤め帰りのいでたちである。かちりと糊の利いたハイカラーのシャツにネクタイを締め、黒いウールのコート、折り目のついたズボン、手入れの行き届いたプレーントゥの靴を身に着けている。山高帽を被り、アッシュのステッキを手にすることも忘れない。勤務先から帰ってきた弟のブルジョワじみた姿を見るたびに、フィンセントの目にかすかに侮蔑の色が浮かぶのを、テオは敏感に察していた。

ふたりが暮らすアパルトマンがあるルピック通りに差し掛かったところで、ふいにフィンセントが足を止めた。

「先に帰っていてくれ。おれはちょっと飲み足りないから、どこかで飲んで帰るよ」

振り向かずに、フィンセントがそう言った。テオは、またか、と残念な気持ちが込み上げてくるのを隠せなかった。

その夜、ふたり揃って友人となった画家、ポール・ゴーギャンのアトリエを訪問し、ワインを飲み交わして、いい会話ができ、ひさしぶりに明るい気持ちになっていた。そこへ冷たい水を浴びせかけられたような気がした。

もうその頃には、なんだかんだと言い訳をしては酒を飲みに出かけるフィンセントに対して文句を言う気力も失っていたテオだったが、さすがにむっとしてしまった。

「せっかくいい夜なのに、また安酒を飲みにいくのか？　たまには正気でカンヴァスと向き合ったらどうなんだよ？」

フィンセントの背中がぴりっと震えた。振り向きざまに、絵の具がこびりついた両手がテオの胸ぐらを引っつかんだ。テオは思わず身をすくませた。

「正気でカンヴァスに向き合えだと？……おれがカンヴァスと向き合っているとき、正気じゃないと君は言うのか？」

返す言葉に詰まって、テオは、すぐ近くに迫ったフィンセントの目を見た。ナイフのようなまなざしが刺してくる。テオが顔を逸らすと、フィンセントは弟の体を突き放した。

「……悪かったよ。つい……」

テオは、消え入りそうな声で言った。

「さっきまで、ゴーギャンとあんなに楽しそうにお互いの絵についてたたえ合っていたから……。あんなふうに明るい兄さんを見たのは、ひさしぶりだったからさ。僕も楽しくて……その気持ちのままで、一緒に部屋に帰り着きたかったんだよ」

正直な気持ちを告白した。

フィンセントは鼻で嗤《わら》って言い返した。

「おれはただの陰気な飲んべえだよ。君の望んでいるような陽気な絵描きには、どうしたってなれやしないさ。……君の画廊で売っているような、公明正大、品行方正な先生方のような絵なんぞ、逆立ちしたって描けるもんか」

かちんときた。

弟の給金で買ったカンヴァスと絵の具で絵を描き、弟の財布で食事をし、酒を飲んでいるくせに、フィンセントはテオがお高くとまった画廊に勤め、ブルジョワを相手にアカデミーの大家の絵を売っていることがどうしても気に入らないのだ。

テオが最近売っているのはアカデミーの画家の作品ばかりではない。ようやく印象派の画家たちの絵も売れるようになっていた。「グーピル商会」が保守的であるのはあい変わらずだったが、市場が印象派の絵を求めるようになったことと、営業成績のいいテオに好きなようにやらせてみようと経営陣が許可した結果だった。

いずれにしても、フィンセントはテオの仕事に不満を募らせているようだった。テオが売るべきなのは、アカデミーの大家でも、印象派の画家でもない。テオドルス・ファン・ゴッホは、フィンセント・ファン・ゴッホの専属画商であるべきだ。それがフィンセントの本音だった。

それなのに、テオは、フィンセントの作品をただの一枚も売ることができずにいた。そのことがいつもフィンセントを苛立たせているのだ。

テオだとて、いちにちでも早く、一点でもいい、誰にでもいいから、フィンセントの作品を売りたかった。けれど、そうできなかった。どうしても。

早くなんとかしたい、という思いが強くなればなるほど、拙速はいけない、と自分をいさめた。

フィンセント・ファン・ゴッホの絵は、そんじょそこらの普通の絵ではない。

その一枚は、世界を変える力を秘めている。世紀末に向かって奔流する美術史に新しいうねりを作り出すであろう力を。――大切な、たいせつな絵なのだ。

だから、売り急いではいけないんだ。届けるべき人のもとに確実に届けなければ。

そんな思いをテオが秘めていることに、フィンセントが気づくはずもなかった。最近の彼は、弟と顔を合わせればむっつりと陰鬱な表情を作り、酒が入れば口汚く罵った。お前はブルジョワの犬だ、おれの絵を売る度量も資格もないんだ、恥を知れ——と。

兄に何を言われても、テオはぐっとこらえて我慢してきた。血を分けた肉親だからという以上に、画家としてのフィンセントの未来に賭けていたからだ。

が、その夜、ついに限界がきてしまった。

テオは、ぐっと奥歯を噛んだ。そして、フィンセントの頬をぴしゃりと平手打ちした。

不意をつかれて、フィンセントは、打たれた頬を片手で押さえ、にごった瞳で弟をみつめた。

「——行っちまえ！　酒場へでも、どこへでも……もう帰ってくるな！」

そう言い放って、テオはフィンセントに背を向けた。そして、アパルトマンと反対の方向へ、坂道を駆け上がっていった。

くやしかった。くやしくて、胸が張り裂けそうだった。

兄の理解のなさが、自分のふがいなさが。フィンセント・ファン・ゴッホを認めようとしないこの世界が。

なにもかもがくやしく、悲しく、やるせなかった。

その夜、フィンセントは帰ってこなかった。次の日も、そのまた次の日も、帰ってこなかった。

それっきり、ふっつりといなくなってしまったのだった。

フィンセントが帰ってこなくなって、五日間が過ぎた。

「グーピル商会」のテオ宛に電報が届いた。パリ郊外の街から送られてきた電報の差出人は、フィンセントだった。「クリスマスまでには帰る」とひと言だけだったが、テオは胸を撫で下ろした。

兄弟喧嘩はいまや毎日のことだったが、丸五日も帰ってこなかったのは初めてのことだった。

フィンセントは追い込まれると何をしでかすかわからないところがあった。物を壊したり、暴れたり……一度、ナイフを自分ののどもとにかざしたことがあった。――そんなにおれを疎ましく思うんなら、この場で死んでやる！　とわめき散らしたので、大急ぎで近所に住む画商のアルフォンス・ポルティエを呼びにいった。ポルティエを連れて帰ってきたときには、ケロリとしてワインを飲んでいた。――おやポルティエさん、どうしたんで？　一緒に飲みますか？　と、にやにやしながらワインの瓶を差し出した。あのときのばつの悪さといったら、思い出しただけで吐き気がしてくる。

ぷいっと出ていって、一日二日経ってから平然と帰ってくることはしょっちゅうだった。淫売宿に泊まってきたよ、かわいい女がいてさ……などと言って、何もなかったようにまた絵を描き始めるのだ。

だから、今回も、いつものように帰ってくるだろうと思っていた。けれど、三日経ち、四日経ちして、次第にテオはいても立ってもいられない気分になってきた。

セーヌ川にカンヴァスを抱いた男の溺死体が浮かぶ夢をみて、うなされた。

――なぜあんなことを言ってしまったんだ。……帰ってくるな、などと。

激情に任せて口走ってしまったひと言を、どれほど悔やんだことだろう。フィンセントの心は、ガラスのように繊細で傷つきやすいのだ。

昔から、そうだった。そんなことくらいでどうしてそんなに傷つくんだと、兄のもろさをふがいなく思ったことは数え切れないくらいある。

追い込まれて、傷ついて、ひょっとすると……死んでしまうかもしれない。

万一自殺などしたら、その原因は自分にある。そうしたら、自分も生きてはいけないだろう。兄を自殺に追いやって、どうしてのうのうと生きていけるものか。

考え続け、苦しみ続けて、テオは次第に追い込まれていった。夜の街を歩き続けて、フィンセントの姿を捜した。が、誰に訊いても知らないと言われ、みつけることはできなかった。

そうこうしているうちに、電報が届いたのだ。無事だとわかって、目の前がぱっと拓けた気がした。

よかった、と安堵したのも束の間、再びむらむらと腹が立ってきた。

なぜ、自分はこうまでして、兄にこだわり続けるのだろう。

彼も自分もいい大人なのだ、別々の人生を歩んでいるのだ。たかだか五日ほどいなくなったからといって、振り回されるのはおかしいじゃないか。

フィンセントはフィンセント、自分は自分。ふたりは別々の人間だ。そんなあたりまえのことが、しかし、テオにはむしろ不自然になっていた。

フィンセントは、まるでテオの半身だった。

フィンセントが追い詰められれば、テオも追い詰められる。フィンセントが苦しめば、自分も苦しいのだ。

こうして離れればなれになっていると、フィンセントの魂が血を流しているのがわかる。その痛みは、自分の痛みだった。

フィンセントが幸せになれない運命だとしたら、自分もまた、幸せになることは決してないだろう。

そうあきらめてしまっていることが、ただ悲しかった。

フィンセントがいまだ戻らないある夜、テオは、勤務の帰り道にジュリアン・タンギーの店に立ち寄った。重吉に誘われて、ひさしぶりに行くことにしたのだ。

タンギーの店は、四、五人も入ればいっぱいになってしまうような小さな空間に、売り物のチューブ絵の具と一緒に、ところ狭しとさまざまな絵がひしめき合っている。

今年の夏に完成してからずっと、店内のいちばん目立つところに飾られているのは、フィンセントが描いたタンギー親父の肖像画だった。

紺のダブルの上着に夏の帽子を被って、いかにも人の好さそうな微笑みを浮かべるタンギー親父。みつめていると自然とこちらも微笑んでしまうような、のどかな空気をまとった肖像画である。

この肖像画が描かれたとき、テオはその現場に立ち会った。重吉に頼み込んで、「若井・林商会」から借り出した浮世絵を壁いっぱいに貼り、その前にタンギーを座らせて、ポーズをとってもらった。あのときのなごやかな空気を、この店に来るたびに思い出す。

いつもは自分のすべてをぶつけるようにして、カンヴァスの上に絵筆を走らせているフィンセントが、タンギーを前にして、信じられないほどおだやかに、談笑を交えながら絵筆を運んでいた。

なぜそうだったのか。――タンギーの人柄がフィンセントをなごませた、ということもあるだろうが、彼が愛する浮世絵がタンギーの背景に掲げられていたからではないだろうか。

そんなふうに、テオはあのとき感じていた。

描き始めて一週間もしないうちに、フィンセントはタンギーの肖像画を仕上げた。タンギーはとても喜んで、その肖像画を店に入って正面の壁に飾った。

――これを見た誰かが譲ってほしいと言ってきても、こいつだけはお譲りできません、と言って断るのさ。

タンギーはすっかりご機嫌で、オランダからやって来た画家にすばらしい肖像画を描いてもらったことを、店に来る誰にでも自慢していた。

とてつもない集中力で、驚くほど速く描き上げる。それは、職業画家として立身するためにもっとも重要な素質のひとつである。どんなに大量の注文が舞い込もうと仕事をこなすことができる、ということになるのだから。

しかしながら、実際は、フィンセントにはただの一枚も作品の依頼が舞い込まない。それどころか、彼が描く絵は一枚も売れないのだ。

そうなのだ。フィンセントがパリにやって来て、一年九ヶ月が経っていた。それなのに、フィンセントは名もなく貧しい「画家の卵」のままだった。彼の絵筆がどんなに鋭かろうと、どんなに素早く描き上げようと、この絵がほしい、とのひと言を、誰からも聞くことはできなかった。

テオは、次第にタンギーの店から足が遠のいていた。テオが店に現れると、美術談義の輪に加わっていたフィンセントの表情がたちまち曇るからだ。

気持ちよくしゃべっていた画家たちは、なんとなく気まずい空気を読み取り、話が盛り上がらなくなる。——自分はこの店に出入りすべきではない、「グーピル商会」の支配人が新進の画家たちの集まる店に出入りすることなど誰にも歓迎されていないのだ、とやがてテオは悟ったのだった。

しかし、その日の昼間、「若井・林商会」の助手が店にやって来て、テオの助手に一通の封書を手渡していった。加納重吉からの手紙だった。

テオは、店の奥の事務室に入ると、デスクの前に座って封を開けた。

親愛なるテオ

しばらく会っていないが、元気に過ごしていると信じている。

最近、タンギーの店にも顔を出さなくなったね。だから知らせるけど、君の兄さんがまたタンギー親父の肖像画を描き上げて、先月から店に飾られているよ。二枚並んでいるのはなかなかの見ものだから、今夜見に来ないか。僕も行くし、タンギー親父も待っているから。

シゲ

――二枚目の肖像画？

テオは、そのことをまったく知らずにいた。とたんに、どうしようもなく苦々しい気持ちが込み上げてきた。

――やっぱり、酒代に使ってしまったのか……。

あの大喧嘩をするまえの先月のこと、またもや溜まってしまった絵の具代をタンギーに返すようにと、テオは少なくない金をフィンセントに渡した。フィンセントは、ありがとう、助かるよ、と妙にすなおに礼を言って、それを受け取った。

しかし、その金はおそらく酒代に消えたのだ。その代わり、もう一枚肖像画を描いて、タンギーに贈ったのだ――。

――なんて人間なんだ、兄さん……あなたという人は……！

怒りで体が震えてきた。テオは、握りこぶしをデスクの上に振り下ろした。

フィンセントはタンギーの人の好さにつけ込んで、借金をごまかしている。――彼にとって、どんなことよりも大切で、もっとも神聖な行為であるはずの「絵を描くこと」によって。

そう思い至った瞬間、テオの中で何かが音を立てて壊れた。

どうしようもなく恥ずかしかった。――死んでしまいたいほどに。

――ああ、そうだ。どんなにあなたを憎んだって、兄さん、とうてい僕にはあなたを殺すことなどできはしない。

ならば、いっそ――自分の頭を拳銃《リボルバー》で撃ち抜いてしまおうか。

テオは立ち上がった。ドアまで歩いていくと、鍵穴に差し込まれたままの鍵を音を立てないように回し、施錠した。

そのまま書棚に歩み寄る。一番上の引き出しを開けると、奥から黒い革張りの箱を引っ張り出した。その蓋を開けると、鈍く光る拳銃が現れた。

震える手でそれをつかんだ。ずっしりと重い。パリでは、高級な店や富裕層の家庭には護身用にリボルバーが置かれている。珍しいものではない。しかし、実際に手に取ったのは、テオにとっては初めてのことだった。

銀色のボディを目の高さに持ち上げてみた。弾倉に弾が入っているのかどうかすらもわからない。

——手に取ったこともなかったのに、使えるわけがないじゃないか。

いいや……この引き金に指をかけて、こめかみに押しつけるんだ。ぐっと指に力を入れれば、たやすく撃ち抜くことができるはずだ。

ええ？——なんだっていうんだ？　僕は……僕は、本気で死のうとしているのか？

タンギー親父の店で？　シゲの目の前で？——兄さんの目の前で？

重吉がその日の夜、わざわざ自分をタンギーの店に呼び出したのには何か理由があるのだと、テオは感づいていた。

ひょっとすると、フィンセントはタンギーのところに身を寄せているのかもしれない。

そうだ。きっとそうに違いない。だからシゲは、僕らの仲を取り持とうとして呼び出したんだ。

だったら、僕は、兄さんの目の前で……自殺を図ってやる。

そうすれば……兄さんは心を入れ替えて、真面目に、ひたむきに、絵と向き合うようになるかもしれない。もっともっといい絵を、ほんものの絵を描くようになるかもしれない。

そのためになら、僕は……そうだ、僕は……命を捨ててもいいんだ。

テオはリボルバーを手にしてデスクまで戻ると、足下に置いていた黒革の鞄の中に入れた。心臓が痛いくらいに高鳴っていた。

――大丈夫。……まさか、死にはしないさ。ちょっとしたジェスチャーだ。死んだってていいんだ、っていうジェスチャーをするだけだ。

気持ちを落ち着けようと、テオは自分に言い聞かせた。死ぬことはない、死にはしない、と。

――兄さんのせいで死ぬほど悩んでいるってことを、思い知らせるんだ。

そのために、こいつを持っていく。そう、ただ、それだけのことだ――。

閉店時間を待って、辻馬車に乗り込んだ。リボルバーが入ったままの鞄を提げて。

テオはタンギーの店の入り口に佇んだ。木枯らしが吹きつけ、凍えそうに寒い夜だった。にもかかわらず、鞄の持ち手を握る手のひらには、じっとりと汗がにじんでいた。

ドアの取っ手に指をかけ、祈るような思いで引いた。

――もしも最初に兄さんが現れたなら……そして（なんで来たんだ？）と突き放すようなまなざしを向けてきたら。

僕は、何をしでかすかわからない――。

ところが、目の前に現れたのは、思いがけない人物だった。

きちんと撫でつけた黒髪につややかな黒い口ひげ。切れ長の目がこちらを向いた。

「やあ、テオドルス。ひさしぶりですね」

完璧なフランス語の抑揚で語りかけてきたのは、林忠正だった。

テオはどきりと胸を鳴らして、あわてて作り笑いをした。

「ああ、これは……ムッシュウ・アヤシ。ご無沙汰しました」

ふたりは握手を交わしたが、テオはすぐに手を引っ込めた。汗ばんだ手を握るのは、誰だって気持ちのいいものではない。

「やあ、テオ。来てくれたんだね。よかった、ちょうど林さんも急遽《きゅうきょ》来てくれることになったものだから……」

忠正の背後にいた重吉が、そう言って笑いかけた。テオは、すぐに重吉の意図を汲み取った。

――こういうことだったのか、シゲ。

兄さんではなく、ムッシュウ・アヤシを連れてきてくれたのか……感謝するよ。

「おや、テオ。ようやく顔を出してくれたね」

奥からタンギーが出てきて、いつもの人なつっこい笑顔で尋ねた。

「最近、兄さんはどうしてるんだ？　しばらく顔を見せないが……」

「ああ、いや、フィンセントは……ここのところ仕事が忙しくてね。アトリエにこもりっきりで描いているよ」

テオはとっさに言い繕った。忠正が様子をうかがうようなまなざしをこちらに向けているのを感じながら、続けて言った。

「なんでも、兄さんが親父さんの肖像画をもう一枚、描いたんだってね。彼は仕事が早いものだから、ちっとも知らずにいたよ」

「ああ、そうとも」タンギーは、目を細めて応えた。「ここにある」

ずんぐりした指先が指し示した先に二枚の肖像画が並べてあった。テオは、目を凝らして「ふたりのタンギー親父」を見た。

一枚は、この夏、テオも立ち会って制作されたあのなごやかなタンギーの肖像画だ。紺のジャケットに夏の帽子、どこか照れ臭そうに微笑む人情味あふれる顔。まるで「ミカド」のように色とりどりの浮世絵を従えて鎮座している。

そしてもう一枚は、ほぼ同じ構図、同じ服装、同じポーズで描かれたタンギー親父。しかし、最初の一枚にくらべると、より堅牢な人物として描かれている。そして、特筆すべきは、背後の浮世絵のいくつかに最初の一枚とは異なるものが描き込まれていることだった。

より落ち着いた筆致でしっかりと描き込まれた浮世絵と、年輪を幾重にも刻んだ切り株のようにどっしりとしたタンギー親父。こちらをみつめる瞳に宿るかすかな光は、彼を描く画家、フィンセント・ファン・ゴッホに注がれた慈愛の光なのだ。

——いつのまに、兄さんはこんな絵を……。

言葉を失って、テオは絵の中のタンギーとみつめ合った。そうするうちに、ふいに涙が込み上げてきた。

テオは顔を逸らした。泣いてはいけない、けれど、涙がこぼれてしまいそうだった。

ふと、忠正の静かな声が耳に届いた。

「あなたの兄上は……」

「……とてつもない画家かもしれない」

テオは、振り向こうとして、振り向けなかった。

涙があふれて、頬を濡らしていた。泣き顔を誰にも見せたくはなかった。

一八八七年　十二月十七日　パリ　十区　オートヴィル通り

フロックコートの肩をすぼませ、白い息を吐きながら、重吉はいつものように「若井・林商会」の店へ出勤するところだった。

通りを挟んだ両側に肩を寄せ合うようにしてアパルトマンが建っている。一直線に揃った屋根の上に小さな煙突が突き出し、そこから上がる墨色の煙が冷たく澄んだ青空をなぞっている。

通りの向こう側から助手のジュリアンがやって来るのが見えた。両腕に紐で縛った小ぶりの樅《もみ》の木を抱えている。そういえば昨日、「明日の朝はクリスマス市《マルシエ・ド・ノエル》に寄ってから出勤します」と言っていた。

「おはようございます、シゲさん」ちょうど店の前で行き合って、ジュリアンは声を弾ませてあいさつした。

「樅の木を買ってきましたよ。このくらいの大きさでよかったでしょうか」

差し出された樅の木を眺めて、うむ、と重吉はうなずいた。

「そうだな。林さんは『テーブルに載るくらいの大きさがいい』と言っていたから、ちょうどいいんじゃないか。君のうちにもクリスマス・ツリー《サパン・ド・ノエル》を飾っているのかい？」

「いやあ、母は流行に疎くて……クリスマス《ノエル》には兄夫婦も実家に帰ってきますが、皆で教会に行って夕食を一緒にするくらいです。樅の木を飾るなんてしゃれたことは、考えもしませんよ」

ノエルが一週間後に迫っていた。そのせいか、パリの街なかはにぎわいを増し、誰もが浮き立っている感じだった。

カトリック教徒が国民の大多数を占めるフランスにおいて、イエス＝キリストの生誕を祝うノエルは一年でいちばん大切な行事になっている。重吉にとっては二度目のノエルとなるのだが、十二月も中旬になると、なんとなく街が華やいできて、百貨店やカフェも活況を呈するので、自然と心が躍る。郷里の金沢でも、師走になると人々がせわしなく動き回っていたものだ。街の様子は違えども、うきうきした雰囲気には通じるものがあるなあと、面白く思った。

ノエルが近づくにつれ、「若井・林商会」の売り上げもぐんぐん伸びていた。街が活気づくと人々の財布の紐もゆるむのだろう。ノエルには家族や親族が集まって食事をする風習があるから、部屋の中を美しく飾りたくなる。浮世絵はもちろんのこと、屏風や銀細工の工芸品、漆器なども、十二月になってからはよく売れた。

そんなこともあって、このところ忠正はすこぶる機嫌がよかった。最近流行のサパン・ド・ノエルを店に飾ろう、と急に言い出したので、ジュリアンはそれを引き受け、朝いちばんで買ってきたのだった。

樅の木を素焼きの植木鉢に入れ、テーブルの上に載せてみると、ちょうどいい大きさだった。そこへ忠正が出勤した。忠正は樅の木を見て、「なんだそれは?」とつまらなそうな声を出した。

「なんだ、って……サパン・ド・ノエルですよ。昨日、林さんが買ってこいとおっしゃったじゃないですか」

重吉が言い返すと、

「それのどこがサパン・ド・ノエルなんだ。ただの木じゃないか。飾り《オルヌマン》はどこにあるんだ」

忠正が呆れたように言った。重吉とジュリアンは顔を見合わせた。

「オルヌマン……って、どこにあるんでしょうか?」重吉が尋ねると、

「シゲ。お前、折り鶴を作れるか?」忠正が訊き返した。

「はあ。子供の頃に姉に教わりましたが……もう忘れてしまいました」

「いや、大丈夫だ。きっと覚えているさ。お前が忘れても、お前の指が覚えているはずだ。

そのへんにある古雑誌だか古地図だかを切り抜いて、作ってみろ」

　そんなわけで、その日の朝いちばんの仕事として、重吉は折り鶴を作るはめになってしまった。

　多色刷りの雑誌「パリ・イリュストレ」に掲載されている絵の部分や、色付きのフランスの古地図を四角く切り抜いて折り紙を作る。それを三角形に折って、もうひとつ小さく三角形に折って……とやってみると、忠正の言った通り、指が覚えていて、すんなりと鶴が出来上がった。それを見て、ジュリアンは「すごい！　なんてすばらしいんだ」と絶賛したが、重吉は、内心（折り鶴を作るなんぞ、女々しいことをさせて……林さんは意地悪だなあ）と気恥ずかしく思っていた。

　さすがに針仕事はできないので、馴染みのカフェに持ち込んで女将《マダム》に頼み込み、鶴の背に糸をつけてもらった。マダムは折り鶴を手のひらに載せ、「まあ、まあ！　ご覧よ、この竜《ドラゴン》のかわいらしいこと！」と喜んで、「あんたたち日本人ってのは、めっぽう手先が器用なんだねえ」と感心しきりだった。

　そうして出来上がった折り鶴の飾り付きのサパン・ド・ノエルを、重吉はショーウィンドウ脇のテーブルの上に置いた。道行く人々がそれに気づいて、物珍しそうにのぞき込んでいるのを店の中から眺めながら、まんざら悪くない気分になった。

ふと、見覚えのある顔がショーウィンドウの向こうに現れた。痩せこけた頰に伸び放題の赤ひげ、薄汚い山高帽。落ちくぼんだ目は、好奇心の灯火を宿して妖しく光っている。

——あ。

「……フィンセント！」

思わず叫んで、店を飛び出した。ショーウィンドウをのぞき込んでいたフィンセントは、ふいに重吉が現れたので、ばつの悪そうな顔つきになった。

「や……ひさしぶりだな」

フィンセントは苦笑いをした。重吉は、「どこに行ってたんですか、フィンセント！」と前のめりになって言った。

「兄さんがいなくなってしまったと、テオがずいぶん心配していましたよ。……もうテオには会ったんですか？」

「いや」フィンセントは首を横に振った。

「きのう、パリに戻ったんだが……なんだかあいつのところには帰りづらくてね」

気まずそうにうつむいた。重吉は、朽ち木のように痩せ細ったフィンセントの姿を眺めた。無精ひげの顔は酒焼けしている。染みだらけのコートとズボン、擦り切れて泥まみれの靴。いつもぱりっとした身なりの弟と、なんという落差なのだろう。

「ちょっと店に寄っていきませんか。ちょうど林さんもいますし……」

そう誘ってみた。フィンセントは重吉のほうを向いた。その顔に戸惑いが広がるのがわかった。

「そうだな……夏に、浮世絵を貸してくれた礼も言いたいし……ちょっと寄らせてもらうよ」

フィンセントがもごもごとつぶやくのを聞いて、そういえばこの人は林さんにひと言も礼を述べていないんだ……と重吉は思い出した。

なぜかフィンセントは、正々堂々と忠正と向き合おうとしない。遠慮というのではなく、なんとなく卑屈なのだ。そう気がついて、重吉の胸の中に泡のような憐憫《れんびん》が浮かんできた。

あたたかな店内に入ると、フィンセントは、壁を埋め尽くしている北斎や歌麿の浮世絵に吸い込まれるようにして、すぐさま絵の近くへと歩み寄った。そのまま全身を目にしてみつめている。重吉は、角のカフェからコーヒーを出前してもらうようにジュリアンに言いつけ、社長室へ行った。

忠正は机に書類を広げて目を通しているところだった。重吉は、忠正の目前に立つと、すぐに告げた。

「行方不明だったフィンセント・ファン・ゴッホが来店しました」

忠正は目を瞬いた。

「――彼は行方不明だったのか？　アトリエに引きこもって制作していると、テオドルスは言っていたが……」

そうだった。テオは、表向きには、兄は仕事に没頭していて最近出歩かないのだ、と言い繕っていたが、不安にこらえ切れなくなったのか、重吉にだけは真実を打ち明けたのだった。

「……すみません、実は……テオから聞かされていました。兄弟喧嘩をして、それっきりフィンセントは出ていってしまったのだと。誰にも言わないでほしいと口止めされていたのですが……」

重吉は正直に言った。忠正は、黙って重吉の顔を見上げていたが、

「テオドルスには知らせたのか？」

と問うた。重吉はうなずかなかった。

「テオのところにはまだ帰っていないと……何か、気まずいようで」

忠正は、ふむ、と鼻を鳴らした。そしてすぐに、

「角のカフェから昼食《デジュネ》の出前をとってくれ。どうせ食うや食わずだったろうからな。……せっかくだから、おれとお前も一緒に食べようじゃないか。あの店の自慢の定食と、ぶどう酒も忘れるなよ」

そう言ってから、

「おれはいま年末の決算で忙しい。料理が到着したら呼びにきてくれ」

何もなかったように、再び書類に視線を落とした。「承知しました！」と重吉は威勢よく応えた。

一礼して社長室を辞した。心が自然と弾んでいた。すぐにでもテオに知らせたかった。

――とうとう、林さんが直接フィンセントと会って話をしてくれるんだ。

林さんはフィンセントの絵を高く評価している。テオに言っていたじゃないか。――あなたの兄上は、とてつもない画家かもしれない、と。

そのひと言を耳にして、テオが思わず落涙したのを、自分は見てしまった。

――ああ、テオ。君は、そんなにも兄さんのことを思って……と、あのとき、僕はもらい泣きしそうになってしまったよ。

林さんがフィンセント本人に面と向かって褒めたたえてくれたら、彼の自信につながるに違いない。そして、彼はきっと、もっとすごい絵を描くだろう。

そして、もしも林さんが、万一、フィンセントの絵を買ってくれでもしたら――それは画家にとって、幾千万の賛辞よりもはるかに大きな励ましになるはずだ。

そう思いながら、重吉は、フィンセントのもとへと戻っていった。

ちょうど一週間まえのこと、重吉は、忠正をタンギー親父の店に連れていった。

小さな店内には、フィンセントが描いたタンギー親父の肖像画が二点、並べて展示されていた。

重吉は、二枚目の肖像画が完成した直後に、さあこいつを見てくれと、興奮気味のタンギーに見せられたのだが、そのただならぬ迫力に圧倒された。

——やはり、フィンセント・ファン・ゴッホはとんでもない画家だ。

重吉は、自分の直感が正しいことを確かめたかった。そのために、二枚並んだタンギー親父の肖像画を、忠正に見てもらおうと考えた。

「フィンセント・ファン・ゴッホが、この夏、浮世絵を背景にしたタンギー親父の肖像画を制作しましたよね。あれに加えてもう一枚、同じテーマの肖像画を完成させました。二枚並べると圧巻なので、一度見ていただけませんか」

そう言って誘うと、忠正は、年末の忙しい時間をやり繰りして、重吉と一緒に出かけてくれた。

重吉は、忠正を誘うのと同時にテオにも声をかけていた。最近、彼はタンギーの店に顔を出さない。二枚目のタンギーの肖像画をまだ見ていないはずだから、この機会に呼び出そう。そして、忠正とテオが、フィンセントの絵の前で「たまたま」行き合ったようにするのだ。

テオは、忠正にフィンセントの絵を評価してもらいたがっていた。ムッシュウ・アヤシは兄の絵をどう思っているのだろう？　と重吉に尋ねたこともある。忠正も、はっきりとは言わないものの、フィンセントの絵に興味を抱いているのは間違いなかった。

世の中では、「印象派の次」となるべく、画家たちは互いに影響を与え合い、切磋琢磨していた。タンギーの店に出入りしていた画家たちの中にも、目を見張るような絵を創り出す者がいた。ポール・ゴーギャン、ジョルジュ・スーラ、そしてポール・セザンヌ——彼らの作品を目にするたびに、重吉はうならされた。

重吉には、彼らの絵がいいのか悪いのか判断できなかった。しかし、「何か」を——歯がゆくも、「何か」としかいえなかった——感じるのだった。

「何か」がある。それは、ことさらフィンセントの絵に強く感じていた。

その「何か」とは、いったいなんなのか。重吉は、忠正に訊いてみたかった。

タンギー親父の肖像画の前で、忠正とテオが過ごした時間はわずかだった。忠正は、所用があるからと、すぐにその場を辞した。重吉とテオは、立ったままでタンギーと会話を交わし、半時ほどしてから店を出た。

凍えそうなほど寒い夜だった。ふたりは表通りを目指して並んで歩き始めた。しばらくして、ふいにテオが言った。

「ちょっとまえに喧嘩をして、兄さんがどこかへ行ってしまったんだ。ノエルまでには帰ってくると思うけど……」

そして、小さくため息をついた。

「なんだかうまくいかなくてね、僕たちは。――こんなはずじゃなかったのに」

消え入りそうな声だった。重吉は、足を止めた。

「テオ。――君は、もっと兄さんを信じるべきだ」

テオも歩みを止めた。彼は振り向かなかった。生真面目な背中に向かって、重吉は続けた。

「君の中に、迷いと――それから、疑い、みたいなものがあるんじゃないのか？」

どうしたらフィンセント・ファン・ゴッホが世の中に認められるようになるんだろう？

どうして世の中は兄さんを認めてくれないんだろう？　なぜ兄さんはもっと世の中に認められる絵を描いてはくれないんだろう？

テオの心の声は、疑いに満ちていた。兄を認めようとしない世の中への、そして、頑として世の中に迎合しようとしない兄への不満が、いまのテオを猜疑させ、不安定にさせている。

重吉はそう感じていた。

「正直、僕にもわからない。なぜ世間がフィンセントの絵をなかなか認めようとしないのか。そして、フィンセントの絵が、ほんとうに『認められる』ものなのか。そもそも、何をもって世間に『認められる』ことになるのか。──僕はもともと絵の素養もないし、林さんや君ほど画商としての才覚もないから、何もわからないよ。ただ──」

重吉は、白い息を吐いて、言った。

「──フィンセントの絵には『何か』がある。それだけはわかる。林さんも言っていたじゃないか。君の兄さんはとてつもない画家かもしれないと。……君は、ただ、フィンセント・ファン・ゴッホという画家を信じていれば、それでいいと……僕は思うよ」

テオは、振り向かなかった。重吉は、黙ってその背中を見守った。

「……ありがとう、シゲ」

ややあって、背中を向けたままでテオが言った。その声はかすかにうるんでいた。

「日本人は、皆……君たちのように、正直で、そして……やさしいのか？」

涙の気配があった。テオは、その夜、もう一度、泣いていたのかもしれなかった。

テーブルの上には、折り鶴が飾られたサパン・ド・ノエルと、出前で届けられた昼食の皿が並んだ。

よほど空腹だったのだろう、フィンセントはまたたくまにすべてを平らげてしまった。あまりにも旺盛に食べるので、重吉はジュリアンに追加の料理の出前を頼んだ。焼き肉《ロティ》や魚のバター焼き《ムニエール》が届けられたが、それらもあっというまにフィンセントの胃袋の中に消えてしまった。

忠正は、フィンセントと会話するでもなく、黙々と自分の皿を片付けていた。重吉は、内心はらはらした。せっかく三人で昼食のテーブルを囲むことができたのに、フィンセントときたら、まるで腹を空かせた孤児のようではないか。このままでは、腹一杯になったらさっさと帰れと忠正に言われてしまいそうだ。

目の前の皿がすっかりきれいになると、フィンセントは、大きく息をついて、

「ありがとう、ハヤシさん。おかげで生き返りました」

と言った。重吉は、おや、と不意をつかれた。いま、確かに「ハヤシさん」と言った、日本ふうに。……テオは「ムッシュウ・アヤシ」とフランスふうの呼び方をしているのだが。

「そうですか。お役に立ててうれしいです、フィンセント」

忠正が返した。こちらも「ヴァンサン」とフランスふうの呼び方ではなく、オランダふうの呼び方だった。

フィンセントは、目の前でかすかに揺れている折り鶴に視線を漂わせながら、

「私は、今日、あなたにお願いごとがあって、ここへやって来たのです。……聞いていただけますか」

唐突に言った。重吉はまたもや不意をつかれたが、忠正は落ち着いて応えた。

「はて……いったい、なんでしょうか」

フィンセントは、ふと、手を伸ばして、古地図で作った折り鶴をひとつ取った。手のひらの上のそれに視線を落として、「美しい……」とつぶやいた。

「日本のものは、なんて美しいんだろう。浮世絵も、屏風も、そこに描かれている山も、海も、木も、花も、人々も……そしてこんな小さなものも、何もかもが美しい。私は、日本のすべてに憧れています」

それから、フィンセントはひとしきり語った。どれほど自分が日本に心を奪われ、傾倒しているか。初めて浮世絵を目にしたときの衝撃。こんな絵がこの世に存在しているという驚き。こんな絵を自分も描いてみたいという希求。

広重の〈名所江戸百景〉、渓斎英泉の〈花魁図〉。何度、模写したことだろう。広重の描いた風景は、夢にまで出てきた。自分は富士山のふもとを歩き、大波が立ち上がる海をスケッチして、気持ちよく笑っていた。思いが満たされて、幸せだった。

夢から覚め、現実と向き合わなければならないと知ったとき、どんなに落胆したことだろう。しみったれた小部屋、小便臭い路地裏、さびれたカフェ、薄汚い淫売宿……そう、ここはパリだ、わかっている、氷のように冷たい都会だ。ノエルが近いからと街ゆく人たちが浮き立つのも、自分にはかえって物寂しい。

孤独。――なんという孤独だ。この街にいる限り、自分には孤独という名の雪が降り積もるばかりだ。

だから――いっそ。

「お願いです、ハヤシさん。……私を、日本へ連れていってください」

フィンセントは、その日、初めてまっすぐに忠正の目を見て言った。忠正は、瞬きもせずに、フィンセントの言葉を聞いていた。

「日本に行けば……私は、もっとまともになれる。日本でなら、私は、もっと自由になれる。あなたがたのような、清廉潔白で、親切で、やさしい日本人に囲まれて、私は、もう一度、この人生をやり直せる。そうだ、私はいっそ、日本人になってもいい。日本に帰化したってかまいはしない」

フィンセントの目はぎらぎらと妖しく光っていた。本気だ、と重吉は背筋がざわめくのを感じた。

——この人は、本気で日本に行きたい、日本人になりたいと思っている。自分の言っていることの荒唐無稽さに気がついていないのだ。

「私は、この街ではだらしのない飲んべえの堕ちた人間です。私の絵など、紙くずほどの価値もない。ええ、そうです、私は……私は、売れもしない絵を描き続けて、弟の稼いだ金を全部酒代に換えてしまう……生きているだけで、あいつに迷惑をかけてしまう……私は、どうしようもない……」

そこまで言って、フィンセントは声を詰まらせた。

忠正は、静かなまなざしを画家に注いでいた。重吉は、かける言葉をなくしたまま、ふたりの様子をうかがうほかはなかった。

「……あなたの気持ちはよくわかりました、フィンセント。その上で、忠告しましょう」

やがて、忠正のおだやかな声がした。フィンセントは、目を上げて忠正を見た。忠正もまた、フィンセントをみつめていた。

「失礼ながら、あなたの日本への片恋は度を越しています。会ったこともない女に恋い焦がれているようなものだ。いざ結婚が決まって、初めて枕を並べてみたら、とんでもない醜女《しこめ》だったということもあるでしょう」

「そんなことはない」フィンセントは、すかさず否定した。

「日本は私の理想の結婚相手だ。絶世の美女だ。この上もない貴婦人だ！」

「仮にそうだとして」忠正がさえぎった。

「その貴婦人に、あなたがふさわしいと？」

フィンセントは、平手打ちをくらったように、はっとした。そのまま、口をつぐんでしまった。

重吉は、いたたまれない気分になった。

――弱り切った画家の一縷《いちる》の思いをも断ち切ってしまうなんて。……厳しすぎやしないか。

忠正は、うなだれるフィンセントをなおもみつめていたが、おだやかな声に戻って言った。

「フィンセント、あなたは日本へ行くべきではない。むしろ、この国で、あなた自身の日本をみつけ出すべきです。あなたにとっての芸術の理想郷《ユトピー》を」

フィンセントは、もう一度顔を上げた。そして、すがるような目で訊いた。

「私にとっての……芸術の理想郷？　それは、いったい……どこに？」

忠正の右手がつと伸びた。その指先が、フィンセントの手のひらの上で震えている折り鶴の羽をつまんだ。

忠正は、自分の手のひらの上で折り鶴を解いた。首が、羽が、ほろりとかたちを崩す。たちまち一枚の紙に――古地図に戻った。

「――たとえば、ここに」

忠正は、折り目のついた古地図をフィンセントの目の前に差し出した。

Arles《アルル》

運命の地名の文字が印刷されているのを、フィンセントの隣で、重吉は確かに見た。

一八八八年　二月十九日　パリ　十二区　リヨン駅

鉄の列柱とガラスのドームで覆われた駅の出発ホームは、これから旅立つ人々とそれを見送る人々であふれ返っていた。

ドームの上にはしんしんと雪が降り積もっている。しかし、マルセイユ方面——南へと向かう列車に乗り込む乗客たちの顔は活気づき、ホーム一帯はいままさに始まろうとしている旅の熱気に満ちていた。

その中に、フィンセント・ファン・ゴッホの顔があった。去年までは落ちくぼんだ眼孔の奥の瞳がどんよりとしていたが、定番だった陰鬱な表情はすっかり消え去り、まるで彼が描いたひまわりの絵のように明るく顔を輝かせている。

一緒に見送りにきてくれた重吉と軽口を言い合って笑っている兄の表情を追いかけるうちに、テオの顔にも自然と微笑が広がった。

こんなに明るい表情の兄を見るのはひさしぶりだった。やはり、アルル行きを決めたのはフィンセントのためによかったのだと、テオはようやく心の底から思えたのだった。

――おれはアルルへ行く。そこに、おれの「日本」があるんだ。

昨年末、しばらく行方不明だったフィンセントがふいに帰ってきて、テオの顔を見るなりそう言った。

あまりにも唐突だったので、帰ってきたら文句のひとつも言ってやろうとむしゃくしゃしていたテオは、拍子抜けしてしまった。

酔っ払いの戯《ざ》れ言《ごと》か、放浪しているあいだに本格的におかしくなってしまったのか、そのどちらかだと思って、テオは相手にしなかった。

ところが、フィンセントは本気だった。まずは自分ひとりでアルルへ行って、そこに芸術家仲間を呼び寄せ、共同アトリエを運営して、芸術村を創る。いままでにない新しい芸術村を。アルルは清澄で、健康的で、あたたかい南の町だ。新しい芸術村にふさわしい土地だ。そうだ、きっと日本のように！

――どうだテオ、すごい妙案じゃないか？　ついては君に資金を捻出してもらいたい、もちろん協力してくれるよな？

はしゃぎまくるフィンセントの様子に、テオはあっけにとられるばかりだった。

――ひとつ質問してもいいかな、兄さん？

落ち着け、落ち着け、これはきっとおかしな発作の一種だ――と心の中で自分に言い聞かせながら、テオは尋ねた。

——なんで「アルル」なんだい？

するとフィンセントは、けろりとして答えたのだ。

——ハヤシ・タダマサに言われたのさ。自分自身の「日本」をみつけたらいいって。それが、たまたま「アルル」だったんだよ。

だから、アルルはおれの「日本」なんだ。

発車のベルが響き渡った。フィンセントは、希望に満ちた瞳をテオに向けた。

「じゃあ、行ってくる。元気でな」

テオは、胸の奥深くから込み上げてくる熱いものをぐっと押しとどめて、うなずいた。

「ああ。……兄さんも」

「すぐに手紙を書くよ。心配するな」

フィンセントは、テオの背中を二度、軽く叩いた。親しみと愛情を込めたそのあいさつは、テオが少年の頃、フィンセントが弟を励ますためにしていたものだった。

ハーグへ働きに出ていたフィンセントが、夏休みに郷里へ帰ってきたのも束の間、別れのときを迎えて、テオは半べそをかいていた。

——すぐに帰ってきてよ、兄さん。

駅まで見送りにいった少年のテオは、汽車に乗り込むフィンセントに向かって、けんめいに涙をこらえながらそう言った。

――なんだい、なさけない顔をして。すぐに手紙を書くよ。

フィンセントは、華奢な弟の背中を二度、やさしく叩いた。

――どこにいたって君のことを忘れないよ、テオ。

君は、僕のいちばんの友だちだ――。

「よい旅を、フィンセント。いい絵が描けるよう祈っています」

そう言って、重吉が右手を差し出した。フィンセントは、力強くその手を握った。

「ありがとう、シゲ。ハヤシさんによろしく伝えてくれるかい。感謝していると」

フィンセントの言葉に、重吉も笑みをこぼした。

薄汚れたトランクとイーゼルを抱えて、フィンセントが車両に飛び乗った。それが合図となったかのごとく、汽笛が鳴り響き、ゆっくりと列車が動き出した。

テオが少し前に、重吉が後ろに立ち、それぞれに手を振った。フィンセントは、帽子を手に取って、大きく振り回してみせた。

――アルルはおれの「日本」なんだ。

フィンセントの言葉が、汽笛に重なってテオの耳の奥で響いていた。

フィンセントの帽子はどんどん遠ざかり、小さく、小さくなって、雪景色の彼方へと吸い込まれ、消えた。


大通りの街路樹に新緑が萌えいでる季節が巡りきた。

その日、「ブッソ・エ・ヴァラドン」——旧「グーピル商会」の中二階の展示室は大勢の人たちでにぎわっていた。シルクハットを被った紳士、最先端のドレスに身を包んだ淑女。シャンパーニュがふるまわれ、あちこちでクープ・グラスを重ね合わせる軽やかな音、談笑のさざめきが聞こえている。

「グーピル商会」の創設者、アドルフ・グーピルが引退し、画廊を引き継いだエティエンヌとジャンのブッソ兄弟は、支配人であるテオの提案を聞き入れ、老舗画廊の一部を新しく生まれ変わらせることに同意した。すなわち、一階のメイン・フロアでは変わらずにアカデミーの大家の作品を展示販売するが、中二階を新興の画家たち——すなわち「印象派」の画家たちの作品を中心に展示販売することを許諾したのだ。

展示室の壁はさまざまな風景画で埋め尽くされていた。まばゆい光を放つ海、水面が揺れるセーヌの川岸、軽やかなタッチのパリの街並み。アカデミーの画家のカンヴァスをあいも変わらず歴史的な英雄や女神が占拠しているのにくらべると、中二階に飾られている絵画は、風光に満ち、生命が躍動する「生きた絵」だった。いま、自分たちが生きて、呼吸をし、日日の暮らしを営む、ひとりひとりの人生の風景を写し取った絵なのだった。

数年まえまでは「落書きのような絵」と揶揄《やゆ》され、「グーピル商会」時代には扱うのに困難を極めた印象派の絵だったが、いまでは新しい芸術の動向に敏感な評論家や芸術家たちが後押しをするようになった。彼らの作品を売り出した新興の画商、ポール・デュラン＝リュエルやアンブロワーズ・ヴォラール、ジョルジュ・プティらは、画家たちとともに辛酸を嘗めた時期もあったが、次第に世間の風当たりがやわらぎ、ようやく作品が安定して売れるようになってきていた。

保守的なアカデミーの画家たちへの反感を胸にしまい込み、我慢の上に時流の潮目を巧みに読んで、テオは、ようやく生まれ変わった「ブッソ・エ・ヴァラドン」で、自分が心底取り扱いたいと望んでいた作品を手がけることがかなったのだった。

華やかな交歓のさなかにいて、テオは、印象派の画家たちを顧客に紹介するのに忙しかった。

「マダム、こちらはいま話題の画家、ムッシュウ・クロード・モネです。……ムッシュウ・モネ、こちらのお美しいご婦人は、新進気鋭の画家の絵を収集されているマダム・ロンブイヨです」

クロード・モネは、白いものが交じる豊かなひげの持ち主で、物腰もやわらかに婦人の手を取り、その甲にくちびるの先をかすかに当てた。

「お目にかかれて光栄です、マダム。お名前はあちこちで伺っておりました」

「こちらこそ。あなたの作品は、去年、国際彫刻絵画展で拝見しましたわ。今回は海景の作品をたくさんお描きになっていらっしゃいますのね」

「ムッシュウ・モネは、現在、ジヴェルニー村にお住まいです。さまざまな場所へスケッチ旅行に出かけますが、今年の初めにコート・ダジュールのアンティーブに滞在されて、海景シリーズを描かれたのです。彼ら印象派の画家たちは、屋外で制作をするのが基本ですから、題材を求めてさまざまな土地へ旅をしているのですよ」

テオがさりげなく解説をした。モネは満足そうにうなずきながら、婦人と歓談を始めた。

——ずいぶんそつなくブルジョワジーの相手をできるようになったものだな、クロード・モネは……。

テオは額に浮かんだ汗を指の腹で押さえて、小さく息をついた。

モネら印象派の画家たちは、アカデミーの大家や大金持ちのコレクターや威丈高な政治家や口うるさい評論家、この世界を牛耳っている保守勢力のすべてと敵対していた。それがどうだ、いまやクープ片手にご婦人がたと華やかに交流している。

もちろん、彼らの作品は、いまだに富裕層に絶大な人気を誇るフランス画壇の権威たち――たとえばジェロームの絵にくらべれば、格段に安く手に入れられる。まだまだ評価は定まってはいない。

しかし、だからこそ、新興ブルジョワジーの興味を引いているのだ。まさしく、日本美術が彼らの関心をとらえ、「ジャポニスム」という流行の言葉まで生み出したように。

モネ、ドガ、ピサロ、ルノワール、徐々に勢いを増しつつある印象派の画家たち。彼らの行く手にはようやく日が差し始めている。

では、彼らに後続する「次の」芸術家たちはどうだろう。たとえばセザンヌ、スーラ、ベルナール、ゴーギャン。そう、タンギー親父の店先に並べられている、あの不思議な形象と色彩の、なんとも妖しく魅力的な新しき表現者たち。

たとえば、いま、ひとりぼっちでアルルにいて、必死に自分だけのかたちを、色を、表現を希求している画家。我が兄、フィンセント・ファン・ゴッホは――。

「やあ、テオドルス。新展示室の開設、おめでとうございます」

ふいに呼びかけられ、テオは愛想のいい顔を声がしたほうへ向けた。タキシード姿の林忠正が、重吉とともに佇んでいた。

「ああ、ムッシュウ・アヤシ。ようこそおいでくださいました。ありがとうございます」

差し出された忠正の右手を握りしめて、心の底から礼を述べた。この人には礼をいくら言っても言い切れないのだ。

昨年末、失踪の末にふらりと「若井・林商会」に立ち寄ったフィンセントに、忠正は示唆に満ちた助言をしてくれた。兄はこの日本人にどれほど感謝していたことだろう。

フィンセントは忠正に奇妙な感情を抱いているようだった。畏れのような、憧れのような……。しかしその感情がいったいどこからくるものなのか、テオはうっすらとわかる気がした。なぜならそれは、自分自身も共有しているものだったから。

兄と自分にとって日本は夢の国である。林忠正と加納重吉は、その夢の国から来た正真正銘の日本人なのだ。

重吉は、勤勉で、誠実で、気さくで、思いやりがある。そして、美術を目ではなく心で見ている。彼は、駆け引きの渦巻くパリの美術業界においては無垢な少年のような存在だ。計算ずくで動かねば足をすくわれかねないこの業界で、重吉という損得抜きで付き合える友人を得たことは、少なくともテオにとっては救いになっていた。

そして、林忠正。彼に抱いている感情は、重吉へのそれとは違う。おそらく、兄も同様だろう。

この人物は、フランス人の画商以上に計算高い。戦略家でもある。フランス人のブルジョワジーや新進の芸術家は、日本美術を通して日本を夢想し、理想化している。自分とてそうだ。忠正は、「日本」という国を幻の美女に仕立て上げ、高嶺の花の「花魁」にして、人々の欲情を煽っているようなところがある。重吉にくらべれば、はるかに狡猾だ。この人は、美術を目でも心でもなく、頭で見ているような感じがする。

自分は、この人に憧れはしても心を許してはいなかった。兄もそうであったはずだ。それなのに、去年のノエルまえのある日を境に、兄はすっかりこの人にすべてを開いた。そののち、単身でアルルへと行ってしまった。

その結果が吉と出るか凶と出るか、まだわからない。けれど、フィンセントは、もう以前のフィンセントではない。弟の給金でまかなった絵の具代をすべて酒に換えてしまうどうしようもない男、自分の絵が売れないのはお前のせいだと口汚く罵る男は、もうどこにもいない。

彼は、彼だけの「日本」をアルルでみつけたらしかった。ほとんど毎日、まるで日記のように手紙が、絵が送られてくる。燃え上がるように明るいひまわりの花、清らかな流れの上に架かる跳ね橋、その上に広がる青すぎるほどの空、素朴なカフェの女たち……。

パリでフィンセントは劇的に変わった、そのフィンセントがもう一段、上がった。日々送られてくる絵を見れば、彼が水を得た魚のようにアルルを泳ぎ回り、自在に絵筆を操り絵の具で旋律を生み出しているのがわかる。

しかしそれは、楽しんでいる、というよりも、孤独と闘っているようにも見える。激しい筆致で執拗なほど塗り込まれたカンヴァスは、自分がパリから遠く離れひとりきりでいることを思い出さないように、隙間なく絵の具で孤独感を塗りつぶしているようにも感じられた。

――それにしても、林忠正は……いったいどんな魔法をフィンセントにかけたのだろうか？

「フィンセントはどうですか？　アルルでの制作は進んでいるのでしょうか」

涼しげなまなざしでテオをみつめると、忠正はそう訊いた。テオは「それは、もう」と思わず笑みをこぼした。

「ほとんど毎日と言っていいくらい、どんどん絵を送ってきます。絵の具とカンヴァスをもっと送ってくれと、手紙もほぼ毎日くる始末で……三日に一枚くらいの速度で描いているんじゃないかと思います」

「ほう。それはたのもしい」忠正は、きらりと目を光らせた。

「この展示室のどこに、あなたの兄上の新作が飾ってあるのでしょうか。ぜひとも拝見したいものだが……」

どきりとした。

ようやく印象派専用の展示室を設けることができたものの、「印象派以後」の画家たちの作品は一作も展示されていなかった。

彼らの作品は、まだまだ世間的に認められているとは言い難い。わずかに二、三の若手の画商が取り扱いを始めたが、いまだにいちばん多くを展示しているのはあのタンギー親父だ。それなりに信奉者を集めているポール・セザンヌですら、ここでの展示は難しい。ましてやフィンセントの作品を展示するなど、月世界で展示をするくらい非現実的だ。

フィンセントがアルルに赴いてから三ヶ月、送られてくる絵のすべては、誰にも見せることなく、テオがひとりで暮らすルピック通りのアパルトマンの部屋に押し込まれていた。

「残念ながら、ここには兄の作品は掛けられてはいません」

思わず声を潜めて、テオは言った。

「一階にはうちの看板画家、ジェローム先生の大作を販売しているのです。その階上で兄の絵を売るなんて、とてもとても……」

テオが苦笑してみせるのを、忠正は、眉ひとつ動かさずに眺めると、

「あなたの兄上の作品は、アカデミーの大家の絵にくらべて劣っているというわけですか」

さらりと言ってのけた。テオは、もう一度胸をどきりとさせた。

「いや……そういうわけではなく……ほかの画家の作品を差し置いて、身内の作品を率先して飾るわけにはいきませんから……」

苦しい言い逃れをした。忠正ばかりでなく、重吉も黙ってテオをみつめている。テオはいたたまれない気分になった。

そのとき、「やあ、テオ」と親しげな声色で、三人のあいだに割って入ってきた男がいた。

「ようやくお気に入りの画家たちの作品を飾れる場所を確保できたんだな、よかったじゃないか」

ふさふさとした黒髪と口ひげに、ボヘミアンふうのよれた上着を着込んだ男。ポール・ゴーギャンであった。

テオは、ほっと頬をゆるませて、「やあ、ポール。ありがとう」とすかさず応えた。

「ムッシュウ・アヤシ、シゲ、こちらは、個性的な作風が評判の画家、ポール・ゴーギャンです。ポール、こちらは、日本美術を扱っている画廊の社長、ムッシュウ・アヤシと、ムッシュウ・カノウです」

テオに紹介されて、忠正と重吉は、それぞれゴーギャンと握手を交わした。ゴーギャンは日に焼けた浅黒い顔に笑みを浮かべて、「知っていますよ。ご高名はかねがね……」と言った。

「私も何枚か、あなたがたが誰かに売った浮世絵を、別の画商から入手して持っていました。まあ、また転売してしまったけれどね。……おっと、こんなこと言ったら、気分を害されてしまうかな」

「まさか」忠正は、口もとにかすかに笑みを寄せて言った。

「当然の行為です。美術品は転売されて価値を高めていくものですから」

「ま、確かに」ゴーギャンは、大きな目をぎょろりとさせてテオのほうを見た。

「君もそのうち、私の作品を転売して儲けられればいいがね。なあ、テオ？　転売できるほどに価値が上がればの話だけどね」

かなり早い段階から印象派絵画を扱っていたアルフォンス・ポルティエの店でゴーギャンの作品をみつけたテオは、そのユニークさと面白さにたちまち引き込まれた。

印象派のようにパリの風物を描くのではなく、どこかの田舎——ゴーギャンは南方へ船旅をしたり、地方の小村ポン゠タヴァンを拠点にしたりと、「パリではないどこか」にしきりにこだわっている——を舞台にしている。大きな明るい色面を組み合わせた色紙のように単調な構成と、まるで凪《な》いできらめく底なし沼の水面のように見るものを引きずり込む深遠さとを併せ持った彼の絵に、テオはとてつもない可能性を感じたのだった。

（この画家は伸びる）と直感したテオは、ポルティエの店でゴーギャンの絵をごく安く購入した。

その絵を見せられたフィンセントは、またたくまに魅了された。彼はゴーギャンに自分と同じにおいを嗅ぎつけたようだった。それはすなわち、日本美術への憧れと、世間に背を向けて画布と向き合う孤高の姿勢であった。

タンギーの店にも出入りしていたゴーギャンと、ゴッホ兄弟はまもなく出会い、画家同士はすぐに意気投合した。これは珍しいことだった。普段は寡黙で、タンギーの店で夜な夜なぶち上げられる芸術談義にも、酒の力を借りない限り積極的には参加しないフィンセントが、ゴーギャンとは素面《しらふ》で芸術について語り合っていた。

やはりゴーギャンは日本美術を愛し、特に浮世絵に深く関心を寄せていた。ふたりは浮世絵の面白さについて常々語り合いもした。そんなこともあって、フィンセントは、画家仲間の中でもゴーギャンをもっとも意識しているようだった。

「あなたの作品を、タンギーの店で拝見しました」

重吉が、にこやかにゴーギャンに語りかけた。

「どこかしらフィンセント・ファン・ゴッホの絵と共通する部分があるように、私には思われました。彼がアルルへ行ったことは、ご存じですか?」

「ええ、もちろん知っていますよ。ですが……」

そう答えるゴーギャンの顔から笑みが消えた。

「私の絵が、フィンセントの絵に似ている？　そうかな？……君もそう思うかい、テオ？」

「ああ、それは……いや、しかし……」

テオは戸惑ってしまった。画家というものは、どんなに仲がいい相手でもほかの画家に似ていると言われるのを嫌うものだ。重吉は、日本美術に影響を受けているふたりの共通項を正確に嗅ぎ取っているが、それをすなおに口にしてはまずい。

ゴーギャンは、「光栄ですね」と肩をすくめた。

「フィンセントはすごい画家ですよ。まだ誰にも認められていないかもしれないが、私にはわかる。……真の芸術の庇護者である立派な弟に支えられて、好きな絵だけを描いて生きているんだ。しかも、このパリじゃなくて、彼にとっての『日本』――アルルで！　彼のような画家は、ほかにはいない。まったく、恵まれているよ」

フィンセントは、アルルへの出発のまえに、なぜ自分がアルルへ行くのか、散々ゴーギャンに語って聞かせていた。自分にとっての「日本」、芸術の理想郷をアルルに創るのだと。

フィンセントについて語るゴーギャンは、奇妙に興奮していた。友の勇気に敬意を表しつつも、かすかな羨望と言葉にならぬ感情が隠れているのを、テオは感じ取った。

ゴーギャンの様子を涼やかにみつめていた忠正は、やがて静かに口を開いた。

「さよう。……フィンセントは、芸術の理想郷をかの地に創出することでしょう。彼にはその度量があるし、テオドルスの支援も得ている。……しかし、欠如しているものもある。おわかりですかな？」

テオは、忠正の横顔を見た。すべてを見通すかのように、忠正は、まっすぐにゴーギャンをみつめながら告げた。

「仲間です。彼には、ともに理想郷を創出する画家の仲間が必要だ。たとえば、あなたのような……」

忠正をみつめ返すゴーギャンが、一瞬、息を止めるのがわかった。

アルルでひとり孤独と闘うフィンセントがいま、もっとも飢えているもの。それは、ともに切磋琢磨し合う仲間だった。

閃光のようなアイデアが、テオの胸をまぶしく貫いた。

――フィンセントの仲間を、アルルに送り込むのだ。

一八八八年　九月初旬　パリ　十七区　クールセル通り

街路樹のマロニエが、黄ばみ始めた葉を斜陽に赤く染めている。

大通りの向こうから、次々に馬車が到着する。二頭立ての馬車、四頭立ての大型のものもある。黒光りする車体に誇らしげに家紋をつけた豪華な馬車からは、最先端のドレスを身に着けた貴婦人が、エスコートする紳士に手袋をはめた手を預けながら、こぼれ出るようにして現れる。

いましがた、四人乗りの馬車から降り立った重吉は、麗しい貴婦人の到着を見届けようと振り返った。と、自分たちが乗ってきた馬車のすぐあとに着いた馬車のドアに、大きな「N」のイニシャルがついているのをみつけて、目の色を変えた。

「おい、見ろよ、テオ！」

自分に続いて馬車から降り立ったテオの肩を叩いて、重吉が小声で言った。

「後ろの馬車……ドアに『N』のマークがついているぞ」

「N」の一文字、それこそは「ナポレオン家」の紋章である。たちまちテオも色めき立った。

「ほんとうだ。皇帝の一族の馬車だろうか」

いつも清潔できちんとした身なりが定番のテオだったが、その日はことのほか洒落たいでたちであった。すらりとした燕尾服に白いシルクの蝶ネクタイを締め、つややかなシルクハットを被っている。ムッシュウ・アヤシがせっかく誘ってくださったのだから、失礼があってはいけないと、気合を入れてやって来たのがよくわかる。

その日、重吉とテオは、忠正とともに、マチルド・ボナパルトのサロンを訪れた。

マチルド・ボナパルトは、さきの皇帝・ナポレオン三世の従姉妹であり、かのナポレオン一世の姪にあたる。パリじゅうでもっとも華やかなサロンを開き、そこには名門貴族や裕福な商人らが誇らしげに出入りしていた。彼女のサロンに招かれるということは、それだけで名士の仲間入りを果たしたことに等しかった。

革命によって王朝が崩壊したフランスでは、ナポレオンの血筋こそがもっとも権威ある家系の証しとなっていた。ナポレオン一族はヨーロッパ各地の王家と血縁関係を結び、その名をヨーロッパじゅうに轟かせてきたからだ。

ナポレオン一世が失脚したのちも、フランス社会は荒れ狂う革命の怒濤《どとう》を幾度も被ってきた。共和政府が立ち上がったかと思うと、一世の甥にあたるルイ＝ナポレオンが台頭してきて、ついにはナポレオン三世として皇帝に即位し、フランス第二帝政の幕開けとなった。

しかし、ナポレオン三世の治世もまた、一八七一年の普仏戦争の終結とともに終わりを告げた。陣頭指揮をとったナポレオン三世はイギリスへ亡命し、その二年後にフランスへ帰ることなく波乱の人生の幕を閉じた。

それから十五年経ったいま、第三共和政の世になってなお、人々の「ナポレオン家」への憧れは途切れることなく続いていた。

「N」のマークをみつけて色めき立つのは、重吉やテオばかりではない。新興のブルジョワジーも商人も芸術家も、誰もがナポレオン家の「お墨付き」を得ようと、虎視眈々《こしたんたん》と「N」に近づく瞬間を狙いすましている。すなわち、出世なり商売の成功なりを目論んでいる者にとっては、マチルド・ボナパルトのサロンに招かれたということが、明るい未来を暗示することにほかならないのだ。

重吉とテオは、ふたりして「N」の馬車から誰が降りてくるのか見届けようと、その場に立って様子をうかがっていたが、先を歩いていた忠正が、引き返してくるなり「何をしてるんだ、ふたりとも」と呆れた調子で言った。

「一刻も早くマダム・ボナパルトにごあいさつ差し上げなければならん。彼女のもとに殺到した客人が長蛇の列を成しているんだ。さあ、早く」

ふたりは、あわてて忠正の後についていった。

壮麗な邸宅の一階には、広々としたサンルームがあり、みずみずしい木々の緑と色とりどりの花々が咲き乱れている。凝った模様のレースのクロスが掛けられたテーブルの上には、珍しい南国の果物が大きな皿にこんもりと盛られ、金色の「N」のマークが配された繊細なクープの中ではシャンパーニュがふつふつと泡立ち、客人たちの手に取られる瞬間を待っていた。

「う……わあ、これはすごいぞ」

夕焼け空へと抜けるほど高いガラスの天井を見上げて、重吉は、文字通りぽかんと口を開けてしまった。

テオも同様である。仕事柄、大金持ちの邸宅やサロンに出入りすることはもちろんあったが、皇帝の血筋のマダムのサロンに招かれたのは、これが初めてのことだった。

部屋の奥まったところに鎮座しているマチルドにひと言あいさつをしたいと、客人たちが彼女の前にずらりと列を作っていた。そこに忠正たち三人も加わった。

「いいことを教えてやろうか、テオ」

重吉は、忠正には聞こえないように、ひそひそ声でテオに語りかけた。

「そもそも、林さんがフランス語を勉強し始めたきっかけは、ナポレオンに憧れていたからなんだ。ナポレオンに関するフランス語の本を、わざわざ日本に輸入して取り寄せたそうだよ。ずいぶん高かったらしい」

「へえ、そうだったのか」

テオは意外そうな表情になった。

「じゃあ、フィンセントと正反対だな。兄さんは、北斎に憧れて、画風をがらりと変えたんだからね」

「ああ、まったくその通りだ」

ふたりは軽やかに笑い合った。

と、燕尾服姿の使用人がふたりのもとに歩み寄り、「おふたかた、どうぞ、こちらへ」と話しかけた。

「マダム・ボナパルトが、ムッシュウ・タダマサ・アヤシとそのお連れのかたがたに、いち早く面会されることを望んでおられます」

周囲から、おお、と羨望の声が漏れた。重吉が驚いて前を見ると、忠正がこちらを振り向いてにやりと笑った。


マダム・ボナパルトはアヤシを特に重要な客人として扱っているんだ――と、サロン訪問まえに店にやって来たエドモン・ド・ゴンクールが重吉に教えてくれた。

——パリにはさまざまな異邦人がいる。ロシア人、モロッコ人、トルコ人……彼らはときとしてサロンに招かれることもあるが、実際のところ、物珍しいから招《よ》ばれるに過ぎない。言ってしまえば、サロンの余興のようなものだよ。

だが、アヤシは違う。彼は特別だ。彼の知性と気品、そして日本美術に関する深い見識は、彼がほんものの文化人であることを証明している。それに、彼には度胸がある。外国人がこの街で暮らして商売を成功させるのは、生半可なことではないはずだ。

アヤシは、相手がフランス人だろうと何人だろうとひるまない。自分が日本人であるからと卑屈にならない。むしろそれを誇りにして堂々と渡り合っている。

だからこそ、私は、マダム・ボナパルトに彼を紹介したんだ——。

ゴンクールが忠正をマチルド・ボナパルトに紹介したのは、重吉が着任するまえのことだった。マダム・ボナパルトのサロンへ招かれるのは、名士中の名士、あるいはパリの社交界で話題の人物だけである。しかも、必ず紹介者が必要だった。誰が誰を紹介するか、どの入り口から入っていくかによって、新規のゲストの立ち位置が決定的なものになる。それがパリの社交界のルールだった。ゆえに、フランスを代表する文士であるゴンクールによってマダム・ボナパルトに紹介された忠正は、それだけで「文化人」とみなされる。この「金の招待状」をゴンクールが忠正のために用意したのには理由があった。

ゴンクールは、「若井・林商会」の最重要顧客のひとりであった。フランスのジャポニザンの多くは、流行しているからというだけの理由で日本美術や日本的なものを所有したがっている。しかし、ゴンクールは違った。当初はちょっとした興味から日本美術を収集し始めたのだが、いまでは本格的な日本美術の研究者となっていた。その背景には林忠正の存在があった。

忠正は、多くのフランス人が日本や日本美術に対する間違った知識を持っていることに不満を覚えていた。そこで、作家であるゴンクールの影響力を利用し、日本美術に対する正しい知識と正当な評価を勝ち得ようと考えた。だから、ゴンクールに「歌麿に関する研究書を書きたいので協力してほしい」と依頼されたとき、これを受け入れた。十返舎一九《じっぺんしゃいっく》著、喜多川歌麿筆『吉原青楼絵抄年中《よしわらせいろうえしょうねんちゅう》行事《ぎょうじ》』をゴンクールのためにフランス語に訳す、という大変な作業を引き受けたのである。

重吉は、あるとき忠正に「一九の青楼絵抄を翻訳している」と何気なく聞かされて、心底驚いた。ただでさえ仕事で忙しくしているのに、いったいいつそんな時間があるのだろうか。

しかし、忠正は涼しい顔をして言ったものだ。——日本美術のすごさをフランス人にわからせるためには、こういう地道な作業が必要なんだ、と。

そんなこともあって、忠正は、ゴンクールにとっていまやなくてはならない存在となっていた。ゴンクールは、忠正の商売敵、ノルデールの店にも出入りしていたが、「君の店とは比較にならないよ」と、忠正に向かって大げさに言ってのけた。君の店で扱っている日本美術は、何から何まで質が高いし、珍しいものもたくさんある。ノルデールはしょせんドイツ人だから日本美術のなんたるかをわかっちゃいない、云々。そんなとき、忠正は、ただうっすらと笑いを浮かべるばかりだった。

すでに何度かマダム・ボナパルトのサロンを訪れていた忠正は、いまや直接マダムからの招待状を受け取る立場となっていた。

初秋のサロンに招かれた忠正は、一緒に来い、と重吉を誘った。ついに皇族のサロンに足を踏み入れることになり、それだけでもすっかり舞い上がってしまった重吉に、忠正は重ねて言った。

――お前ばかりでは心もとない。テオドルスも誘ってみよう。

兄・フィンセントをアルルへ送り出し、その生活と画家としての活動を懸命に支えているテオを、忠正は最近とみに気にかけているようだった。食事に誘ったり、自分から彼の店に立ち寄ったりして、交流を深めていた。重吉はそれがうれしかった。

テオはすぐれた才覚を持った人物だったし、新進気鋭の芸術家を見出す直感力も秀でていた。仕事に関しても美術に関してもテオから学ぶことが多い重吉であったが、何よりも、兄を思い兄を助ける彼の行為に心打たれていた。

アルルでただひとり暮らすフィンセントは、死にもの狂いで描いて、描いて、描きまくっていた。そして、兄を支えるために、テオも同じくらい必死だった。

毎月少なくない額の小切手をフィンセントに送り、カンヴァスや絵の具を大量に買っては送り、毎日手紙を書き送っていた。フィンセントから毎日のように届く作品に番号をつけ、リストを作り、きれいに整理して、いまや主のいなくなった兄のアトリエに保管していた。いつ、誰に見せることになっても大丈夫なように。

どうにかしてフィンセントをもり立てていこうとするテオの熱意は、新しい芸術を後押ししていこうという、人生を賭した彼の決心の表れにほかならなかった。

——フィンセントは必ず世に出る。いや、自分がきっとそうしてみせる。

いますぐにではないかもしれない。けれど、焦らずにそのときを待つつもりだ。

酒場で重吉と飲めば、テオは必ずそんなふうに言った。本気で言っているに違いなかったが、虚勢を張っているふうでもあった。

重吉は、テオに対して、兄思いの立派な男だと心底感心するのと同時に、少し悲しいような、いじらしいような、複雑な気持ちにもなった。この兄弟のことを思うと、胸の奥がちりちりと痛むことがあった。その痛みがどこからくるものなのか、わからなかったが。

忠正がなぜかテオを気にかけている――重吉には、その理由もわからなかった。

意外とやさしいところがあるじゃないか、とも思う。ひょっとすると、商売をしていく上での企みがあるのかもしれない、とも。

わからない。忠正は、やさしさと企み、その両方を持ち合わせているのだから。

そして、その両方を簡単には他人に見せたりはしない。それが林忠正という人間なのだった。


ピシリと鞭を打つ音が響いて、ゆっくりと馬車が動き始めた。馬車の箱の中では、忠正と重吉とテオが揺られていた。

「いやあ、ほんとうに夢を見ているようでした。……まさか、マダム・ボナパルトと同じテーブルで食事をすることになるなんて……」

晩餐のときに供された極上のワインを飲み、マダム・ボナパルトと――忠正がほとんどその相手をしたのだが――会話をして、重吉はすっかり気が大きくなっていた。前菜も主菜も食後の菓子も、すべてが味わったことのない美味なものばかりだったし、同じテーブルに着いていた客人たちはいまをときめく名士ばかり。まさに夢のようなひとときであった。

馬車の座席で重吉と向かい合わせに座っていた忠正は、かすかに笑ってうなずいた。そして、重吉の隣に座ってうなだれているテオに向かって、尋ねた。

「どうしました、テオドルス？　あなたは、晩餐の途中からあまり食が進んでいないようでしたが……」

そこで重吉は、はたと思い出した。テオが、晩餐が始まったあたりからどことなく様子がおかしかったことに。

思いがけずマダム・ボナパルトと同じテーブルに招き入れられた重吉は、舞い上がってしまっていたから、やはり同じテーブルの反対側に着席していたテオに気を配る余裕がなかった。けれど、確かに、テオのグラスはほとんど空けられていないようだった。

忠正の問いにテオが答えずにいたので、重吉は、陽気な調子で口を挟んだ。

「なに、緊張していたんですよ、きっと。誰だって、ナポレオン家の皇女と一緒に晩餐となれば、緊張するのがあたりまえ……」

「お前は少し黙っていろ。私はテオドルスに訊いているんだ」

忠正にぴしゃりと言われて、重吉は口をつぐんだ。

テオは、うつむけていた顔を上げた。が、忠正の目を見ようとしない。何か言いよどんでいるようだったが、やがてかすれた声でつぶやいた。

「僕は……いったい、何を……しているんでしょうか……？」

重吉は、息をのんで隣のテオを見た。青白い横顔がかすかに歪んでいる。忠正は、黙ってテオをみつめている。

「兄さんが……たったひとりで、田舎のあばら屋で、必死に描いているのに……酒も、パンも、何も食べずに……さっきも、いまも……この瞬間も……それなのに、僕は……あんなに豪華な食事を……酒を……わ、笑いながら……」

テオは、両手で顔を覆った。体が小刻みに震えている。

「罪深い……僕は、なんて罪深いことをしてしまったんだ……！」

重吉は、驚いてテオの肩を抱き、揺さぶった。

「おい、テオ？　何を言ってるんだ？　罪深いなんて……逆だよ、栄誉なことじゃないか。君がマダム・ボナパルトと一緒に食事をしたと知ったら、きっとフィンセントも喜ぶはずだろう。なあ、テオ……そうだろう？」

テオは、両手で顔を覆ったままうつむいている。重吉は忠正に目を向けた。忠正は、テオから目を逸らすと、車窓の外に視線を投げた。

がらがらがらがら、大通りの石畳を進む車輪の乾いた音が響いていた。テオは、ルピック通りのアパルトマンの前で馬車を降りるまで、この世界のすべてに背を向けられてしまったかのようにうなだれていた。

馬車のドアを開け、ステップを降りると、テオはようやく顔を上げて振り向いた。

「……今日はありがとうございました、ムッシュウ・アヤシ。せっかくの夜に……最後にお見苦しいところをお見せしてしまって……」

窓の中の忠正に向かって、覇気のない声で言った。

忠正は、テオをまっすぐにみつめると、

「テオドルス。あなたは、もっと強くならなければいけない」

はっきりと言った。テオの瞳が、はっとして、かすかに揺らいだ。

「フィンセントは、あなたよりもはるかに強い。だから、あなたはもっと強くならなければ、兄さんを支えることなど到底できはしない。ほんとうに、あなたが兄さんを世界に認めさせたいのなら――強くなってください」

テオは、震えるまなざしを忠正に向けていた。その瞳にはうっすらと涙が浮かんでいた。

「――ありがとうございます」

テオは答えた。かすかな希望を含んだ声だった。

「強くなります。――必ず」

ピシャリ、と再び鞭を打つ音が響いた。動き出した馬車の窓から身を乗り出して、重吉は遠ざかるテオに向かって手を振った。アパルトマンのドアの前に佇んだまま、テオも片手を挙げてそれに応えていた。

座席に座り直すと、正面の忠正は考え込むような表情をしていた。重吉は、何か語りかけようとして、やめておいた。

——なぜなんだ。

重吉は、胸の中で自問した。

——林さんの言う通りだ。フィンセントのような画家を売り出すためには、相当な強さと覚悟がなければ、到底無理な話なんだ。

でも……だったら、なぜ？

なぜ林さんは、テオからフィンセントの作品を買おうとしないんだ——。

それは、ここのところ重吉の中でずっとくすぶっていた疑問だった。

忠正は、フィンセントの可能性を認めている様子である。テオに対しても、並々ならぬ温情をかけている。マダム・ボナパルトのサロンに、扱っているものは違うにせよ同業者を誘うなんて、普通じゃ考えられない。

まったく見えない。林さんはファン・ゴッホ兄弟を助けようとしているのか。——それとも、何かに利用しようとしているのか……。

「『あの兄弟をそんなに応援するなら、なぜフィンセントの絵の一枚も買ってやらないんだ？』……そう言いたいのか、シゲ？」

突然、忠正が訊いた。

重吉は、ぎょっとして忠正のほうを向いた。切れ長の目が確かめるようにこちらを見ている。

重吉は、「いや、あの……それは……」と口ごもった。忠正は、こらえ切れないように声を立てて笑い出した。

「まったく、お前ほど正直なやつは見たことがないぞ。……しかしまあ、それがお前のいいところでもあるからな」

重吉は、力なく笑い返した。――まったく、林さんの前では心で念じることすらできないな。

笑いを収めて、忠正は、重吉をいま一度正面に見て言った。

「私は、いずれ、フィンセントの絵の中でもっとも優れた一枚を手に入れようと心に決めている」

重吉は、不意を突かれて忠正の目を見た。その目は不思議な光を宿していた。

「ただし、それはいますぐにではない。彼はまだまだ伸びる。これから、一緒に制作する仲間を得て、揺るぎなく強い弟にしっかりと支えられて、ようやく花を咲かせるだろう。その花を得るためになら、私はいくらでも対価を払おう」

そこまで言って、忠正は、不敵な笑みを口もとに浮かべた。

「だが――フィンセントをもっと伸ばすためには、早急に一策を講じなければなるまい。たとえば、フィンセントの画家仲間をアルルへ送り込むのもいいだろう。ただし、その画家の生活費もテオが負担できればの話だが……」

重吉の脳裡に、ふとひとりの画家の顔が浮かんだ。

パリではないどこかへとさまよい続ける画家――ポール・ゴーギャンの顔が。

一八八八年　十一月下旬　パリ　二区　モンマルトル大通り

すっかり葉の落ちた街路樹の枝を揺らして、みぞれまじりの冷たい風が吹き抜けていく。

「ブッソ・エ・ヴァラドン」の店の前に、荷馬車が二台、停まっている。一台目は大きな幌付きの荷馬車で、運搬人が四人がかりで木箱を持ち上げ、荷台から下ろしている。二台目は幌のない郵便の荷馬車で、配達人が麻紐でくくられた板状の小包をひょいと抱え上げ、店の中へと持ち運んだ。

「ボンジュール、ムッシュウ。いつもの小包です。ここにサインを」

ドアの近くに佇んで着荷の様子を見守っていたテオに書類を差し出して、郵便配達人が受け取りのサインを求めた。内容を確認もせず、テオはそこにサインした。配達人はにこりともせずにさっさと立ち去った。彼らは「いつもの小包」を届けるのに、いちいち愛想をふりまいたりしないのだ。

「残りの荷受はしておきますよ。どうぞ奥へ」

テオの傍らに立っていた助手のアンドレが言った。こちらも慣れたものである。「いつもの小包」が届いたあと、上司がどうするかよくわかっていた。

受け取ったばかりの小包を抱えると、テオは何も言わずに、店の奥にある自分の事務室へとそれを持って入った。

ドアを閉めると、すぐに鍵をかけた。そうすることもいつものことだった。

デスクの上に荷物を平らに置くと麻紐をはさみで切った。油紙に穴を開け、ザクザクと切り裂く。油絵の具のにおいがふっと立ち上り、中から二枚のカンヴァスが現れた。

いつも通り、アルルから送られてきたフィンセントの絵である。テオは、片手に一枚ずつカンヴァスを持ち、壁に立てかけた。

二枚の絵は室内画で、それぞれに椅子が描かれてあった。どちらも空っぽの椅子の絵、だった。

いや、正確には「空っぽ」ではない。それぞれの椅子には、人の代わりに小さな「もの」が置かれてある。

ひとつは肘掛け椅子で、座面に置かれたろうそくが一本、灯されている。心細げに揺らめく炎。その傍らには二冊の本が投げやりに置かれている。そのうちの一冊は、いまにも椅子の座面からずり落ちてしまいそうだ。緑色の壁に取り付けられた燭台のろうそくも灯されていることから、夜の室内だとわかる。いちにちの終わり、安息の時間を迎えたはずの部屋。しかし、そこにいるべき人の姿はなく、そこはかとない孤独感が漂っている。

もうひとつの椅子は肘掛けのついていない粗末なもので、座面にはパイプが転がっている。その傍らには包み紙がほどかれた刻みタバコが見える。ここに座るはずだった誰かは、パイプに葉を詰めようとしながら、それを放置して出かけてしまったのだろうか。椅子の後ろの木箱には、やはり長いあいだ放置されているのだろう、玉ねぎが青い芽を出しているのが見える。室内は白っぽい均一の光に満たされているため、昼間だとわかる。誰もいない部屋の静寂がひたひたと押し寄せてくる。

座るべき誰かが、そこにはいない。孤独なざわめきが、ふたつの絵にはあった。

テオは腕を組んで、隣同士に並べた二点をみつめた。不穏な空気が絵の中からあふれ出し、こちらに向かって迫ってくるのを感じる。テオは深いため息をついた。

ふたつの作品には、それぞれ、題名がつけられていた。

〈ゴーギャンの椅子〉。そして〈ファン・ゴッホの椅子〉。

——それぞれの椅子に、座るべき画家たち。しかし、その姿はどこにもない。

ふたりの画家は、いったい、どこへ行ってしまったのだろう？

腕組みをしたまま、テオは、いつまでも絵の前を動かなかった。そして、ふたつのむなしい椅子をにらみ続けた。

フィンセント・ファン・ゴッホとポール・ゴーギャンの「共同生活」が始まって、ふた月と経っていない。

それなのに、彼らの椅子は、座るべき主をなくしてしまったのか――。

その年の二月、単身でアルルへと移住したフィンセントは、精力的に創作を続けていた。それまでにないほどの明るい色彩と力に満ちた作品の数々が、三日とおかずにテオのもとに届けられていた。

まるで日記を綴るように、フィンセントは描いていた。毎日まいにち、自分のすべてをぶつけて、あふれるように描き続けていた。

パリから遠く離れた南仏の街に、自分だけの「日本」をみつけ、芸術の理想郷を創り出そうとしているフィンセント。何かが約束されていたわけではない。フィンセントには、ただ、カンヴァスと絵の具のほかには何もなかった。あとはテオの援助に頼り、死なない程度に口を糊して生きているのだった。

パリでテオと暮らしていたとき以上に、フィンセントはさまざまなモティーフをカンヴァスに描き写した。カフェの娘、郵便配達人、農夫、田園風景、跳ね橋、月夜の川辺、夜のカフェテラス……。目についたものすべてを面白がり、その輝きを逃すまいとカンヴァスに写し取る。まるで子供のように、何かに取り憑かれたかのように。

初めのうち、フィンセントが送ってくるカンヴァスは、どれもが南仏の光をまとった明るい画面をしていて、テオに笑いかけていた。だから、アルルからの小包が届けば、それを開けるのが楽しみだった。今日はどんなモティーフが描かれているのだろう。兄さんは何を発見したんだろう。自分も兄とともにアルルの街なかを歩きながら、モティーフ探しをしている気分にさせられた。

しかし、どの絵もどこか孤独のにおいがした。ぱっと見にはわからない、かすかな孤独のにおい。それは、フィンセントが絵を描き始めたごく最初の頃から必ずつきまとっていた。ベルギーからパリへやって来て、そしていまはアルルに暮らして、フィンセントの絵は格段に明るくなった。浮世絵の持つ清澄な色彩に憧れているからだろう、用いる色も鮮やかさを増した。

ベルギーで画家修業をしていた時代とは比較にならないほど、生まれ変わったフィンセントの絵。しかし、何が描かれていても、そこにはかすかな孤独のにおいがしみついていた。

きっと自分にしかわからないものだとテオは思っていた。ずっと兄の作品をみつめ、寄り添い続けている自分にしかわからないはずだと。できることなら、誰にも気づいてほしくない。そう思ってもいた。

絵を買い求める人々は、隅々まで影のない明るい絵を欲していた。革新的といわれてきた印象派の画家たちの中で、もっとも成功した画家であるクロード・モネの作品を見ればよくわかる。彼の絵を満たす豊かな光、そこはかとない幸福感。人々は、明るいだけではなく、孤独を感じさせない絵をほしがっているのだ。

だから、フィンセントの絵が明るさを増していることは、彼の絵を売っていく上で喜ばしい変化だった。

もっと、もっと明るい絵を。光あふれる絵を。幸福感のある絵を——。テオはそう願っていた。どうか誰も気がつかないように。フィンセントの絵に漂っている孤独を、ぬぐい切れないさびしさを、感づかれないように——。

ところが、フィンセントから送られてくる絵が日を追うごとに孤独の気配を強めていくのをテオは見逃さなかった。

フィンセントの技量は確実に高まっていた。と同時に、彼の作品の個性はずば抜けていた。それはつまり、彼の絵はブルジョワジーたちが求めたがるものとはまったく逆方向に発展している、ということを意味していた。

「ブッソ・エ・ヴァラドン」の顧客の中にも、印象派の愛好者は少しずつではあるが増えていた。が、新進の画家の作品に興味を持っている彼らにすら、フィンセントの絵を理解することは難しいだろう。パリ中心部の、日光が届かないアパルトマンの室内、マントルピースの上に飾る小洒落た絵を求めている彼らが、どうしてこれほどまでに激しい個性が噴き出している絵を必要とするだろうか。

夏の終わり頃には、このままではまずい、とテオは思うようになった。去年の暮れ、喧嘩の末にふいに行方不明になってしまったあのときのように、フィンセントが暴走する気がしてならなかった。

フィンセントが寝食を忘れて絵を描いているというのに、自分はあいも変わらずブルジョワジーの相手をし、シャンパーニュのクープを片手に着飾ったご婦人と談笑している。どうにか開設にこぎつけた、店の中二階にある「若手画家のギャラリー」では、経営者や大画家たちの顔色を見ながら、かろうじてモネやピサロの絵を売っている。日々送られてくる兄の絵は、店の壁に飾ることなく、こうして奥の部屋にひとりで引きこもり、床に置いて眺めるばかりだ。

自分もまた、動き出さなければならない。

テオは、覚悟を決めた。

その頃、テオに会うために、ポン＝タヴァンに住んでいるゴーギャンがパリへやって来た。

そして、飄々として言った。

「アルルへ行ってみるのも悪くないと思っていますよ。なぜって、私には、パリ《ここ》じゃないところが必要だからね」

世界中の画家がパリに憧れ、パリを目指してやって来るのに、ゴーギャンはそうではなかった。彼はいつも「パリでないどこか」を求めてさまよっていた。パリにこだわらず、自分だけの居場所を探し続ける姿勢は、フィンセントと重なるところがあった。そしていつもゴーギャンは、必ず自分がいるべき場所を見つけ出し、作品に成果を表すのだ。

——この人に、フィンセントを任せてみよう。

テオの心は定まった。

それを幸運と呼んでいいかどうかわからなかったが、テオとフィンセントを画商の世界へ導いてくれたセント伯父が他界し、思いがけず遺産の分与があった。テオは、その金をフィンセントとゴーギャンの共同生活の費用に充てることにした。

アルルへ行く費用のすべてと、そこで制作される作品の買取りを、テオはゴーギャンに約束した。

十月下旬、ゴーギャンはついにアルルへと旅立った。その到来をフィンセントはどれほど喜んだことだろう。

昼も夜も、ふたりはイーゼルを並べて制作に励んだ。

紅葉の並木道、星の瞬く川辺、ゆっくりと馬車が通り過ぎる跳ね橋、収穫の始まった麦畑、風の吹きわたる田園。

夢のような共同生活。充実した制作の日々。

ワインを飲み交わし、芸術について語り合い、笑い合うふたりの画家。

ふたりから次々に送られてくる絵の数々を眺めて、テオは、フィンセントの笑顔を思い浮かべ、ひとり、笑みをこぼした。

フィンセントの絵に漂っていた孤独のにおいは、まもなく消えてなくなる。その代わりに、彼の作品は、充実した幸福感に包まれるはずだ。

そうだ。まもなく。きっと――。

そうなるはずだった。そうなるはずだと、信じていた。

十二月の最初の土曜日、店じまいをした直後のテオのもとへ、忠正と重吉が訪れた。

フィンセントとゴーギャンの共同生活が始まってから、テオは、自分のもとに届けられるふたりの絵を定期的に忠正に見せるようになったのだが、これには重吉の計らいがあった。

フィンセントにとっての「日本」であるアルルで、ふたりの画家がともに暮らしながら制作をする。この珍しい試みを、林さんは興味を持って見守っているから、ぜひ定期的に送られてきた作品を彼に見せてはどうか、と重吉が提案してくれたのだ。

テオにとっては願ってもないことだった。近い将来、フィンセントの絵を新しい美術に理解を示す誰かにどうにかして売りたかった。できれば、画家の将来性を見抜く慧眼《けいがん》の持ち主にこそ所有してもらいたい。とすれば、林忠正はもっともふさわしい人物ではないか。

毎週土曜日の閉店後に、忠正と重吉は揃って「ブッソ・エ・ヴァラドン」を訪れることになった。テオは、その週に届いたフィンセントとゴーギャンの絵を奥の事務室の壁に飾り、ふたりの到来を待った。作品を壁に掛けるのはいつもなら助手に任せる作業だったが、忠正と重吉のための「特別鑑賞会」のことは、店の誰にも言ってはいなかった。だから、壁に釘を打つのも、作品を掛け替えるのも、いっさいを自分でやった。

その日は「特別鑑賞会」を始めて五度目の土曜日だった。いつも通り、テオは壁に絵を二点、並べて掛けた。ただし、その日に限って、両方ともフィンセントが描いたものだった。

それまでは、フィンセントの作品を一点、ゴーギャンの作品を一点、見せていた。

ふたりの絵は、並べてみると、それぞれが強烈な個性を放ち、それでいてどこかしら共通点があった。そして、まったく似ていなかった。

ふたりの絵には響き合う何かがあった。それは、初めのうちはヴィオラとチェロの二重奏のように心地よく響き合っていた。しかし、共同生活が始まってひと月が経った頃、ふたりの絵にかすかな不協和音が生じてきたようにテオには感じられた。

同じ場所に一緒にいて、同じモティーフを描いているのに、それぞれに違うものを見ているような感じなのだ。たとえば、フィンセントは、そんな色はあり得ないという色を使って風景を描いた。——真っ黄色な太陽と血のように赤いぶどう畑。一方で、その同じ風景の中に、ゴーギャンは、そんなものはそんなところにあり得ないというものを描いた。——アルルの田園で収穫に忙しいブルターニュの衣装を着た女性。しかし、もちろん共通点がなくはない。「自分を見てくれ」という強い主張、それが最大の共通点だった。

テオは、ふたりの作品を並べて掛けるたびに、じわりと静かに圧倒された。ふたりは確かに友人同士で、お互いを尊敬し、高め合い、制作している。しかし、作品において、ふたりとも安易に協調しようとしてはいない。

いや、むしろ、これは——「闘い」なのではないか。

ふたりから絵が送られてくるたびに、そしてそれを壁に並べて掛けるたびに、テオは胸騒ぎがしてならなかった。

が、その胸騒ぎをひた隠しにして、作品を忠正と重吉に見せた。

忠正は、ふたつ並んだふたりの画家の作品をじっくりと眺めて、ほとんど何も言わなかった。感想はいつも短く、たったひと言、「結構《ボン》」。それだけだった。

いったい、どう思っているのか。作品を眺める忠正の表情はほとんど変わらず、彼の様子を見ているだけではその本意は測りかねた。

その日も、テオはいつも通り、忠正と重吉に二点の作品を見せた。いつもと違うのは、二点ともフィンセントの作品であることだった。

〈ゴーギャンの椅子〉、そして〈ファン・ゴッホの椅子〉。

最初に、ほう、と声を漏らしたのは重吉だった。

「これは……両方ともフィンセントの作品かい？」

そう尋ねられて、「その通りだよ」とテオは答えた。

「題名もつけられている。……ろうそくのあるほうが《ゴーギャンの椅子》、パイプのあるほうが《ファン・ゴッホの椅子》」

重吉が神妙な表情を浮かべた。忠正のほうは、眉ひとつ動かさずに画面をみつめている。

三人は、それきり、ただ黙ってふたつの椅子の絵と向き合っていた。

「……何かあったのだろうな」

ややあって、忠正がつぶやいた。どきりと胸を鳴らして、テオは忠正を見た。

忠正の横顔はまっすぐに絵をみつめたままだった。そして、それ以上何も言わなかった。

日曜日の朝、パリの街に雪が降った。

まんじりともせずにひとりの夜を過ごしたテオは、明け方になってようやく眠りについた。いくつもの夢を見た。よく覚えてはいないが、もの悲しい夢ばかりだった。

昼近くなってようやくベッドを抜け出した。きのう、ふたつの椅子の絵を忠正と重吉に見せたことをなぜだか悔やんでいた。——何かあったのだろうな、という忠正のつぶやきが繰り返し鼓膜の奥によみがえる。

フィンセントとゴーギャンのあいだに取り返しのつかない何かが起こったのかもしれない。だから、ふたつの椅子は座るべき主を失って、いっそう強い孤独のにおいを放っているのではないか。

いや違う、とテオは、頭を横に振った。

——兄さんの手紙はゴーギャンを礼賛する言葉で埋め尽くされている。ゴーギャンのような絵は自分には描けないんだと、くやしそうに、それでいてうれしそうに、手紙に綴っていたじゃないか。

ふたりはたまたまあの椅子から立ち上がって出かけているに過ぎない。そのうちに、きっともと通り帰ってきて、ふたたびあの椅子に座り、一緒に制作を始めるはずだ。

だから大丈夫。……大丈夫に決まっている。

自分に言い聞かせてみても、もやもやと不安が募る。いたたまれなくなって、テオはアパルトマンを出た。

ルピック通りの付近には日曜の市場が立っていた。行くあてもなく、テオは通りをさまよい歩いた。市場の人ごみの中に紛れて、何度もなんども行き交う肩にぶつかった。

ふと、目の前を薄汚れたぶかぶかのコートを着た赤毛の男が通り過ぎた。ただそれだけで、テオの心はかき乱された。そうしようとは思っていないのに、勝手に足が動いて、人ごみの中に見えなくなりそうな後ろ姿を追いかけてしまった。

後ろ姿はどんどん遠ざかる。見失うまいと、どんどん早足になる。

――兄さん！

どこへ行くんだ、兄さん。僕を置いていかないで。

僕をひとりにしないで……！

道沿いの市場が途切れる角を曲がった瞬間、小柄な女性とぶつかった。あっと小さく叫び声が聞こえて、彼女が提げていたかごから林檎が転がり落ちた。はっとして、テオはとっさに雪がうっすらと積もった石畳の上を転がっていく果物を拾い集めた。

ひとつ残らず回収すると、それらを彼女のかごの中へ返して、詫びた。

「すみませんでした、マドモワゼル。……お怪我はありませんでしたか」

ボンネットを被った顔がこちらを向いた。真冬の白薔薇のように可憐な顔。——見覚えのある顔。

テオの胸の中で心臓が激しく鼓動を打った。震える声で、彼はささやいた。

「……君は……ヨーじゃないか……！」

小さな星を宿したような瞳が、きらめきながらテオをみつめていた。

故郷の友人の妹、ヨハンナ・ボンゲル。ずっと昔、テオがほのかな恋心を抱いたことのある少女が、美しい女性になって、目の前に立ち尽くしていた。

一八八八年　十二月中旬　パリ　一区　リシュリュー通り

その日、パリの夕空はどんよりとした雲で覆われ、小雪がちらつく冷たい夜を迎えようとしていた。

パレ・ロワイヤルの近く、コメディ・フランセーズ劇場前に、人待ち顔の重吉が佇んでいる。

かじかんだ手で、フロックコートのポケットから金色の懐中時計を取り出して見る。その日、コメディ・フランセーズでは、モリエールの喜劇「人間ぎらい」がかかっていた。

公演が始まる七時まであと二十分あったが、シャンパーニュを一杯飲み干すには余裕がなさすぎる。せっかくひさしぶりの観劇なんだから、余裕を持って早めに来たのに、まったくなんだよ、とぶつぶつ、重吉はひとりごちた。

劇場からサントノーレ通りを隔ててすぐのところにある「オテル・デュ・ルーブル」の前で辻馬車が停まった。その車内からひとりの男が勢いよく飛び降りた。コートの裾をひるがえし、劇場の入り口に向かって走ってきたのは、テオである。その姿を認めて、やっとおでましか、と重吉は笑みを浮かべた。

テオは一直線に重吉のもとへと駆け寄った。

「ボンソワール、シゲ！　元気かい？」

ひと言、叫んで、テオは重吉の手を取って激しく上下に振った。待ち人があまりにも元気よく現れたので、重吉は面食らってしまった。

「おいおい、どうしたんだよ、テオ？　ずいぶん威勢がいいじゃないか。ついこのあいだまで、何もかもうまくいかないとかなんとか言って、落ち込んでいたくせに……」

重吉に言われて、テオは、「ああ、まあね」と笑った。

「急に誘って悪かったな。仕事は大丈夫だったのか？」

「ああ、年末だから忙しいがね。ちょうど林さんがロンドンへ出張しているから、仕事は早めに切り上げて、出てきてしまったよ」

そう答えて、重吉は、にやりと笑った。

「なにせ、君に芝居に誘われるなんてことは、いままでついぞなかったからな……何かいいことでも起こったのかと思ってね」

それから、間近に迫って問いただした。

「……さあ、テオ、白状しろよ。いったい何があったんだ？　その浮かれぶりからすると、よほどいいことがあったんだろう？　まさか幕間《まくあい》まで話さないつもりじゃないだろうな？」

テオは、「いいとも。教えよう」と胸を張った。

「そのために君をここへ誘ったんだからな。……いやしかし、わざわざ話さなくてもいい。もうまもなくわかるはずだよ」

さも愉快そうに言う。重吉はきょとんとした。

「まもなくって……まもなく開演時間じゃないか。それまでここに突っ立っていれば、君がご機嫌な理由がわかるって言うのか？　その……シャンパーニュの一杯も引っかけずに？」

「そう」とテオはうなずいた。「その通りだ」

重吉は、さっぱりわけがわからないようで、首をかしげている。テオは含み笑いをした。

「……お待たせ、テオ。ごめんなさい、遅くなってしまって……」

ふたりの背後で、小鳥のさえずりのように軽やかな声がした。テオと重吉は、同時に振り返った。

細い肩で息をつきながら、可憐な女性が佇んでいた。

黒い毛皮で縁取られたウールのケープを身にまとい、レースのついたボンネットには雪の粒がきらめいて留まっている。目の覚めるような美人ではない。どちらかというと地味な顔立ちだったが、テオをみつめる瞳はかすかに熱を帯びて美しく輝いていた。

「やあ、ヨー。ちょうどよかった。僕らもいま来たところだよ」

テオは親しげに女性の手を取り、白い革手袋をはめた手の甲にキスをした。それから、重吉に向かって彼女を紹介した。

「シゲ、こちらは、マドモワゼル・ヨハンナ・ボンゲル。僕の郷里の友人の妹で、いまパリに滞在している彼女の兄さんを訪ねてきたんだ。ヨー、こちらは僕の友人、シゲ・カノウ。日本美術の画商をしているんだ。とても有名な店の専務だよ」

「はじめまして、マドモワゼル。お目にかかれて光栄です」

おいおい、いったいこりゃあどういう風の吹きまわしだ？　と思いつつ、重吉は右手を差し出した。

「こちらこそ、お目にかかれてうれしいです。私、日本の紳士にお会いするのは初めてですわ。……フランス語がお上手でいらっしゃるのですね」

応えながら、ヨーは右手を重吉の手のひらに預けた。重吉は、ほっそりした手の甲にごく軽くくちびるをつけた。パリのブルジョワふうのあいさつも、いまやすっかり我がものにした重吉であった。

「もうまもなく、こちらに来て三年になりますからね。まあ、どうにか話せるようになりました。あなたは？　マドモワゼル。いつパリへ来られたのですか？」

彼女のフランス語にはオランダ訛りがあったが、それでもおっとりとした語り口からは穏やかな気質が感じ取れるのだった。

「十二月の初めに……」とヨーが言うと、

「そう。それで、僕らが再会したのは、その直後のことだったんだよ」

テオが口を挟んだ。彼の瞳もヨーと同じように熱っぽくきらめいていた。

「聞いてくれよ、シゲ。まるで運命としか思えないような再会だったんだから！」

興奮気味にテオは続けた。

「彼女のことは、彼女の兄さんを通じて昔から知っていたんだけど、何年かまえに郷里で共通の知人の葬式に出席したときに、大人になった彼女と会ったんだ。彼女ときたら、すっかりきれいになって、見違えるような淑女になって……」

そこまで言って、テオはヨーの肩にさりげなく手を回した。ヨーは、はにかんだ表情で頬を紅潮させている。ふうむ、と重吉は、興味深そうな声を出した。

「それで、どうしたんだ？」

「どうしたもこうしたもないよ。葬式が終わるまでに、僕はすっかり彼女に夢中になってしまったのさ。彼女のほうは、僕の気も知らずに、式が終わったらさっさと帰ってしまったんだけどね」

「まあ、テオったら」ヨーは、ますます顔を赤らめた。

「そんなことなくってよ。あなたがあんまり私のことをみつめていたから、恥ずかしくなって、つい……」

「君の気持ちは察するね、テオ」重吉は、にやにやしながら言った。

「こんなにすてきな人が目の前にいたら、葬式の最中だろうとなんだろうと、愛を告白したくなるってものじゃないか」

「だろう？」テオも笑って応えた。

「でも僕にはとてもそんな不謹慎なことはできなかった。だから、もやもやした気持ちを胸に抱いたまま、パリへ帰ったってわけ。そうしたら、ほんとうに偶然、街角でばったり会ったんだ！」

テオは、ヨーとのパリでの再々会について話し始めた。市場で出合いがしらにぶつかり、ヨーのかごから転げ落ちた林檎を拾い集めて……ヨーの顔を間近にみつけて、驚きと喜びで体の隅々までしびれたこと……そのままふたりでカフェへ行き、いつまでも話し込んで、気がついたらすっかり夜になっていた……次の日も、また次の日も会って、食事をして、おしゃべりをして、いつまでも一緒に過ごして、そして……。

「……きのうの夜、僕は、彼女に結婚を申し込んだんだ」

そう言って、テオは打ち明け話を締めくくった。重吉は、目を丸くした。

「そりゃほんとうかい？」と訊くと、

「ああ、ほんとうだとも」テオは、上気した顔で答えた。その隣で、ヨーが花のほころぶような笑顔を見せた。

「ブラヴォー！　やったじゃないか、テオ！　おめでとう」

今度は重吉がテオの両手を取って激しく上下に揺らした。テオは弾けるように笑って、「ありがとう」と応えた。

「誰よりもさきに、君に知らせたかったんだよ、シゲ」

そのとき、開演を知らせる鐘の音が劇場のロビーに鳴り響いた。

「おっと。急がなくっちゃ、芝居が始まるよ。さあ」

テオが言って、ヨーの肩を抱き、劇場内へと誘った。着飾った紳士淑女がいっせいに客席へと吸い込まれていく。

――フィンセントには知らせたのかい？

重吉は、真っ先にそう尋ねたかった。が、開演まぎわのあわただしさに追い立てられて、尋ねることなく終わってしまった。

翌朝。

夜のあいだに本格的に降り積もった雪は、一夜にしてパリの街なかを真っ白に染め上げた。

忠正がロンドンに出張しているあいだ、重吉は、クリスマス・ツリー《サパン・ド・ノエル》を飾り付け、店の窓辺に飾った。

樅の木の大きさも、折り紙の鶴を飾り付けたことも、去年と同じだったが、違うことがひとつだけあった。折り鶴を作るのに、古地図ではなく、きれいな色紙を買ってきて使ったことだ。

——ほんとうは、折り鶴の作り方を可愛いフランス娘に教えてやって、作ってもらいたいところだったがね。

すっかり飾り付けの終わったサパン・ド・ノエルを眺めて、そんなことを考えた。

——あれから一年経ったのか。……早いものだ。

日本では正月の松飾りを目にすれば一年経ったと実感したものだ。重吉は、折り鶴のぶら下がった樅の木を見て時の流れを実感している自分が、なんとはなしに不思議だった。

——去年のちょうどいま頃、突然、フィンセントがやって来たっけ。そして、林さんと一緒に食事をしたんだ。

あのとき……フィンセントが手に取った折り鶴を、林さんが解いてみせた。そうしたら、偶然、その紙はアルルの地図だった。

フィンセントは、まるっきり何かに取り憑かれたみたいに、そのあと、アルルへ旅立ってしまった。なんのあてもないのに、自分だけの「日本」をみつけるんだ、と言って……。

窓辺に佇んで記憶の糸をたどっていると、表に馬車が停まるのが見えた。

車《キヤリツジ》のドアが開いて、忠正が姿を見せた。あれっ、と重吉は、大急ぎで表へ走り出た。

「おかえりなさい！」積もった雪の中に降り立った忠正に向かって、重吉は声をかけた。

「早かったですね。週末にお戻りかと……」

「そうするつもりだったが、ノエルのまえで船も汽車も混み合うのがかなわんと思ってな。早めに帰ることにしたんだ」

重吉に旅行鞄を預けながら、忠正が言った。

「そうですか。いかがでしたか、ロンドンは……」

「もう少しいい出物があるかと思ったが、やはりどこも品薄で、たいしたものは買い付けられなかったな」

いまやヨーロッパじゅうで大人気の浮世絵は、どこに行っても在庫がない状態で、忠正の店でも常にいい出物がないかと探していた。ロンドンへの出張も浮世絵の仕入れのためだった。日本から取り寄せるものだけでは、もはや追いつかないほどの人気ぶりなのだ。

「それよりも、いま、ロンドンではひどい事件が起きて騒ぎになっていたぞ」

忠正が言った。これは面白い土産話が聞けそうだ、と重吉は思った。

「どんな事件ですか？」

「『切り裂きジャック《ジャック・ザ・リッパー》』だ。まれに見る怪事件で、パリにも噂は届いているようだが……」

「切り裂きジャック」とは、この夏から秋にかけてロンドンで起こった連続殺人事件である。犯人は客を装って娼婦を襲い、のどを掻き切って殺害する残忍さだったが、のみならず、被害者の遺体から臓器を持ち去るという極めて異様な事件だった。犯人はいまだに逮捕されておらず、被疑者の特定すら難航していた。

「名無し男《ジャック》」がどこかに潜んでいるかもしれないと、ロンドン市民は震え上がっていたが、一方で、異常性があるからこそ興味をそそられてもいるようだった。

「おかしな世の中になりましたね」重吉は、不安を覚えて言った。「なんでまた、そんな事件が起こるのか……」

「いまのイギリスはフランスにくらべると、社会的な締め付けがきついからな。それに反発して、異様なことに喜びを覚える輩も出てくるんだろう。歪んだ社会の表れだ」

忠正の説明を聞いて、自分が暮らす場所に選んだのがイギリスでなくてフランスでよかったと、重吉はすなおに安堵した。

店内に入ると、忠正はすぐに窓辺のサパン・ド・ノエルをみつけて、「ほう、今年は準備がいいじゃないか」と顔をほころばせた。

「よく見てください。今年は古地図ではなくて、ちゃんときれいな紙で飾り《オルヌマン》を作ったんですよ」

忠正は、折り鶴をひとつ、手に取って眺めていたが、

「……明日、土曜日だな。来週にはノエルだが、テオドルスの店での『アルルの画家たち』の特別鑑賞会はあるのか？」

と訊いた。重吉と同じように、去年のフィンセントの一件が忠正の胸にも浮かんだに違いなかった。

「いや、それが……」重吉は頭を掻いて、

「テオはいま、それどころじゃないんです。その……急に、結婚することになりまして」

そう答えた。忠正は、目を瞬かせた。

「それはまた、急な話だな」

「はい、ほんとうに……」と重吉は肯定してから、「……うらやましい」と小声で言った。

「相手は誰なんだ。お前の知っているご婦人か」

「いや、僕の知らない人でしたが、昨日紹介されました。なんでも、テオはずっとまえからその人への思いを胸に秘めていたらしいんですが、つい先日、偶然パリで再会して、それで……」

重吉は、テオとヨーが結婚することになったいきさつを忠正に話した。ヨーが可憐で清楚なうえに賢そうな娘であり、テオの仕事を理解し、美術に深い興味を持っていることも、友のためにちゃんと付け加えておいた。

忠正は腕組みをして黙って聞いていたが、話を最後まで聞いてしまうと、

「フィンセントは知っているのか」

開口いちばん、そう尋ねた。重吉は首を横に振った。

「ノエルの休暇にオランダにある彼女の実家を一緒に訪ねて、彼女の両親に結婚の承諾を得るつもりのようです。フィンセントのことは、その……いまだけは、後回しにしたいようでした」

忠正は、手のひらに載せた折り鶴を、ぽん、と軽く弾ませた。

「……フィンセントは、このままでは破滅するな」

独り言のように言って、くしゃっと折り鶴を潰した。重吉は、一瞬、胸がぎくりとするのを感じた。

「穏やかではありませんね。なぜ、そう思われるのですか？」

忠正はいつも物事の本質を鋭く言い当てる。ときに予言めいたことも口走るが、それもたいていその通りになる。深い洞察力があるからこそなのだ。

ことフィンセントに関して、忠正の洞察力は度を越して鋭かった。それがなぜなのか、重吉にはわからなかったが。

忠正はフィンセントを、そしてテオを、どうしようとしているのだろう。救おうとしているのだろうか。いや、むしろ、追い詰めようとしているのだろうか？——なぜ？

「シゲ。お前、このまえの特別鑑賞会のときに見た絵を……フィンセントが描いたふたつの『椅子』の絵を覚えているか？」

反対に、忠正が訊いてきた。重吉は、「ええ、もちろんです」と即座に答えた。

「《ゴーギャンの椅子》と《ファン・ゴッホの椅子》。フィンセントとゴーギャン、アルルでのふたりの共同生活がうまくいっている表れではないかと思いましたが……」

「その逆だ」ぴしゃりと忠正が言った。

「ほんとうにうまくいっているはずなら、『空っぽ』の椅子を描く必要はないだろう。堂々とゴーギャンが彼の椅子に座っている肖像画を描いてよこせばいい。《タンギー親父の肖像》みたいに。……描けないから、描かないんだ。あるいは、描きたくないから、描けない。

もしくは、描いてもらいたがらないから、描くことができない。……いずれにせよ、ふたりのあいだは決してうまくいっていない」

重吉は、胸を衝かれる思いがした。

確かにそうだった。あの絵に漂うそこはかとない孤独感……。

アルルから送られてくるフィンセントとゴーギャンの絵を毎週見るうちに、ふたりの絵の完成度は双璧といえるほどに高まっているように感じてはいた。しかし、ふたりの画家は協調しながら制作しているというよりは、互いにそっぽを向いて、それぞれ好き勝手に描いているような気配があった。

テオはそれに気づいているのだろうか。いや、気づいていないはずはない。……とすれば、婚約のことをあえて伝えていないのだ。

孤独に苛まれている兄に、自分が生涯の伴侶をついにみつけて幸福の絶頂にいることを伝えるのは——とても難しいはずだ。

忠正は、窓の外の雪景色に視線を投げながら言った。

「アルルに行けば風光明媚な風景を追求して、フィンセントが憧れている『日本の絵』のような清澄さを作品の中で際立たせられるはずだと、おれは読んでいたんだ。だが……実際は、そんな単純なものではなかったようだな」

フィンセントの絵は、血を流している。激しく何かを希求して、叫び、傷ついている。

——激しい出血。直視することがはばかられるほどの。

「彼は、自らを傷つけ、自分の作品から幸福を追い出している。——鋭いナイフをのどもとに突きつけられるような絵を、いったい誰がほしがるというんだ？　いまのままでは、彼の絵を誰も受け入れることはない。だから、テオがどんなに努力をしても、彼の絵を売ることはできないだろう。……残念だが、それが現実だ」

重吉は、黙り込んだ。

忠正の言っていることは正しかった。

幸福を自ら追い出してしまったフィンセント。どうにか幸福を呼び寄せようとするテオ。一緒にいれば傷つけ合ってしまうふたり。けれど、離れてもなお、フィンセントにはテオ以外に頼れる者がいない。テオはそれをじゅうぶんわかっていた。けれど、それがどうしようもなく重たくのしかかり、追い詰められていたのではないか。

だから、ヨーとの結婚を選んだのだろうか。テオは、逃げようとしているのだろうか。彼の半身のような存在、フィンセントから——。

えもいわれぬ暗い予感が重吉の胸を浸していた。

そして、その予感は、まもなく現実のものとなった。

ノエルを翌日に控えた月曜日の夕刻、休暇に入ったパリの街はしんと静まり返っていた。

ノエルといっても帰る実家のない重吉は、ひとり、アパルトマンの自室で読書に耽っていた。

不思議なくらいの静けさは、降りしきる雪のせいもあるのだろう。そういえば、郷里の金沢でも、年の瀬に雪が降ると、めまぐるしく動いていた町内がこんなふうに静まり返ることがあった。家の中から障子をほんの少し開けて眺める雪に冷たさはなく、むしろ不思議なあたたかみを感じたことをふいに思い出した。

窓を開けてみると、冷気がひたひたと流れ込んでくる。遠くで汽笛が鳴り響くのが聞こえた。

――テオたちを乗せた汽車は、いま、どのあたりを走っているのだろうか。

その日、ヨーとともに、彼女の郷里の町、アムステルダムへと旅立つのだとテオに聞かされていた。

彼の顔は幸福で輝いていた。重吉はテオのそんな顔をついぞ見たことがなかった。いまのテオを見れば、フィンセントもきっと祝福してくれるんじゃないか。そう思ったが、やはり口にはできなかった。

と、そのとき。

通りの向こうから、黒いコートをまとった男の影が近づいてきた。雪の中、足早にこちらに向かってくるように見える。重吉は、窓から身を乗り出して、目を凝らした。

——あ。

「……テオ!」

重吉が叫ぶと、黒い影が大きく手を振った。男は、はたしてテオだった。

——もうとっくに汽車に乗ったと思っていたのに、いったい何があったんだ?

重吉はガウンを羽織って、ドアを開けた。螺旋階段の下のほうから、足音が次第に大きくなって駆け上がってくる。やがて、体じゅうで息をつきながら、テオが現れた。

「——シゲ……」

テオの顔を見た重吉は、ぎょっとした。

真っ白な顔。血の気がない。いまにも倒れそうだ。

「テオ?……どうしたんだ、いったい何が……」

テオの目は血走っていた。狂気を含んだ目。フィンセントによく似たまなざし。

「……兄さんが……に、い、さん……が……」

テオは、ぶるぶると震える手を重吉の目の前にかざした。
その手には、一通の電報が握られていた。アルルのポール・ゴーギャンから——。

フィンセントが自分の耳を切り落とした
すぐに来られたし

一八八八年　十二月二十五日　アルル　市立病院

深く暗い沼のほとりに佇むように、テオは、兄が横たわるベッドのそばに立ち尽くしていた。

フィンセントは眠っていた。やすらかに。——死んだように。

病室に通されたとき、もしやもう息をしていないのかと、「亡骸」にすがりそうになった。落ち着いてください、兄上は生きておられますよ、と担当の若い医師に言われなかったら、なりふりかまわず取り乱してしまったことだろう。

確かに、フィンセントはまだ呼吸を止めてはいなかった。毛布の下で胸がかすかに上下するのを認め、テオはようやく安堵の息を放った。けれど、同時に、涙もこぼれてしまった。パリからアルルまでの道すがら、どうにか止めていたのに。やっかいな涙は、一度こぼれてしまうと、もう止めようがなかった。

嗚咽《おえつ》するテオの肩を抱いて、幼子をあやすようにやさしく叩いてくれたのは、重吉だった。急を告げるゴーギャンからの電報を片手にテオが向かったのは、重吉の下宿だった。

気が動転してしまって、どうしたらいいかわからなかった。その日の夕方、ヨーとともにアムステルダム行きの汽車に乗る予定だったのに……。まさに出かけようとしてコートを羽織った瞬間、郵便配達人がドアをノックしたのだ。

テオは、ヨーが目下滞在中の彼女の兄のアパルトマンではなく、重吉のアパルトマンに向かった。無意識に避けたのだ。実の兄が自分の耳を切り落とした、その暗く重たい事実をヨーに知らせることを。

重吉とともに、テオはリヨン駅に向かった。おりしも雪が降っていた。ノエルまえの街なかはひっそりと静まり返り、辻馬車を拾うのもひと苦労だった。ようやく乗り込んだ馬車の中で、テオは体の底から震えが突き上がってくるのを感じていた。

駅に到着すると、重吉が言った。

――僕は切符を買ってくる。君はヨーに電報を打つんだ。彼女は君が来るのを待っているんだろう？　彼女を失いたくなかったら、とにかくフィンセントのことを知らせるべきだ。

テオは、窓口が閉まる寸前だった郵便局に駆け込んだ。そこで長い電文を書いた。

――フィンセントが重篤な病気に冒されている。僕は彼に必要とされているから、行かなければならない。

君を悲しませることになってしまって、どれほど僕はつらいだろう。君をこんなにも愛している。君を幸せにしたいと思っているのに。

君のことを考えて、僕は勇気を奮い立たせている――。

テオと重吉は、アルル行きの最終列車に飛び乗った。道中、テオはひと言も口をきかなかった。口を開けば、何か恐ろしいことを口走ってしまいそうだった。

じっと目を閉じていた。まぶたの裏に浮かんでくるのは、幼い頃、憧れていたフィンセントのたくましい背中。ひまわりのような笑顔。別れのとき、背中を軽く叩いて言ってくれた、あの言葉。

――どこにいたって君のことを忘れないよ、テオ。

君は、僕のいちばんの友だちだ。

その友だちを――とテオは、心の中でフィンセントをなじった。

――その友だちを、兄さん、あなたは……なぜいつも、こんなふうに苦しめるんだ?

そうして、ようやくたどり着いたアルルの病院で、フィンセントが「生きている」と確認し、テオは抑えていた感情を放った。ぎりぎりの思いは涙になって、とめどなく彼の頬を流れ落ちた。

テオの嗚咽が収まるのを待って、若い担当医――研修医だとあとから知らされた――フェリックス・レイは「兄上の病状についてお話ししましょう」と、別室に彼を誘った。

「僕は外で待っているよ」

重吉は遠慮したが、

「いいんだ。君も一緒に聞いてくれ。頼む」

テオは真っ赤になった目で、すがるように言った。

「僕ひとりで受け止められるかどうか、わからないから」

つい本音をこぼした。

重吉が一緒に来てくれて、どれほど助かっただろう。テオは、この日本人の友人にだけはほんとうの気持ちを吐露できた。どうやら、フィンセントにとってのゴーギャンはそういう存在にはなり得なかったようだが。……残念なことに。

レイ医師の診察室には大きな南向きの窓があった。そこから真昼の光が降り注ぎ、ヘリンボーン模様の木の床をあたたかく濡らしていた。

それを見たとき、テオは、自分が南の土地に来ていることにふと気づいた。生まれ故郷も、ロンドンも、パリも、真冬にこれほどまでに明るい日差しを得ることがない土地だった。白々とまぶしい日だまりは、テオの網膜を静かにしびれさせた。この地で、この光を得て、フィンセントの絵は明るさを増したのだ。

ふたりに椅子を勧めると、自分も肘掛け椅子に座って、レイ医師は若々しいまなざしをテオに向けた。

「あなたのところに、この一件がどのように伝わっているかわかりませんが……説明しましょう」

それから、穏やかな声で話し始めた。

「兄上の傷は、命にかかわるほどのものではありません。兄上と一緒に住んでいた画家仲間のムッシュウ・ゴーギャンによれば……そう、彼は警察と私に事情を説明してから、あなたがたと入れ違いにパリへ発たれたようですが……おととい、何か兄上と口論になったようで、喧嘩別れしたそうなんです。それで、ムッシュウ・ゴーギャンは駅前の宿に泊まり、翌朝……つまりきのう、家に帰ったところ、大勢の人だかりができて、大騒ぎになっていたということなのです」

何が起こったのかわからず、呆然としていると、警官が近づいてきて、ちょっと話を聞かせていただけませんか、とゴーギャンは言われた。逆にこっちが話を聞きたいですよ、何があったのですか、と尋ねると、あなたの友だちのムッシュウ・ヴァン・ゴーグが、昨晩、自分で自分の耳を切って、それをなじみの娼婦のところに届けたのです、いいものをやるからとっておけ、とその女に言ったらしいのです……と、信じられないことを聞かされたのだった。

ゴーギャンは、フィンセントが無茶な行動に走るにいたった直接的な原因について、自分はわからない、と警察に言った。確かに自分たちは画家仲間で、共同生活を営みながら絵の制作をしてきた。一緒に過ごす時間が長いから、諍《いさか》いも起きる。きのうだって、いつものように口喧嘩をしたに過ぎない。自分はノエルにはパリへ引き上げようと思っていたから、それを伝えたのだ。フィンセントはひどくがっかりしていた。芸術家仲間とともにアルルで共同アトリエを運営しようという考えが彼にはあったから、その実現が遠のいてしまうと悲観的になったのだろう。しかし自分はもう耐えられなかった。とにかく今夜は駅の近くの宿に泊まるからと言って、家を出た。それで朝、荷物を取りに帰ってきたら騒ぎになっていた――というのが、ゴーギャンの説明だった。

「ムッシュウ・ゴーギャンは、『あなたがムッシュウ・ヴァン・ゴーグを錯乱状態に陥らせるきっかけを作ったんじゃないのですか』と警察に質されて、とても困っていました」

レイ医師は、自身も困った顔つきになって言った。

「かりにそうだとして、こうなってしまったことは、別段ムッシュウ・ゴーギャンの責任ではありません。わかりますよね？」

医師に問いかけられて、テオは即座に「ええ」と答えた。

「もちろん、その通りです」

レイ医師はうなずいて、

「ムッシュウ・ゴーギャンは、彼の友人の容態を大変心配していました。そこで、今度は私のほうから説明しました。ムッシュウ・ヴァン・ゴーグは、あなたとの喧嘩のあとに、耳たぶの先を、ナイフでこう……ぶつっと切ったのですよ、と」

「耳たぶの先を……ですか？」

テオは、思わず訊き返した。頭をすっかり包帯で巻かれている様子を見て、てっきり片耳を丸々そぎ落としたのだと思い込んでいたのだ。

「そうです。小指の先程度ですよ。しかし、びっくりするほど血が出たのです。指でも耳でも、体の先端っていうのは、傷つくと出血が激しいものなのです。兄上は自分で布を巻きつけて止血していました。だから、たいしたことはありませんよ」

レイ医師は、子供のいたずらをかばうような口調で言った。

テオは、ほんの一瞬ほっとしたが、すぐまた不安にかられて訊いた。

「たいしたことはなかったといっても……自分で自分の体を傷つけるという行為は、やはり異常なことではありませんか？」

「ええ、そうです」医師は、あっさりと肯定した。「尋常ではありません」

自傷行為も異常だが、もっと異常なのはそのあとの行動だ、とレイ医師は言った。娼婦のもとに切り取った自分の体の一部を——ごく一部とはいえ——届けるとは、正常な者のすることではない。

「兄上がそんな行動を起こさなければ、警察沙汰にはならなかったはずです。似たような行為とまでは言いませんが、ロンドンでも物騒な事件がありましたからね。『切り裂きジャック』とかいう……」

若い医師は、他意なく最近話題の猟奇的な事件を挙げたのだろう。けれどそれは、フィンセントが異常な犯罪者に近い人物なのだと言っているようにテオには聞こえた。

テオは、再びがっくりとうなだれた。もう何も聞きたくはなかった。底知れない後悔が込み上げてきた。

——わかっていた。フィンセントの精神がガラスのようにもろいこと。人一倍傷つきやすく、繊細なこと。

いつも何かを求めて飢《かつ》えていること。自分がここにいるのをみつけてほしくて、声にならない声で叫んでいること。

血を流しているのは、彼の耳たぶなんかじゃない。彼の心だ。その心が乗り移った彼の絵こそが、血を流しているのだ。

わかっている。……わかっていたのに。

自分は、そんな兄を疎ましく思いはしなかったか。だからこそ、アルルへ行きたいという彼の提案をすぐさま受け入れたのではないか。いっそ遠く離れてしまいたいと願っていたからこそ。

そのくせ、自分の代わりに誰かがフィンセントのそばにいてなぐさめてくれればいい、と思っていた。だから、無理を承知でゴーギャンを送り込んだのだ。

けれど……やはり、無理だった。

ゴーギャンは逃げ出そうとしたのではない。受け止めきれなかっただけだ。フィンセントという重すぎる荷を。

自分だけの「日本」を、芸術家たちの理想郷をアルルに求めて、失敗した……。

そうだ、失敗した。——誰が？　フィンセントが？

いや、違う。失敗したのは——この僕だ。

肩を落とすテオを、傍らの重吉は黙って見守っていた。レイ医師もまた、しばらく沈黙していたが、

「兄上の描かれた絵を、私は拝見していませんが……一度、見せていただこうと思っています。ムッシュウ・ゴーギャンの話を聞いて、興味を持ったので」

そう言った。

テオは、ゆっくりと顔を上げて医師を見た。医師は、澄んだまなざしでテオをみつめ返していた。

「ムッシュウ・ゴーギャンは、こんなふうに言っていました。『ヴァンサンは感情の浮き沈みが激しい男で、かっとなると何をするかわからない、危ういところがあるのは事実だ。しかし……』」

「……しかし？」重吉が身を乗り出した。レイ医師は、微笑して続けた。

「『いままで誰も見たことがないような、まったく新しい絵を彼は描く。彼の絵は新しすぎて、いまはなかなか認められないだろうけれど、いずれ必ず見出されるだろう』

——彼は、確かにおかしなやつです。そして、それ以上に、とてつもなく優れた画家なのです。

埋もれたままで終わるはずがない。私は、そう信じています。

ゴーギャンは、そう言い残してアルルを去った。

好奇心に瞳を輝かせて、レイ医師は言葉を結んだ。

「……そんなふうに言われれば、見てみたくなるというものでしょう？」

アルルからパリ・リヨン駅へ向かう最終列車に、どうにか間に合った。

ノエルの夜である。車内には数えるほどしか乗客がいなかった。

その日、人々は、家族みんなで教会へ出かけ、ともに夕食のテーブルを囲む。一年でいちばんおごそかな、あたたかないちにちの終わり。こんな夜に汽車に揺られているのは、家族のいない、あるいは愛する人や友だちに恵まれない、さびしい乗客に違いなかった。

レイ医師との会話のあと、ふたりはもう一度フィンセントの病室を訪れた。やはり眠っていたが、起こしてみてください、と医師に言われたので、テオはフィンセントの肩を揺らしてみた。悲しくなるほど痩せて骨ばった肩だった。

フィンセントは目を覚ました。焦点の合わない目。

——兄さん、わかるかい、僕だよ、シゲもいるよ。

テオは、おだやかな声で語りかけた。

——ああ？……ここはどこだ？

かすれた声でフィンセントが返した。アルルの病院だよ、とテオは答えた。

——アルル？……パリだろう？

——パリじゃない。アルルだよ。

——なぜだ？　なぜ、パリじゃないんだ？　どうしておれはパリにいないんだ？

意識がもうろうとしている。なぜパリではなくてアルルに、しかも病院にいるのか、説明しても無駄だろう。

——兄さんがアルルに行きたいと言ったから、そうなったんだよ。

フィンセントは、どんよりとした目を天井に向けて、つぶやいた。

——おれは、そんなことは言っていない。おれは、パリにいなくちゃならないのに……。だって……だって、おれは……いちばん描きたかったものを、まだ描いちゃいないんだから……。

テオの背後に佇んでいた重吉が、フィンセントの近くへ歩み寄った。重吉は、前屈みになって、フィンセントの包帯が巻かれていないほうの耳の近くに口を寄せ、ささやいた。

——フィンセント、あなたがいちばん描きたかったものとは、なんですか？

フィンセントは、乾いてひび割れたくちびるを動かした。声がかすれていて聞き取りづらい。テオは、兄の口に耳を近づけて、その言葉を聞いた。


——Fluctuat nec mergitur……

ラテン語だった。いっときは聖職者を目指していたフィンセントは、ラテン語の読み書きができた。父が牧師だったこともあり、聖書をラテン語で学んだテオもまた多少は理解した。しかし、そのとき、フィンセントが唐突に口にした言葉の意味は、すぐにはわからなかった。

フィンセントは、それっきり、また眠りに落ちてしまった。

テオと重吉は、そのあとも為す術なくフィンセントの枕元に付き添っていたが、目覚める気配はなかった。

いまのところ容態は落ち着いているので大丈夫でしょう、今後のことはまたお知らせします、とレイ医師に言われ、ふたりはパリ行きの最終列車に間に合うように病院を後にした。

暗い車窓に、ランプが灯された車内の様子がぼうっと映し出されている。テオは、窓に映っている自分の顔がまるで亡霊のようにげっそりとやつれているのをみつけた。そのとき、ふいに、自分には婚約者がいてもうすぐ結婚をするのだという、信じられないほど幸せな現実を思い起こした。

その日いちにち、テオはヨーのことを思い出せなかった。フィンセントが自傷したという目の前の恐ろしい現実が、幸せな現実を追い払ってしまっていたのだ。

やつれた自分の顔の向こうに、花のように笑うヨーの顔が浮かんだ。すぐにでも抱きしめたい気持ちが胸いっぱいにあふれた。

——ああ、僕にはヨーがいる。ヨーがいるんだ。

テオは、知らず知らず、自分で自分の両腕をぎゅっと抱きしめていた。

——僕は彼女を愛している。不思議なくらいに、滑稽なほどに。

僕たちは、まもなく結婚する。幸せな将来が僕たちを待っているはずだ。

けれど……。

「……ずいぶん暗い顔だな。行きも、帰りも」

テオの様子をうかがっていたのか、斜向《はす》かいの席に座っている重吉がそう声をかけた。

「こんなことになって、明るい顔でいられるはずがないだろう」

テオは、自嘲気味に応えた。

「それもそうだな」と重吉は苦笑した。

「だが、あまり思い悩まないほうがいいだろう。君たち兄弟に共通しているのは、よくも悪くも物事をとことん突き詰めて考えるところだ。画家と画商なのに、まるで哲学者の兄弟みたいだ。いつもこう、眉間にしわを作ってさ」

重吉は、大げさに眉間にしわを寄せてみせた。その顔がおかしくて、テオは、つい笑ってしまった。

「その調子」と重吉も笑った。

「考え込んでも、どうにもならないことだってあるさ。どんな嵐がやって来ても、やがて通り過ぎる。それが自然の摂理というものだ」

嵐が吹き荒れているときに、どうしたらいいのか。——小舟になればいい、と重吉は言った。

「強い風に身を任せて揺れていればいいのさ。そうすれば、決して沈まない。……だろう？」

友のたとえ話は、静かにテオの心に響いた。

胸の中をひとすじの川が滔々と流れていく。——気の遠くなるほどの昔から、決して流れを止めぬセーヌ川。そこに浮かぶ「舟」、シテ島。

セーヌはパリをこよなく豊かにした。が、同時に、度重なる氾濫で洪水や疫病をもたらしもした。

それでも人々はセーヌを愛し、パリを愛した。

どんなに激しい嵐が来ようと、セーヌの真ん中で決して沈まないシテのように、我らが船も、そしてパリも、いかなる困難もかわしてみせよう。その思いと祈りを込めて、船乗りたちは、自分たちの船の舳先にパリを守る言葉を掲げた。——たゆたえども沈まず。

パリは、たゆたえども沈まず。

車窓の窓辺で頬杖をついていたテオは、はっとして、重吉にまなざしを向けた。

「……わかった」

かすれた声で、テオはつぶやいた。

「え？」と重吉が訊き返した。「なんて言ったんだ？」

テオの口もとがかすかに歪んだ。さびしげに微笑んで、彼は答えた。

「わかったよ。……フィンセントのうわ言が」


――Fluctuat《フルクトウアト》 nec《ネク》 mergitur《メルギトウル》……たゆたえども沈まず。

パリは、たゆたえども沈まず。

兄さん。あなたが、いちばん描きたかったもの。――それは、パリの化身……セーヌだったんだね？


夜の闇を裂くように、汽笛がひとつ、鳴り響いた。

テオを乗せた汽車は、どんどん遠く離れていった。フィンセントが眠るアルルから、愛する人が待つパリへと。

一八八九年　四月上旬　パリ　九区　ピガール通り

その部屋は、あたたかな幸福のにおいがした。

一歩、足を踏み入れただけで、この部屋の住人がどれほど満ち足りた幸せの中で暮らしているのか、重吉にはすぐにわかった。お前は鈍感なやつだな、と常々忠正に言われているが、そんな自分だとて感じることができる。ほんの二週間まえにこの部屋に越してきた新婚夫婦、テオとヨハンナが、新しい暮らしを楽しみ、お互いを慈しみ合いながら暮らしていることを。

「部屋は三つあるんだが、どの部屋にも日が差し込んで明るいんだ」

真新しい絨毯や長椅子、テーブルを調えたばかりの居間へと重吉を案内しながら、テオが朗らかに言った。

「このあたりは、まあ、そんなに上品な地区とは言えないが……何より光が入る明るい部屋に住みたいと思っていたからね。ほら、僕もヨーも北のほうの生まれだろう？　太陽がやたら恋しいんだ。だから、この部屋を紹介されたときは、ふたりで同時に叫んでしまったよ。『ここだ！』ってね」

「ほんとうに、うれしかったわ」台所からできたてのじゃがいも料理を食卓へと運びながら、ヨーがにこやかに呼応した。

「私も昔から、全部の部屋に光が入る住まいが夢でしたの。パリの兄の部屋も辛気臭くて、オランダの家とそう変わらなかったから、パリのアパルトマンもみんな日が差さないものなのかしら、って思ってたんです。だから、ここをみつけたときは、躍り上がりそうになってしまって……」

「台所は狭くて寒いんだがね」料理の皿を運ぶのに手を貸しつつ、テオが言った。

「それなのに、僕の奥さんはとびきりの料理を作ってくれるのさ。ほら、こんなにおいしそうな僕らの故郷の料理を！」

「いやだ、あんまり大げさにおっしゃらないで。田舎料理ですから」

ヨーが照れ臭そうな笑顔になった。

「おお、いいにおいがする。幸福のにおいだね」

皿から立ち上る湯気を吸い込んで重吉が言うと、「だろう？」とテオが自慢げに返した。

「どうだ、シゲ。僕は毎日、こんないいにおいの中で暮らしているんだぜ。ヨーの手料理、ヨーが洗ってくれるシャツ、そしてヨーも……全部、とびきりいいにおいだ」

「ちぇっ、言ってくれるね。どうせ僕は独り身の孤独なにおいの中で生きているのさ。やい、テオ。その幸せをちょっとは分けてくれ」

「いいとも。さあ、乾杯だ。ヨーもお座り。一緒に飲もう」

三人で食卓を囲み、ワインで乾杯した。

結婚式のために郷里へ帰っていてしばらく友と会っていなかったからか、あるいはほろ酔いだからか、テオはいつも以上に饒舌《じょうぜつ》に、結婚式前後のあれこれを重吉に話して聞かせた。

家族は皆教会で式を挙げてほしがっていたが、華美にするのは気が進まなかったので、身内だけで集まって地元の市役所で式を挙げたこと。自分の妹がヨーのことをほんとうの姉のように慕っていること。母もヨーの両親も、両家が新しい家族となって、それはそれは喜んでくれたこと。つまらないと思っていたふるさとの景色が、ヨーと一緒にいると何もかもが新鮮に思えたこと。——重吉があいづちを打つ間ももどかしい様子で、頬を紅潮させながら、テオは一方的に話しまくった。その間、傍らのヨーは、終始微笑みを絶やさず、ときに夫を愛おしそうなまなざしでみつめ、ときに口に手を当ててくすくすと笑っていた。

——幸せを絵に描いたようだな。重吉も微笑みながら、仲睦まじいふたりをみつめていた。

テオは、いまだけは忘れているようにも見える。一瞬でもいいから忘れていたい、それでいて、決して忘れられない現実——アルルにひとり取り残されている兄、フィンセントのことを。

左耳たぶの先端は永遠に失われてしまったものの、フィンセントの命に別状はなかった。その後、体調は回復し、年が改まってからまもなく退院することができた。彼は、誰にも付き添われずに、ひとりきりでゴーギャンと共同生活を送っていた「黄色い家」へ戻った。

しかしフィンセントは幻聴に悩まされたらしく、その苦しみから逃れようとしてか、何ごとかわめきながら街なかを彷徨した。「耳切り事件の前科者」である彼を恐れた住民が警察に連絡し、強制的に市立病院に入院させられてしまった。これらの一連の出来事を「耳切り事件」以来、フィンセントの主治医となってくれたフェリックス・レイ医師が手紙でテオに知らせてきたのだった。

テオは重吉に打ち明けた。――もはや自分には為す術がないのだと。

入院中のフィンセントは、たびたび失神したり、一時的な健忘症になったりしているようだった。それでも、たったひとつ続けていることが、絵を描くことだった。そんな状態になってすら、彼は絵を描くことをやめようとはしなかった。自分の意思で心臓を止めることができないのと同様に。

兄に異変が起きるたびに、テオはすぐにでもアルルへ飛んでいきたいと思いつつ、画廊の仕事、結婚の準備、金の工面など、片付けなければならないさまざまなことがそれを許さなかった。テオは、なおも律儀に送られてくる作品の数々と引き換えに兄への仕送りを続けながら、励ましの手紙を書いた。そして、そこに結婚の知らせをさりげなく滑り込ませた。

——僕が幸せになることを、兄さんもどうか祝福してほしい、と。

が、それに対して頑なな返信が届けられた。

——君とボンゲル家との出会いについての手紙を繰り返し読んだよ。結構なこった。が、僕はあい変わらず、ありのまま、このままさ。

すべての事情を把握している唯一の友である重吉に、もう、どうしようもないんだ……とテオは嘆いた。

——いくら僕がこの幸せを兄さんと分かち合いたいと願っても、届かない。なんだか、兄さんは、アルルなんかよりずっと遠くへ……僕からずいぶん遠く離れてしまったような気がするよ……。

テオの嘆きを聞きながら、違うんじゃないか、と重吉は思った。——離れてしまったのはフィンセントじゃない。君のほうがフィンセントから離れてしまったんじゃないのか。

けれど、そんなことを言ったところで友を落ち込ませるだけだ。重吉は、とにかくテオの話を聞いて、励ましの言葉だけをかけてやるのだった。

「やあ、もう二本目が空になってしまった」

ボトルの最後の一滴を重吉のグラスに垂らして、テオが言った。

「よし、今度は赤を飲もう。ヨー、ブルゴーニュの赤、確かまだあったね？」

「あら、いやだわ。きのう、夕食のときに飲んでしまって……赤はもうなくってよ」

ヨーは答えて、「私、急いで買ってきますわ」と立ち上がった。

「いや、僕が行こう。もう酒屋は閉まっているし……一本くらいなら、角のカフェで分けてくれるよ」

そう言って、テオは軽やかに席を立った。

「ちょっと行ってくる。シゲ、せっかくだから、僕のかわいい奥さんとふたりで会話を楽しんでくれたまえ。特別に許可しよう」

上機嫌で出かけていった。

「もう。あの人ったら、調子がいいんだから……」ヨーは頬を染めてつぶやいた。

重吉は微笑んで、「あんなふうに楽しそうなテオを見るのはひさしぶりだな」と言った。

「仕事をしているときは気難しい顔が定番ですからね。彼は、あなたという伴侶を得て、ほんとうにうれしそうだ」

重吉の言葉に、ヨーも微笑んだ。少しはにかんだような笑顔はつぼみをほころばせたアネモネの花のようだった。

　少しのあいだ沈黙があった。夫以外の男性とふたりきりになったからか、ヨーはうつむき加減で視線を泳がせていたが、ふと顔を上げて重吉を見た。

「あの、私……シゲさんに聞いていただきたいことがありますの」

　重吉は目を瞬かせて、「なんでしょうか？」と生真面目に答えた。

　ヨーは顔を赤らめながら、

「私……テオのお兄さまの絵が、とっても好きです」

と言った。まるで愛の告白でもするように、恥じらいながら。

「ご覧の通り、この部屋にはフィンセントの絵しか掛かっていないでしょう？　毎日、この部屋で、彼の絵と暮らしているうちに……だんだん、だんだん、好きになって……」

　最初に見たときは戸惑ったと、ヨーは正直に打ち明けた。麦畑、ひまわりの花、女性の肖像……それらは絵なのに、なぜか絵に見えなかった。のたうち回る絵の具ばかりが際立って見えて、いったいこれは何かしら、ほんとうに絵なのかしら？　と不思議な気がした。

　けれど、毎日眺めるうちに、かたちも、色も、描かれている風景も、花も、人も、何もかもすべてが語りかけてくるような親しみを覚えるようになった。まだ会ったことのない義理の兄が、日々まなざしを注ぎ、カンヴァスに描き留めているものたち。アルルの輝く太陽、月と星、清々しい川、豊かな麦畑、画家のためにポーズをとる地元の名もなき人たち。ひとつひとつがカンヴァスに閉じ込められて、テオのもとに届けられている。そう思うと、まるで、テオと一緒にアルルを旅して、フィンセントの隣に座り、彼の絵筆が動くのを見守っているような、そんな気持ちになってくる。

「フィンセントの描く絵は、どれもこれも、なんて言ったらいいのかしら、全部……生《ブリュット》な感じがするんです」

ヨーは、食卓の脇の壁に掛かっている黄色すぎるほど黄色い花、一点の曇りもなく輝くひまわりの絵を、まぶしげに見上げながら言った。

「私がいままで見てきた絵は……美術館でも、画廊でも、故郷の家の居間に飾ってあったものも……なんとなく、生きていない感じ。絵なんですもの、生きていなくったって、そりゃあ、あたりまえなんだけれど……フィンセントの描く絵にくらべると、死んでいるみたいに見える、というか……」

ふむ、と重吉は興味深そうに鼻を鳴らした。

「なかなか面白い考察ですね」

「ごめんなさい」ヨーはまた顔を赤らめて、肩をすくめた。「おかしなことを言ってしまって……」

「いや、ちっとも」重吉はにっこりと笑った。「おかしくなんかありませんよ」

ふっつりと会話が途切れた。ふたりは揃って壁のひまわりの絵を見上げていた。静かで心地よい時間だった。

夫の兄だからというわけではなく、ヨーは純粋にフィンセントの絵が好きなのだ、と重吉にはわかった。そして、フィンセントの絵を「ブリュット」であるとさらりと表現する、その感性のみずみずしさにこっそりと驚いていた。

「テオと一緒に、フィンセントに会いにいかないのですか?」と重吉は訊いてみた。

「きっと、あなたに会えば喜ぶはずだ」

「ええ……私もそうしたいと思っていますわ。でも……」

そこで初めて、新妻は眉を曇らせた。

アルルにひとり取り残された兄のことをどれほどテオが気にしているか、ヨーはよく理解していた。テオの心の片隅に罪悪感のような感情が巣食っていることにも気づいていた。

――僕は君を幸せにしたい、それが僕の幸せだから。

テオはヨーにそう言った。そしてこう続けた。

――けれど、僕らが幸せになることが兄さんを幸せにできないのなら、それはほんとうの幸せとは言えないかもしれない。

いま、確かに僕は幸せだ。でも、それが怖い。これほどまでの幸せは、いつまでも続かないんじゃないかと……怖いんだ。

「胸が苦しいと……あの人はときどき、お義兄《にい》さまの絵から顔を背けて言うんです。じっとみつめていられないって……」

心配そうな表情を浮かべてヨーが打ち明けた。そんなときのテオは、血の気が失せ、脂汗をかいて、いまにも倒れそうに見える。どうも「普通じゃない感じ」がするので、一度お医者さまに診ていただいたほうがいいと勧めても、医者はいやだ、自分は兄さんとは違うんだと言い張ってきかない。そのままぐったりとしてふさぎ込んでしまうこともときどきある。いつものテオとは様子が明らかに違っている――。

重吉もわかっていた。テオはフィンセントとは正反対のように見えて、実は近い気質の持ち主なのだ。ガラスのように繊細で、些細なことでくよくよしてしまう。自分たち兄弟を受け入れない社会をなじり、そこへ思い切って入っていけない自分を責める。画家であるフィンセントには許されても、画商であるテオには許容されないこともある。それがいっそうテオを追い詰めてしまうのだ。

完璧に幸せなはずのテオとヨー。フィンセントは、ふたりの清々しい青空にかかるたったひとつの暗雲だった。

「……無理にでも病院へ行ってもらったほうがいいでしょうか。あの人に……」

ヨーが不安そうに訊いた。おそらくそれまで誰にも相談できずにいたのだろう、彼女の顔は心配で青ざめていた。

「いや、心配ないでしょう。一時的なものですよ」重吉は、努めて明るい声で答えた。

「それにしても、幸せすぎて怖いだなんて……僕も言ってみたいもんだ。ちぇっ、ヤケるなあ」

重吉の軽口に、ヨーは思わず笑みをこぼした。

そこへちょうど、テオが帰ってきた。ブルゴーニュの赤はなかったがボルドーの赤をどうにか手に入れたと、出かけたときと変わらず上機嫌だった。

五月半ば、忠正の店に予期せぬ来客があった。

長い日暮れどきの初夏である。この時期には日足が次第に長くなり、夜八時を回ってもまだ外は明るい。初めてパリで夏を迎えたとき、重吉はあまりにもいつまでも夜がこないので調子が狂ってしまったものだ。いまでは夏の到来に胸を躍らせながら、仕事を終えてから一杯飲みにいこうと気もそぞろになる。

そろそろ店を閉めようかというとき、「こんばんは《ボンソワール》」とドアを開けて入ってきた紳士がいた。浮世絵の画商、フレデリック・ノルデールであった。

ノルデールは、パリでもっとも早く浮世絵を取り扱う店を開いたドイツ人で——一八七一年にフランスに帰化していたが——主に浮世絵を日本から大量に輸入して、「ジャポニザン」と呼ばれる日本美術の愛好家たちに売りさばき、一財産を築いた。忠正が店を開けるまでは、「浮世絵の店」といえばノルデールの店のことを指していた。

忠正が美術商を始めたのは、ノルデールから遅れること約十年であった。その頃、パリには複数の「ジャポネ・シノワ（日本と中国）」の美術工芸品を扱う店が林立していたが、ほとんどは日本と中国のものを混在させた土産物のような商品を売る店だった。忠正の参入は、ノルデールにとっては脅威だったに違いない。「若井・林商会」は、質の高い日本美術を取り扱う本格的な美術商であり、しかも林忠正は純然たる日本人であった。忠正の仕入れルートは確かなものであり、いつも優良品、珍品が店先を飾っていた。

その上、忠正は完璧なフランス語で日本美術に関する評論を「パリ・イリュストレ」誌に発表し、日本美術をほしがる顧客のために相談に乗り、正しく日本美術の価値を定め、普及させようと努めていた。優雅な物腰で、人あしらいもうまく、フランス語での会話は機知に富み、他人に厳しいパリジャンたちをうならせることもしばしばだった。ナポレオン家のサロンにも招待され、社交界ではいつしか一目おかれる存在となっていた。同じ「パリの異邦人」であっても、そしてたとえいまやノルデールは「フランス人」になったといえども、忠正のほうがノルデールより一枚も二枚も上手だと重吉は思っていた。

忠正とノルデールは商売敵ではあったが、お互いに敵意をむき出しにするようなことはない。社交界のサロンで会えばなごやかに会話を交わし、共通の顧客の食事会に招《よ》ばれれば同じテーブルに着くこともあった。が、いつも絶妙な距離を保ち、一対一で会うことは決してなかった。

そのノルデールが、なんの前触れもなしにやって来た。

重吉は、「ムッシュウ・ノルデール？　これは、お珍しい……」と、つい訝しげな声で彼を迎え入れた。

「いや、近くを通りかかったものだからね。最近、アヤシに会うことがなかったから、どうしているかと思って……」

重吉と握手を交わしながら、ノルデールはそう言った。どこか言い訳がましい気がしたが、「少しお待ちを」と、重吉はすぐに忠正の部屋へと行った。

ノルデールが来店したと聞かされて、忠正はかすかに表情を硬くした。が、襟もとのタイの位置を整え、上着を着込んで、すぐに店へ出ていった。

「こんばんは、フレデリック。珍しいですね、あなたのほうからこちらへおいでになるとは」

言いながら、忠正はにこやかに右手を差し出した。ノルデールはその手を固く握って、

「やあ、アヤシ。元気そうだね」とにこやかにあいさつをした。

「このところ、サロンで君の姿を見かけなかったが……どうだい、商売のほうは？」

「ええ、おかげさまで。同じですよ、あなたと」

ノルデールは声を立てて笑った。

「好調、ということか。それは何よりだ」

忠正に勧められて、ノルデールは品よくスーツに包んだ体を肘掛け椅子に預けた。重吉は帰宅しようとしていた助手のジュリアンに頼んで、角のカフェからワインのボトルとオリーブを持ってこさせた。

重吉も加わって、三人はワインで乾杯した。とんでもない一杯《アペロ》になってしまったぞ、と思いつつ、重吉は愛想笑いを顔に貼り付けた。

ノルデールと忠正は、しばらくのあいだ当たり障りのない会話をしていた。商品の売れ行きについて、在庫について、顧客の話など、ふたりに共通している関心事の話題は慎重に避けられた。それでいて会話はいつまでも続きそうだった。どうやったらこんなふうに、いかにも親密そうな、それでいて中身のない会話を続けられるのだろうかと、重吉にはふたりの

絶妙なやりとりが驚きだった。

小一時間ほどが経過し、ボトルが空になった。それを潮ととったか、ようやくノルデールが切り出した。

「もう気がついているとは思うが……今日は、君に頼みごとがあって来たんだ」

忠正は、わずかに赤ワインが残ったグラスを揺らして、

「はて……天下のフレデリック・ノルデールがこの私ごときに、いったいどんな？」

と返した。

「そう言ってくれるな」とノルデールは苦笑した。

「実は、ちょっとした計画があるんだ。……私は、いま、浮世絵の全貌を見せる大展覧会の企画をしている。来年のちょうどいま頃、国立美術学校《エコール・デ・ボザール》で開催する予定だ。もう学長の了承も取り付けたし、パリ市長も後押ししてくれることが決まった」

一瞬にしてその場の空気が張り詰めた。

エコール・デ・ボザールで浮世絵の大展覧会。――まったく初耳だった。少なくとも重吉にとっては。

重吉は忠正を横目で見た。その顔には明らかに驚きが広がっていた。

「私は……もちろん、君もだが……良質な浮世絵を数多くの顧客に売ってきた。その結果

『ジャポニザン』と呼ばれる愛好家たちの輪を広げたし、パリの美術界に一石を投じることができたと思う。それに……君だけにはこれを言っても許されると思うが、私は、印象派と呼ばれる美術の新しい潮流を作ることにも一役買ったと自負している」

エドゥアール・マネ、クロード・モネ、エドガー・ドガ、アルフレッド・シスレー……「印象派」の画家たちは、あまねく浮世絵の影響を受けている。初めのうちは、彼らの風変わりな構図やタッチを理解しない人々がほとんどだったが、ようやく市場に歓迎されるようになってきた。

浮世絵が、印象派を、新たな芸術を生み出したのだ。それはつまり、自分がやってきたことが正しかったと証明されたということだ。

「私はこの事実を、パリ市長にも、ボザールの学長にも、展覧会開催のための資金援助を約束してくれた顧客にも、堂々と言ってやったんだ。浮世絵がパリにもたらされなかったら、つまり私が浮世絵の店を始めなかったら、新しい芸術が誕生することもなかった、とね」

そう言って、ノルデールは胸を張った。忠正は険しい表情で黙ったままだ。その様子を気に留めるでもなく、ノルデールはさらに話し続けた。

「浮世絵の影響力は計り知れないものになっている。最近では、印象派のあとに続く若い画家たちの中にも、影響を受けるどころか、そっくりそのまま真似をしていい気になっている輩《やから》もいる。……君、知っているか？　私のところにやって来た、ヴァン・ゴーグとかいう画家。『ブッソ・エ・ヴァラドン』の支配人、テオドールの兄貴だとかいう……広重の《大はしあたけの夕立》を模写した油絵を私に見せて『これと、なんでもいいから広重の版画を交換してくれ』だと！……いやまったく、あいつは狂ってるよ。画家と呼ぶのもいまいましい……」

「失礼ですが、ムッシュウ・ノルデール」重吉が会話をさえぎった。

「ムッシュウ・ハヤシにご依頼なさりたいという件は、いったいどのようなことでしょうか」

「ああ、これは失敬。つい……」とノルデールは、そこでようやく一拍おいた。

「とにかく、来年開催される浮世絵展は、間違いなく歴史に残るものになる。……しかし、私は、その栄誉を自分だけのものにするのは心苦しい。なぜなら、アヤシ、君もまた、浮世絵をヨーロッパに広めた立役者のひとりだからだ」

ノルデールは、忠正と向き合うと、福音を与える司祭さながら、おごそかに言った。

「君に、この展覧会の協力者になってほしい。私は、いままで自分の顧客に売ってきた浮世絵をほぼすべて借り出すつもりだ。しかし、この展覧会を完璧にするには、さらに作品を補完しなければならない。つまり……わかるね、アヤシ？　君の協力が不可欠なんだ」

忠正は、やはり黙っていた。黙ったままで、ノルデールをみつめていた。重吉は、その瞳に暗い炎が揺らめいているのに気がついた。

「……床に這いつくばれますか？」

ややあって、忠正の声がした。静かな怒気のこもった声だった。

「え？」ノルデールが訊き返した。「いま、なんと言ったんだ？」

「床に這いつくばれるかと言ったのです。私の目の前で、そこに」

忠正は、赤いペルシャ絨毯が敷かれた床を指差した。

「日本では、本気で何かを人に頼むとき、床に這いつくばるのです。相手の足下にひれ伏して、どうか頼むと頭を下げて、額を床に押し付けるんだ。それがあなたにできますか？」

重吉は息をのんだ。ノルデールの顔色がみるみる変わっていく。

「な、何を……」ノルデールは立ち上がった。その拍子に、テーブルの上のグラスが絨毯の上に転がり落ちた。

「なんという、無礼な……！」

「できないというのなら」

座ったままで、忠正は冷たく言い放った。

「断る」

ノルデールは、テーブルに置いていたシルクハットをわしづかみにすると、「ああ、いいとも」と言い返した。

「後悔するなよ。展覧会場で、どうか仲間に入れてくださいと私の足下に這いつくばっても、もう遅いんだ。見ているがいい！」

大股でドアに向かうと、荒々しくドアを開け、出ていった。

重吉は立ち上がったが、為す術もなかった。忠正は、わずかにワインの残ったグラスを取り上げると、それを思い切りドアのほうに向かって投げつけた。乾いた音を立ててグラスが砕け散った。

「ふざけやがって……」

くぐもった声で忠正がつぶやいた。しばらくのあいだ、重吉は身じろぎもせずに忠正を見守っていた。

ふいに、忠正が立ち上がった。そして、無言でドアに向かった。

「……林さん！」

重吉は、思わず呼び止めた。が、続く言葉がみつからない。忠正は振り向いて言った。

「すぐ戻る。お前はもう帰れ」

「ちょっ……ちょっと待ってください」

重吉は、急いで忠正の部屋に行き、山高帽とステッキを持って戻った。

「お出かけなら、これを」

帽子とステッキを渡されて、忠正はふっと笑った。

「よろしい。やはり、お前は有能な専務だ」

重吉も、笑みをこぼした。

「お前も行くか？」

「はい。お供させてください」

どこへ行くのかわからなかった。それでも、忠正が行くところが自分の行くところなのだ。


真っ赤に熟した果実のような夕日が、セーヌ川の上空を茜色に染めて、西の果てへと音もなく落ちていく。

忠正が先に、少し離れて重吉が後に、川辺の道を歩いていく。かつて王妃マリー・アントワネットが収監されていたという牢獄《コンシエルジュリー》を川向こうに眺めながら、ふたりはセーヌに架かる橋、ポン・ヌフにたどり着いた。

ポン・ヌフ――「新しい橋」という名前は十七世紀初頭に橋の完成とともにつけられてか

らずっと変わることはなかった——は、セーヌに浮かぶ島、シテの西側の先端を横切って、右岸と左岸をつないでいる。橋の中心に向かって石畳がかすかなカーヴを描き、橋の両側にはガス灯の柱が一定間隔で並んでいる。ちょうど橋脚の真上にふたつの灯柱が立ち、そのあいだには半円形の欄干と同じく半円形の石造りのベンチが一体で造られている。優雅なかたちのベンチは、ほぼ三百年もの昔から、セーヌを眺めるために立ち止まる人の到来をいつも待っていた。

橋のちょうど真ん中あたりで、忠正は、吸い寄せられるように半円形の欄干に近づいていった。重吉も、その後に続いて、船の舳先のような欄干の近くに佇んだ。

心地よい川風が頬をかすめて通り過ぎてゆく。夜九時を過ぎ、ようやく太陽が退場しようとしている。その代わりに黄昏《たそがれ》が静かに迫っていた。

橋の上から川上を眺めると、こんもりと緑が生い茂るシテ島の先端の向こうに、アンヴァリッドの金色の丸屋根が見える。そしてその向こうには、ひと月ほどまえに竣工したばかりの鉄の塔、エッフェル塔が屹立していた。次第に暮れなずむ空の中で、天を突き刺す剣のようなシルエットに変わっていくこの塔を気に入らないパリ市民は少なくなかった。が、ここから眺める鉄の塔は、天に向かって「この指とまれ」と無邪気に差し出された人差し指のように見えた。

重吉は、日本から遠く離れた異国の地、パリに、こうして忠正とふたりでいて、セーヌに架かる橋の真ん中に立っている不思議を思った。

確かに、自分は、日本にいたとき、この街にこうしていることを夢みていた。——ということは、いま、自分は、あの頃の夢の中で生きているのだろうか。

ふと、フィンセントのことを思い出した。

日本へ行きたいとフィンセントは言っていた。夢の国で生きてみたいのだと。

無謀な夢は、かなわなかった。その代わりに、彼はアルルへ行った。そこに自分の理想郷を創ることを夢みて。——その夢もまた、かなわなかったけれど。

それでも、彼は描いたのだ。あんなにも激しく、せつなく、自分自身を画布にぶつけて。アルルから次々に送られてきた彼の絵の切実さ、明瞭さ、まぶしさ。アルルの陽光を吸って命を与えられた絵。そんな絵を描くことが、彼のほんとうの夢だったのではないか。

テオとともにアルルにフィンセントを見舞ったとき、彼はうわ言のようにつぶやいていた。

——自分は「いちばん描きたかったもの」を、まだ描いていないんだと。

とすれば、彼はまだ見果てぬ夢を見ているのだろうか。「いちばん描きたかったもの」を描き上げたとき、そのときこそ、画家としての彼の夢がかなったといえるのだろうか。

「なあ、シゲ。……お前、この街をどう思う？」

忠正の声がした。重吉は、川面に放っていた視線を石の欄干にもたれている忠正に向けた。

「そうですね、僕にとっては……現実のものとは思えない、夢のような街です」

重吉は、心に浮かぶままをすなおに口にした。

「林さんと日本橋の茶屋で話をしたときのこと、いまでもときどき思い出します。おれはパリに行く……と林さんがはっきり言ったあのとき、なんとなく、パリの街なかを流れているセーヌ川が、隅田川に重なって見えたような……」

「なんだそれは」忠正が笑った。

「セーヌ川と隅田川じゃ、まったく違うじゃないか」

「わかってますよ」重吉も苦笑した。

「でも、あのとき……なぜだかわからないけれど、いまの僕たちの姿が、ほんのいっとき、見えていたような……そんな気がします」

それからまた、しばらくのあいだ、ふたりは黙って川面をみつめていた。やがて、忠正が独り言のようにぽつりと言った。

「つれないよなあ。……こっちはさんざん苦しんで、もがいて、あがいているっていうのに……いつだって、知らぬふりをして流れていやがる」

重吉は、顔を上げて忠正を見た。その横顔には薄暮のような微笑が浮かんでいた。

「初めてこの街に来たときは、何をやってもからかわれたし、馬鹿にされたもんだ。『R《エール》』の発音がなってないとか、真っ平らで引っかかりのない顔だとか、背が低いから燕尾服なんぞ似合わないだとか、日本は未開の地で野蛮な人間が住んでいるだとか……まあ、散々だった」

馬鹿にされればされるほど、西洋人に引けをとるまいと、歯を食いしばって我慢し、フランス語の勉強を重ね、ルーブルへ行って片っ端から西洋絵画を見まくった。どんどん外に出て、人に会った。自分は日本という国を背負っているのだ、絶対に負けてはならぬ、と心に誓っていた。

それでもくやしさをぬぐい切れないときには、セーヌ川のほとりをひとりで歩いた。どこまでも、いつまでも。歩き続けるうちに朝になってしまったこともあった。くやしいことは、全部、この川に捨ててきた。それらはとるに足りない芥《あくた》になって、薄緑色の流れに消されていった。

この街をセーヌが流れている。その流れは決して止まることはない。どんなに苦しいことがあっても、もがいても、あがいても……この川に捨てれば、全部、流されていく。そうして、空っぽになった自分は、この川に浮かぶ舟になればいい。——あるとき、そう心に決めた。

たゆたいはしても、決して流されることなく、沈むこともない。……そんな舟に。

「そんな戯言《たわごと》を、アルルに旅立つまえのフィンセントに話したんだ」

重吉は、えっ、と思わず声を漏らした。

「フィンセントに……？」

忠正はうなずいた。

「アルルに行く前日だったかな。お前が留守のあいだに、フィンセントが店に来たんだ。別れのあいさつをしにきたと言って」

短い時間、ふたりは会話を交わした。忠正は、アルルに行ったら自分が描きたいと思う絵を存分に描くようにと助言した。

フィンセントは黙って聞いていたが、突然、告げた。

――いちばん描きたいものを、私は、永遠に描くことができません。

不思議に思った忠正は、それは何かと尋ねた。フィンセントは、すぐには答えようとしなかったが、やがて打ち明けた。

――セーヌです。

――セーヌ？

すぐにでも描けそうなモティーフだ。実際、印象派の画家たちの多くが画題に選んでいる。

なぜ永遠に描けないなどと言うのだろう。

　馬鹿ばかしい理由ですが、と前置きして、フィンセントは打ち明けた。

　テオを頼ってパリに出てきて、夏を迎えた頃、夕暮れどきにセーヌ河畔をそぞろ歩きした。あふれる光とまぶしさに目を細めていると、まぶたの裏が黄色くなるような気がした。

　黄色いセーヌだ、と急に思いつき、次の日、ポン・ヌフの真ん中にイーゼルを立て、黄色と緑の絵の具を大量に準備して、「黄色いセーヌ」を描こうとした。すると、すぐに警官がやって来て、ここで絵を描いてはいけない、と忠告した。その日は仕方なく帰ったが、次の日、あらためて出かけていった。が、同じように警官が来て、同じことを言われた。

　次の日も、その次の日も……五日目に、待機していた複数人の警官に阻止されて、今度ここで絵を描こうとしたらコンシェルジュリーに連行する、と言われた。明らかな脅しだった。

　フィンセントは、何もしていないのに、セーヌに架かる橋の上でイーゼルを立てることを禁止されてしまった。この不名誉な出来事を、テオに話すことはできなかった。

　フィンセントは打ちのめされた。セーヌに、パリに拒絶された、そんな気がした。

　その日から、どうやったらパリ以外のところで絵を描いて生きていけるか、そればかりを考えて、二年間過ごしてきた。日本へ行くことがかなえばそれがいちばんよかったはずだが、それでも「自分だけの日本」をみつけにアルルへ行けることになって、ほっとしている。自分はこれから、セーヌだのパリだのにこだわることなく、アルルで自由に絵を描こうと決めている。——そう言って、フィンセントは話を締めくくった。

「その話を聞きながら、おれは気づいたんだ。フィンセントは、ほんとうはいつまでもパリにとどまりたいと願っている。けれど、この街にどうしたって受け入れられないとわかってしまったから、出ていく決心をした。……だとしたら、さびしすぎるじゃないか」

そんな思いを胸に秘めたまま、アルルへ行ってはいけない——。

忠正は、フィンセントに言った。——セーヌに受け入れられないのなら、セーヌに浮かぶ舟になればいい、と。

嵐になぶられ、高波が荒れ狂っても、やがて風雨が過ぎれば、いつもの通りおだやかで、光まぶしい川面に戻る。

だから、あなたは舟になって、嵐が過ぎるのを待てばいい。たゆたえども、決して沈まずに。

——そしていつか、この私をはっとさせる一枚を描き上げてください。

そのときを、この街で待っています。

忠正の言葉を追いかけながら、重吉は、遠い川面に視線を投げた。

目頭が、どうしようもなく熱くなった。――なぜかはわからない。けれど、涙がこぼれてしまいそうだった。

滔々とセーヌは流れていた。苦しみも、悲しみも、やるせなさも、すべてをとるに足りない芥に変えて、とどまることなく流れていた。

一八九〇年　五月十七日　パリ　十二区　リヨン駅

プラットホームをすっぽりと覆い尽くして組み上げられた鉄骨の屋根、ガラスの天蓋の向こうには澄み渡った五月の空が広がっている。

汽笛を鳴らし、もうもうと煙を上げながら、機関車が到着した。黒光りする車両の中から、次々に乗客が降りてくる。

山高帽を被ったふたり、テオと重吉が、押し寄せる人波に逆らいながら、頭をせわしなく巡らせ、プラットホームを後ろへ、後ろへと進んでいく。

「――いたぞ、テオ！　いちばん後ろの車両から出てきた……ほら！」

前を行く重吉が振り向いて、テオに向かって叫んだ。

「――あ、ほんとだ。……兄さん！　フィンセント兄さん！」

テオは必死に群衆の流れを泳いでいった。よれたシャツを着て、大きなずだ袋を提げ、イーゼルを担いだいかにもみすぼらしい身なりのフィンセントに向かって。

「――テオ！」

ひと声、叫んで、フィンセントは袋とイーゼルを放り出した。ふたりは互いに駆け寄って、しっかりと抱き合った。

「兄さん！——おかえり、待っていたよ……！」

なつかしい油絵の具のにおいに胸を衝かれた。南仏から送られてくる荷物を開けるたびにテオの胸をいっぱいにする、兄の絵のにおいだった。

「心配をかけたな。……いろいろ、すまなかった」

フィンセントはすなおに詫びた。すんなりと正気で、清流のような兄がそこにいた。テオは言葉に詰まってしまい、黙って首を横に振った。

「フィンセント、おかえりなさい。道中、無事でしたか」

重吉が歩み寄って、フィンセントとテオ、両方の肩を軽く叩いた。フィンセントは、うれしそうに重吉の手を取って握りしめた。

「ああ、シゲ！　また会えてうれしいよ。最後に会ったのは、この駅のホームだったね。……そうだ、テオ、君と最後に会ったのもここだった。私がアルルへ旅立つのを、君たちふたりで見送ってくれたね。ああ、ということは、君らと会うのは二年ぶり……いや、それ以上になるのか。なんとまあ、ひさしぶりだな！」

少年のようにはしゃいでいる。テオと重吉は、一瞬、目配せをした。

——やはり、覚えていないのか。僕とシゲがアルルに兄さんを見舞ったことを……。

おそらくは「病気」のせいで、ところどころ記憶が抜け落ちている——と、現在のフィンセントの主治医、サン＝ポール・ド・モゾル療養院の院長、テオフィール・ペイナン医師からの報告を、テオは受けていた。

フィンセントは、一昨年末に起こったあの「耳切り事件」以来、人生の坂道を転落していくようだった。昨年五月にはアルルの市立病院からサン＝レミにあるサン＝ポール・ド・モゾル療養院に転院し、ついきのうまで、鉄格子が窓にはめられた冷たい病室で日々を過ごしてきたのだ。そして、ようやくパリへ——テオのもとへ帰ってきた。

が、フィンセントはパリで画家としての活動を再開するために戻ってきたわけではない。パリ近郊の村、オーヴェール＝シュル＝オワーズへ転地療養することが決まり、彼を受け入れてくれる美術愛好家の精神科医、ポール・ガシェがその到着を待ってくれていた。パリは、オーヴェールへ行く途中でほんの数日立ち寄ったに過ぎない。

それでもなんでも、兄が帰ってきてくれたことが、テオにはこの上なくうれしかった。

三人は、陽気に会話を交わしながら辻馬車に乗り込んだ。テオはすっかり興奮して、途切れることなくしゃべり続けた。結婚して一年が経ったこと、家庭をしっかり切り盛りしてくれている妻・ヨーのこと、新居を構えたピガール通りのこと、あい変わらずフィンセントの絵を店に飾ってくれているタンギー親父のこと……。

フィンセントは、ふふ、と笑って、隣に座っている重吉にこっそり耳打ちした。

(テオのやつ、まるで子供みたいだな。はしゃいじゃってさ)

ふたりがこっそり笑い合うのもおかまいなしに、テオは、馬車がピガール通りにたどり着くまでしゃべるのをやめなかった。

小一時間ほどして、三人はピガール通りにあるアパルトマンの前で馬車を降りた。

「テオ！——お義兄さま！　おかえりなさい！」

喜びに満ちた声が聞こえた。見上げると、アパルトマンの四階の窓から身を乗り出すようにして、ヨーが手を振っている。そして、もう待ち切れずに階段を駆け下り、表通りへ飛び出してきた。

ヨーは頰を紅潮させ、肩で息をつきながら、フィンセントの前に立った。そして、手のひらで胸を押さえて、

「ごめんなさい、私ったら……ご無事でいらっしゃるかと、気が気ではなくて……」

はにかむような笑顔を見せた。フィンセントも笑みをこぼした。

「はじめまして、ヨー。やっと会えましたね。……テオがいつも世話になって、ほんとうにありがとう」

らせた。

フィンセントは両手でしっかりと義妹の手を握った。ヨーは、テオと同じように声を詰

四人は、こざっぱりと片付けられた部屋へと入っていった。じゃがいもを煮込むいいにおいがする。初めて会う義兄のために昼食を準備しながら、いまかいまかと待ちわびていたのだろう。テオは、ヨーの心遣いがうれしかった。

「……いい部屋だ」

居間に通されて、フィンセントがつぶやいた。

「ええ、いい部屋ですね」重吉が呼応した。

「全部の壁に、絵が掛けてある。全部、あなたの絵だ」

「その通りだね」フィンセントが笑った。

「あなたが精力的に南仏で制作した、そのすばらしい結果ですよ。この部屋は」

重吉が言った。その言葉には誠実な響きがあった。

小さな居間の壁は、隙間がみつからないほど絵で埋め尽くされていた。

刈り入れまえの麦畑、真昼の跳ね橋、夜のカフェ、アルルの民族衣装の娘、たっぷりとひげをたくわえた郵便配達人、きらめく星座に彩られた夜空を映す川の風景。群舞するように咲き乱れるアイリス、銀色の葉を翻すオリーブ畑。水のにおい、草いきれ、干し草から立ち

上る水蒸気、活力に満ちあふれる太陽。奔流する色、かたち、感情が、カンヴァスの中で呼吸し、跳ね、生きいきと輝きを放っていた。

テオは、フィンセントと重吉とともに、しばらくのあいだ、ただ黙って絵に囲まれていた。

――ここは確かにパリだ。けれど、いま、自分たちはパリではないどこかに――アルルに、サン゠レミに、そしてひょっとすると、「日本」に連れ去られてしまったような。フィンセントの絵という、魔法の絨毯に乗って――。

心地よい沈黙のあと、テオはフィンセントに声をかけた。

「さあ、兄さん。会ってやってくれないか。……僕の息子、フィ、フィンセ、ン、ト、に」

フィンセントは、自分の絵の数々に放っていた目線をテオへ向けた。そして、微笑んで応えた。

「もちろんだとも」

テオとフィンセントが先に、重吉とヨーがあとになって、狭い廊下を歩いていった。

寝室のドアをそっと開けると、最初に目に飛び込んでくるのは、正面の壁に一点だけ掛けてある絵。

薄青色の空を背景に、伸び伸びと枝葉を広げるアーモンドの木。枝いっぱいについた白い花は、春の到来を告げて清々しく咲いている。春の微笑のようなこの絵は、今年の一月末に誕生した新しい命を祝福して、フィンセントが贈ったものだった。その絵の下に、レースを被せたゆりかごがあった。

ヨーの妊娠がわかったとき、夫婦は相談して、生まれてくる子供の名前は「フィンセント」にしたい、と兄に手紙を書いた。女の子だったらどうするんだい？　とのフィンセントの懸念は無視されてしまった。テオは、絶対に男の子で、絶対に名前はフィンセントなんだ、と言い張った。どうしてもどうしても、子供の名をフィンセントにしたかった。遠く離れてしまった兄をいつでも思い出すために。そして、三十六歳になっても妻も子供も得られず、家族からも友人からも隔離され、世間には見捨てられて、ひとりで苦しんでいる兄へのせめてもの慰めになれば――と。

ドアをすっかり開け放ち、兄弟は足音を忍ばせてゆりかごに近づいていった。レースをそっとめくる。生後四ヶ月の丸まるとした赤ん坊、フィンセントが、すやすやと寝息を立てて眠っていた。

テオが抱き上げようと手を伸ばすと、フィンセントがそれを制した。そして、人差し指を口の前に立て、このままで、とオランダ語でささやいた。

――このままでいいよ。……どうか、このままで。

フィンセントの目はうるんでいた。テオの目にも、涙があふれた。

重吉とヨーもまた、涙ぐんでいた。ふたりは戸口に佇んで、兄弟の後ろ姿をみつめていた。

そのすべてを、花咲くアーモンドの木の枝が、ただ静かに見守っていた。


ちょうど一年まえの一八八九年五月。

フィンセントは、ひとり、馬車に揺られて、アルルの北東にある小村、サン＝レミ・ド・プロヴァンスへと移っていった。村の修道院が運営する療養所、サン＝ポール・ド・モゾル療養院に入院するために。

アルルでのあの忌まわしい事件のあと、フィンセントの容態は定まらず、市立病院に半ば強制的に入院したものの、回復の兆しは見えなかった。

フィンセントの不安定な様子を主治医のレイ医師は逐次テオに知らせてくれたが、ていねいに教えられれば教えられるほど、テオは不安に打ちのめされてしまうのだった。フィンセント本人からの手紙には「私のような狂人」と自らを侮蔑するような文章が散見されるようになった。

加えてテオを追い詰めたのは、フィンセントの自殺未遂だった。フィンセントは、少なくとも二度、自らの命を縮める行為に及んだ。一度目は絵の具の溶剤であるテレピン油を飲んだ。そして二度目はチューブ絵の具を飲み込んだ。どちらも発作的であり、近くに人がいたため、死に至ることはなかった。周囲は狂言自殺のようなものだと受け取っていたが、テオは激しく動揺した。

テレピン油も絵の具も、フィンセントにとっては、彼の命をつなぎ留めこそすれ、死ぬための凶器にはなり得ない。——いったい、兄さんは何を考えているんだ？

そうまでしてここに留まらずとも、パリの保護者——テオ——のもとへ帰ったほうがいいと医師に諭されても、フィンセントは頑なに拒んだ。その胸に、どんな思いが渦巻いていたのだろうか。——これ以上、弟に迷惑をかけるわけにはいかない。テオにはいまや「家庭」という守るべきものがある。絵もろくに描けなくなった自分が転がり込んだとしたら……。

そんなふうに考えて自制しているのかもしれなかった。

自分は、どうだ。何を考えている？

フィンセントが帰ってこようとしないのをいいことに、「帰っておいでよ」のひと言を、どうしたって言ってやろうとしないじゃないか。

待っているかもしれないというのに。……兄さんは、僕のたったひと言を今日か明日かと待っているかもしれないのに。

僕は……僕は、いま、もし、兄さんが帰ってきたら……あの苦しい日々がまた繰り返されせっかく手に入れたヨーとの幸せを、めちゃくちゃにされてしまうんじゃないかと。恐れていやしないか。

兄さん。……ああ、でも、僕は……。

兄さんに会いたい。兄さんに会って、話がしたい。絵のこと、芸術のこと、浮世絵のこと、日本のこと……僕らが信じていた明日のことを。

それはもう、かなわない夢になってしまったのか?

自問自答を繰り返すうちに、テオは次第に追い詰められていった。ヨーは、ささいなことで落ち込んでしまうテオを献身的に支えながら、こっそりとまだ見ぬ義兄に手紙を書いた。テオが人知れず苦悩していること、ほんとうはフィンセントに帰ってきてほしいと思っていること。そして、自分たちがどれほどフィンセントの絵に励まされているかを書き綴った。

——私たちは幸せです。なぜなら、あなたの絵に囲まれて暮らしているんですもの。きっと、あなたがパリへ帰っていらしたら、私たちはもっともっと幸せになれるはずです。テオに代わって申し上げます。どうかいつでも帰っていらしてください。私たちを幸せにするために。あなたご自身が幸せになるために——。

そんなさなか、フィンセントは、突然、サン＝レミ行きを決心した。療養院の院長が画家としてのフィンセントの活動に関心を寄せ、院内でも自由度の高い環境で治療することが約束されたからだった。

——絵を描けるならば、どこへでも行く。たとえそこが地獄であったとしても。

フィンセントは、再び絵筆を握る決意を固めていた。

修道院を改装した療養院は広く、多くの部屋が空き部屋だった。フィンセントには二階の一室があてがわれ、一階の一室はアトリエとして使用が許可された。二階の窓——がっちりとした鉄格子がはめられていた——から眺める清々しく美しい風景について、また、再開した絵の制作について、フィンセントはテオへの手紙に書き綴った。

青い大気の中になだらかに横たわるアルピーユ山脈。療養院の中庭には菜園があり、そこで鍬を動かす人々の姿を見ることもできた。患者たちの叫び声や徘徊に辟易しながらも、想像に反して、彼らは決して危険ではなかった。——そう、自分ほどには。

フィンセントはようやく落ち着いて絵筆を握り直した。彼の容態が落ち着いてきたのを見て、院長は外出許可を出してくれた。フィンセントは喜び勇んで、イーゼルを担ぎ、ずだ袋の中に絵の具とパレットと絵筆をたんまりと入れて、出かけていった。

風が彼の友だちだった。風に誘われ、村道をどこまでも歩いていった。オリーブの木々は灰色がかった銀色の葉を風に舞う蝶の群れのように震わせ、畑道では目の覚めるようなアイリスの一群が迎えてくれた。この世界のすべてが、画家、フィンセント・ファン・ゴッホの味方だった。フィンセントは、夢中になって、画布に絵筆を走らせた。

特に彼が心を奪われたのは、村のあちこちに佇む糸杉だった。こんな不思議な、りんと音が聞こえてくるほど孤高の姿をした木立を、フィンセントはついぞ目にしたことがなかった。彼は、何時間も、何日も、糸杉の木立と向かい合った。そのうちに、なぜだか鏡をみつめているような気持ちになった。糸杉は、いつしか画家自身に重なり合ったのだ。

フィンセントはまるで自画像を描くかのように、糸杉をみつめ、糸杉にみつめられた。絵筆はツバメになって盛んにカンヴァスの上を飛び交った。そうして、何枚もの糸杉の絵が完成した。それらはテオのもとにすぐには送られず、フィンセントが納得するまで手もとに留め置かれた。

夏が過ぎ、秋になった。フィンセントが絵を再び描き始めたことは喜ばしかったが、テオはまだ苦悩のどん底にいた。

七月にヨーの妊娠がわかり、喜んだのも束の間、勤務先の「ブッソ・エ・ヴァラドン」で仕事の失敗が重なった。経営陣に激しく叱責され、テオはすっかり自信をなくしてしまった。サン＝レミからぽつぽつと届けられる小包も、ときには開けるのをためらうこともあった。

フィンセントからの手紙だけは、かかさずに読み、短くとも返事を書いていた。心配をかけまいと、仕事での失敗については書かずに、けれどできるだけ正直な気持ちを書き綴った。

――あまりたくさんの仕送りができなくなってしまったことを許してほしい、僕には家庭があって、しかも子供が生まれるとなって、金の工面に苦労しているんだ。けれど、兄さんが厳しい状況の中でもどうにか絵を描き続けていることに、いつもいつも励まされている。

忘れないで。――僕がひとりでないのと同じく、兄さんはひとりじゃないんだ。

僕には、兄さんがいる。兄さんには、僕がいる。

どうか、それを忘れないで――。

フィンセントからの手紙には、自分が眺めている風景や、目下手掛けている絵、仕上がった絵について、詳しく説明が書かれていることがしばしばあった。

――今朝、太陽の上る前の田舎の景色を、窓から長い間眺めていた。明けの明星がただ一つ、それが実に大きく見える。……この種の感動に反対すべき何ものも僕にはない。

――僕の考えは糸杉でいつも一杯だ。向日葵《ひまわり》のカンヴァスの様なものを、糸杉で作り上げたいと思っている。僕が現に見ている様には、未だ誰も糸杉を描いた者がないという事が、僕を呆れさせるからだ。線といい均衡といい、エヂプトのオベリスクの様に美しい。緑の品質は驚くほど際立っている。太陽を浴びた風景中の黒の飛沫《ひまつ》だが、その黒の調子は、僕に考えられる限り、正確に叩くには最も難かしい音《ノオト》だ。

フィンセントの手紙に綴られている言葉の数々は、ときどき、はっとするほど正確で、どきりとするほど美しかった。文面からほとばしる絵画への希求はまぶしいばかりだった。これほどまでに隅々まで明瞭な手紙を、精神を患っている人間が書いたなどとどうして思えるだろうか。

絵も同じだった。サン＝レミから送られてくる絵の数々。カンヴァスから聞こえてくる清澄な旋律、中世の城のように堅牢な構図。色彩は夏の花束のようだった。

ひとつ、またひとつ。小包を開けるたびに、テオは胸を衝かれた。そして心を震わせた。

フィンセントのみつめている風景、彼の思い、願い。

――届けたいんだ、この絵を。この気持ちを分かち合える、誰かに。

――テオ、君に。

九月末、テオのもとに大きな木箱が届けられた。

釘を抜き、蓋を開けると、いつものように油紙に包まれたカンヴァスが十枚、入っていた。紐をほどき、紙を開いて、一点一点、これもいつも通りに作品の状態を確かめた。いつもと違っていたのは、激しく胸が高鳴っていたことだ。

包みの中から次々に現れたのは、いままでにないほど完成度の高い作品ばかりだった。

豊かなひげをたくわえ、制服を着たいかにも誠実そうな男。ああ、これは兄さんの世話をなにくれとなく焼いてくれた郵便配達人、ルーランだ。ゆりかごをゆらす紐を握りしめ、少し疲れた顔で、けれど慈愛に満ちたまなざしをゆりかごに落としている緑色のドレスを着た母親は、きっとルーラン夫人だ。そしてふたりのあいだに生まれたという、丸々と太った赤ん坊の肖像。つぶらな瞳でまっすぐにこちらを見ている。いましも大地の彼方に落ちていく黄色い太陽を背景に、夜が訪れる瞬間まで懸命に大地に種をまく人。世界じゅうのひなたのすべてを集めたように明るい黄色のひまわりの花。

そして――。

箱の中に残された最後の一枚を、テオは取り上げた。なぜだろう、その一枚は特別なものだという予感があった。

息を止めて、包み紙を広げる。現れたのは、星月夜を描いた一枚の絵だった。

明るい、どこまでも明るい夜空。それは、朝を孕んだ夜、暁を待つ夜空だ。

地球を含む星ぼしの自転、その軌跡が白く長くうねり、夜空にうずまく引き波を作っている。太った三日月は煌々と赤く輝き、空を巡る星たちは、やがて朝のヴェールの中へと引き込まれていく。

その中にあって、わずかも衰えずに輝きをいや増すただひとつの星、明けの明星。アルピーユの山肌を青く照らし、静かに眠る村落に光を投げかける。

かくも清澄な星月夜、けれどこの絵の真の主人公は、左手にすっくりと立つ糸杉だ。

緑の鎧のごとき枝葉を身にまとい、空に挑んでまっすぐに伸びるその姿は、確かに糸杉だった。けれど、糸杉ではなかった。それは、人間の姿、孤高の画家の姿そのものだった。

孤独な夜を過ごし、やがて明けゆく空のさなかに立つ、ただひとりの人。

ただひとりの画家。

ただひとりの、兄。

テオは、止めていた息を放った。涙があふれ、頰を伝って落ちた。

――兄さん。……僕は。

僕は、もう長いこと待っていたんだ。……この一枚を。

星月夜の絵を、テオはそっと胸に抱きすくめた。

新鮮な油絵の具のにおいがした。なつかしい兄のにおいだった。


その年の十月、最初の土曜日の夜。しばらく中止していた「特別鑑賞会」を、テオは、忠正と重吉のために開くことにした。

あのフィンセントの事件が起きた昨年末から行われないまま、ほぼ一年近くが経過していた。

ひさしぶりの会を開くために、テオは、「ブッソ・エ・ヴァラドン」ではなく、ジュリアン・タンギーの店先を借りることにした。

その日は、朝からタンギーが店先を片付け、ごちゃごちゃと並べていた若い画家たちの絵を引っ込めて、壁を空っぽにしてくれた。ヨーは、近所の市場で熟成したコンテ《チーズ》とオリーブのペースト、それにいつもより少し値の張るワインを仕入れてきた。テオが仕事を終えて、油紙に包んだカンヴァスを抱え、店に到着したときにはすっかり準備が整っていた。

午後八時少しまえに、店のドアを開けて、最初に重吉が、続いて忠正が現れた。

「やあ、ようこそ。お忙しいところ来てくださって、感謝します」

テオは、うれしさを隠しきれない様子でふたりを迎えた。忠正は、帽子とステッキをヨーに手渡しながら、

「しばらくごぶさたしてしまいました。マダム・ファン・ゴッホ、お腹のお子さんは順調でしょうか」

ていねいにあいさつをした。ヨーは頬を赤らめて「ええ、順調ですわ。ありがとうございます」と答えた。

「よく来てくれたね、アヤシ」タンギーが親しげに忠正の肩を叩いた。

「シゲはときどきうちに顔を出してくれるけど、あんた、おととしヴァンサンが描いたわしの肖像画を見にきたとき以来だな」

「そうでしたね。ご無礼いたしました、ムッシュウ・タンギー」

忠正は、相手が気さくなタンギーであっても礼儀正しいあいさつを忘れない。タンギーは、

「なんの、なんの」とにこにこして、

「なんでも、最近独立したそうじゃないか。仕事がうまくいっている証拠だね。頼れる片腕もいるしな」

そう言って、今度は重吉の肩を叩いた。重吉は照れ臭そうな笑顔になった。

その年、忠正は長らく共同経営者だった若井兼三郎と袂を分かち、「若井・林商会」は「林商会」となった。店舗をより都心部のヴィクトワール通りに移して新たな船出を果たしてまもなく、忠正は、フランス革命百年記念万博に出展する日本の出品物の審査を日本政府から一任され、日本へ一時帰国もして、とにかく目の回るような忙しさであった。

忠正の多忙と精力的な仕事ぶりは、逐一重吉に聞かされていたから、その夜、ひさしぶりの鑑賞会にはたして忠正が来てくれるかどうか、テオは少々気を揉んでいた。重吉は、大丈夫だ、万事僕に任せてくれと言っていたが、忠正の予定を調整するのは至難の業だったに違

いない。

だからこそ、時間通りにふたりが店に来てくれて、テオは言葉にならないほどうれしかった。

忠正と重吉とタンギーとテオは、ワインを飲み交わし、ひとしきり話に花を咲かせた。ヨーは大きなお腹をときおりやさしく撫でながら、グラスにワインを注ぎ、チーズを切り、皿を片付けて、甲斐甲斐しく立ち回っていた。

小一時間ほど経ったところで、忠正が、「さて」と声を放った。

「この空っぽの壁に、今宵、いったいどんな絵が掛けられるのだろうか」

テオは軽くうなずいて、タンギーに目配せをした。タンギーは、「よしきた」と楽しげに応えて、店の奥へ姿を消した。ややあって、一枚のカンヴァスを両手に抱えて戻ってきた。

忠正が、手にしていたワイングラスをテーブルの上に音もなく置いた。重吉は、日の出を仰ぐように壁のほうを向いた。

ヨーは、お腹に手を当ててテオに寄り添った。テオは、その肩をそっと抱いた。

タンギーが、四人の目の前の壁に、たった一枚の絵を掛けた。

――〈星月夜〉。

朝を孕んだ夜、暁を待って静まり返った村落。明るい夜空を巡る星ぼしの軌跡。赤く燃える三日月、ひときわ輝く明けの明星。天に挑みかかる孤高の糸杉。

忠正は、瞬きもせず、食い入るように絵をみつめている。重吉も。フィンセントが描いた一枚の絵は、ふたりから、いかなる言葉も奪い去ってしまった。

テオは、ほんの束の間、まぼろしを見た。いま、ここにフィンセントがいて、忠正の隣に立ち、彼が絵に引き込まれている様子を静かにみつめている。——そんなまぼろしを。

——いいや。きっと、まぼろしじゃない。

いま、あなたは——ここにいる。

あなたの心は、ここにある。

そうだよね？　兄さん。

「とうとう……成し遂げたんだな」

長い沈黙のあと、ようやく忠正の口から言葉がこぼれた。テオは、〈星月夜〉に放っていた視線を、忠正に向けた。

「とうとう、フィンセントは描いたんだ。彼が、いちばん描きたかったものを」

忠正の瞳は、かすかにうるんでいた。その横顔を、しばらくのあいだ、テオは黙ってみつめていた。

何か、言いたかった。けれど、どうしても言葉にならなかった。

――わかってくれたんだ、この人は。――この孤高の人は。

明るい夜空は、セーヌ川。夜空に浮かぶ月と星ぼしを川面に映し、渡りゆく船の引き波に削られながら、とどまることなく流れゆく。

永遠の入り口に立っているかのような糸杉は、フィンセント。セーヌのほとりにひとり佇み、いつか訪れる朝を待っている孤高の画家。

そして、毅然とした糸杉の姿は、フィンセントの絵をみつめる忠正の姿にも重なって見えるのだった。


表通りのマロニエの街路樹の緑が、五月の薫風に揺れている。

「まあ、いいお天気。見て、お義兄さま。マロニエの青葉が、あんなに……」

窓をいっぱいに開け放って、ヨーが気持ちよさそうに言った。

窓辺で赤ん坊を抱き上げていたフィンセントは、ヨーのほうを振り向いて、

「そんなに風を入れちゃあ、赤ん坊によくないよ。なあ、フィンセント？」

小さな甥っ子に頬ずりをした。ひげがくすぐったいのか、生後四ヶ月になるフィンセントは声を上げて笑った。

「オランダでは、子供たちは皆、風と遊びませんこと？　お義兄さまもテオもそうだったでしょう？　このくらいの風、へっちゃらだわ」

ヨーが言い返すと、ちょうど部屋に入ってきたテオが参戦した。

「おや、それは聞き捨てならないね。あいにく、この子は生まれついてのパリジャンなんだぜ。オランダの流儀は通らないよ」

「あら、ずるいわ。兄弟揃って言われちゃあ仕方がありませんわね」

ヨーは笑って、開け放った窓を閉めた。フィンセントは、甥っ子のやわらかな頬にキスをすると、母親の腕の中に返した。

「生意気なパリジャンなんかになるなよ。お父さんに似た、やさしい男になるんだ」

腕の中の赤ん坊に向かって、フィンセントはささやいた。テオとヨーは、視線を交わして微笑み合った。

「もう準備はできたかい？」テオが訊くと、

「ああ、もうすっかり」フィンセントが答えた。

その日、オーヴェール＝シュル＝オワーズへとフィンセントが旅立つ朝だった。自分はすべての無名の画家たちの味方であると公言する精神科医、ポール・ガシェが、フィンセントの到着を待っていた。

　ガシェ医師をテオに紹介してくれたのは、ほかならぬタンギー親父であった。ガシェ医師はとにかく誰にも認められていない芸術家と交流するのが好きで、パリへ往診する機会があるたびにタンギーの店に立ち寄る常連客なのだった。

　テオは、事前にオーヴェールをひとりで訪れ、ガシェ医師とも面会して、ここなら大丈夫との確信を得た。村の近くをオワーズ川が流れているのを見て、この川がセーヌにつながっている、自分はパリとつながっているんだと、フィンセントが心を癒やしてくれるような気がした。勝手な考えかもしれなかったが、フィンセントほど自然の風景に啓示を見出す画家はほかにはいないから。

　オーヴェールに移住後、フィンセントはガシェ医師の観察下で暮らし、日々絵を描いて回復に努める——という計画が立てられていた。オーヴェールならばパリからそう遠くないし、テオたち家族はいつでも会いにいける。フィンセントも、いつでもパリに帰ってこられる。きっと完治して帰ってきてくれる。そう信じたかった。

　とはいえ、この三日間のフィンセントは、自分以上にまともだった。よく食べ、ほどほどに飲み、よく笑い、小さなフィンセントをあやしてくれた。南仏にいたときに毎日食べたからと、市場へひとりでオリーブを買いに出かけさえした。サン＝レミの療養院にいたこの一年のあいだ、突然気を失ってしまうことがあったと報告を受けていたので、フィンセントをひとりにするのは不安だったが、いずれにしても、オーヴェールに行けば四六時中観察されるわけではなく、ひとりで過ごす時間も長くなるのだから、少しずつ環境に慣れてもらうのは大切なことだった。

しかし、フィンセントは頭も感性も冴え渡っていた。この三日間に限っていえば、彼のどこを探しても病気のかけらも見当たらなかった。テオは心底安堵した。

ひょっとすると、フィンセントはもう完治したのかもしれない。アルルとサン＝レミでの孤独な生活と闘い抜いて、傷だらけになって、死の淵にも立って、それでも、それなのに、あれほどまでの傑作を描き上げて……。

そうだ。彼は還ってきたんじゃないか。自分たちのもとへ、すっかりまともに生まれ変わって。

「いや、まてよ。……初めてドクトール・ガシェに会うのに、このいでたちじゃあんまりだろうか」

フィンセントは、三日まえにサン＝レミからパリへ帰ってきたときと同じ、よれた上着と繕い跡のあるズボンを身に着けていた。履き古した革靴だけはしっかり磨き上げてあった。ヨーが夜のあいだに磨いておいてくれたのだ。あとは、絵の具とパレットと絵筆の入ったずだ袋になんでもかんでも突っ込んであった。

「だから、僕の上着を譲ると言ったのに」テオが呆れて言った。

「やっぱりまずいな。ひとつ、もらっていくか」フィンセントが苦笑した。

「すぐに持ってきますわ。そうなるんじゃないかと思って、ブラシをかけておきましたの」

ヨーが赤ん坊を抱いたまま、寝室へと急いでいった。

「ほんとうによく気が利くね。君は、すばらしい細君をもらったものだ」

フィンセントに言われて、テオは「そうだとも」と微笑んだ。

「なあ、テオ。……よかったら、君の書斎にある古い黒革の鞄をしばらく貸してくれないか？　このずだ袋じゃあ、格好がつかないよ」

フィンセントが唐突に言った。テオは書斎にフィンセントを招き入れた記憶はなかったが、仕事に行っているあいだに入ったのだろう。アルルのレイ医師とサン＝レミのペイナン院長に礼状を書きたいと言っていたから、机を使ったのかもしれない。

「ああ、いいとも。鞄はいくつか持っているから、かまわないよ」

「そうか。恩に着る。これでちょっとはまともに見えるかな」

他人が自分をどう見ているかを気にするなんて、とテオはおかしかった。そんなことはいままでに一度たりともなかったからだ。

まともになったのだ。——フィンセントは。

きっともう、心配は無用だろう。……そう信じよう。

マロニエの木立の緑陰の中で、テオとヨーは、旅立つフィンセントとともに辻馬車の到来を待った。

駅まで送らせてほしいとテオは懇願したが、フィンセントはどうしても首を縦に振らなかった。馬車に揺られてひとりで行きたいんだ、と言って。最後くらい風に吹かれて行きたいんだよ、と。

ピシリ、と鞭の音が響いて、辻馬車が動き出した。

いちばん後ろの席に座ったフィンセントは、振り返って手を振った。テオとヨーも手を振り返した。いつまでも、ずっと。

定員超過の乗り合い馬車は、大通りのずっと向こうの角をよたよたと曲がり、やがて見えなくなった。

テオは、しばらくのあいだ放心して、風に吹かれていた。すべてのものが、猛烈な速度で自分から遠ざかっていくような気がした。

――最後くらい、とフィンセントは言った。

なんの「最後」だったのだろうか。

最後のパリ？

いや、まさか。そんなはずはない。

だけど――。

ずっと心に引っ掛かっていた。――あの最後のひと言だけが。


明け方、押しつぶされるような胸苦しさを覚え、テオは目を覚ました。全身にびっしょりと寝汗をかいていた。一瞬、どこにいるのかわからなかった。いつも通り、夫婦の寝室のベッドの上である。無意識に、となりで眠っているはずのヨーを手探りした。が、やわらかくていいにおいのする妻の体はなかった。彼女は息子を連れて夏の休暇のあいだ実家に帰っているのだということを、ようやく思い出した。

傍らを見ると、空っぽのゆりかごがあった。テオは大きく息をついた。

――なんだろう。……いやな夢をみた。

どんな夢だったか、覚えていない。重苦しい気持ちだけが、テオの胸の中に靄を残していた。

七月二十八日、明け方。部屋の中はしらじらと明るくなり、新しい一日が始まろうとしていた。

窓を開けてみる。小鳥のさえずりがそこかしこで聞こえ、ひんやりとした早朝の空気が心地よかった。

ヨーがきちんとアイロンをあてておいた新しいシャツに袖を通した。ひとりで黙々と身支度をしながら、テオは、自分が夢の中で必死に走っていたことを、ふいに思い出した。

フィンセントがオーヴェール＝シュル＝オワーズへ移住して、二ヶ月が経過した。

何もかもすべてが順調で、快適に暮らしている——と、移住してまもない頃、フィンセントから手紙が矢継ぎ早に届いた。

——オーヴェルは実に美しい。とりわけ美しいのは、近頃次第に少くなって来ている古い草屋根が沢山ある事だ。此処《ここ》に腰を落着けて、こいつを描いた絵で、滞在の費が出ぬものか、そうあって欲しいものだよ。実際、非常な美しさだ。特徴ある絵画的な、本当の田舎だよ。

世話になっているガシェ医師と意気投合したこと、村役場前にある食堂の三階の下宿屋に落ち着いたこと、描きたい画題がいくらでもあること。素朴な教会、オワーズ川の清流、はるかに見渡す麦畑、畑の中の小道、四つ辻に舞い飛ぶ鳥の群れ。

病気の影を微塵も感じさせない冴え渡った文面を読んで、テオは、やはりフィンセントをオーヴェールに行かせてよかったのだと安心した。

六月になってからは、ヨーと息子のフィンセント・ウィレム、それに重吉も誘って、オーヴェールへ出かけていった。ガシェ医師は一行を大歓待してくれた。フィンセントの下宿先、ラヴー食堂の隣室のオランダ人画家、アントン・ヒルシッフも加わって、にぎやかに食事をともにした。医師の自宅の庭にテーブルを出し、白薔薇やアザミが咲き乱れる中で食べたキッシュのおいしさは忘れ難いほどだった。

フィンセントとテオ、ふたり並んで、麦畑の中の小道を散歩した。そのあとから、赤ん坊を抱いたヨーと重吉がついていった。四つ辻に立ったとき、フィンセントは立ち止まって麦畑を眺め渡した。もっと行ってみようよ、とテオが誘うと、いや、僕はここにいる、君たちだけで行っておいで、とその場を離れようとしない。なおもテオが誘おうとすると、重吉に制された。――彼は画家なんだぜ。画題がひらめいたに違いない、そっとしておこうよ。

テオたちは、フィンセントをひとり残して小道を進んでいった。けれど、テオは、途中で奇妙な気持ちにとらわれ、大急ぎで引き返した。

別れたときのそのままで、四つ辻にフィンセントは佇んでいた。スケッチブックにコンテを走らせながら、不思議そうな顔をテオに向けた。――どうしたんだい？　忘れ物でもしたのか？

不安にかられたのは束の間だった。すばらしく幸せな休日を過ごして、テオ一家と重吉はパリへ戻った。

帰り道、今度は林さんを連れていきたいな、と重吉は盛んに言っていた。

——どうやら林さんは考えているようだよ。オーヴェールで描かれた絵の中から、一、二点、自分のコレクションに加えようってね。

忠正は、新鋭の画家たちの作品を購入して「林コレクション」を作り、いずれ日本に持ち帰るつもりでいるのだと、重吉はこっそり教えてくれた。


フィンセントがオーヴェールで暮らすのは、長くても一年くらいだろうか、とテオは想像していた。

パリで二年、アルルで一年、サン＝レミで一年。そのまえも、オランダ各地やベルギー、イギリスなどを転々とした。フィンセントは一箇所にはとどまれない画家なのだ。

幸か不幸か彼には家庭がない。故郷は捨てたも同然だ。その環境が彼を自由にし、破天荒にしているのかもしれない。いや、縛り付けるものが何もないからこそ、彼は孤高の画家でいられるのではないか。

テオの心中はなおも複雑だった。フィンセントがパリへ帰ってくるのは、もはや時間の問題のようにも思われた。とすれば、受け入れるのは自分以外にはない。いまの住まいは狭すぎて、アトリエを用意することができない。引っ越さなければなるまい。その金はどこから持ってくるんだ？　フィンセントの絵を売ればいいじゃないか。……売る？　誰が？　僕が？——売れるのか？

売れるさ、きっと売れる。現に、今年の一月、ベルギーで展示会をしたとき、一枚だけだったけれど、画家仲間に売れたじゃないか。「メルキュール・ド・フランス」にも、フィンセントの絵を絶賛する評論がついに載った。ああ、兄さんはあのとき、どれほど喜んだことだろう。だから、彼はサン＝レミを出て、帰ってきたんじゃないか。僕も喜んで、それを受け入れたんじゃないか。

兄さんがパリへ戻ってくるのは当然のことだ。それを僕が支えるのは、いままで通りじゃないか。

長い時間、テオは自問自答した。そうするうちに、だんだん気持ちが沈んでいくのをどうすることもできなかった。

目下、テオは勤務先を退職して独立する準備を進めていた。経営陣とのあいだにいったんできてしまった溝は容易には埋まらなかったのだ。経営陣は毎日テオを責め立て、役立たず呼ばわりしていた。給与も大幅に減額され、妻と幼子を養っていくのが精一杯だった。

そんな最悪の状況の中、もしも、フィンセントが帰ってきたら――。

七月一日、フィンセントがテオの勤務先にひょっこりと現れた。

画家らしい気まぐれと、弟を驚かしてやりたかったのだろう、なんの前触れもなく店に現れたことがテオを困惑させた。経営陣は、みすぼらしい姿の貧乏画家など店に入れるなと激怒した。

テオは、フィンセントを店の外へ引っ張り出した。

――何しに来たんだよ!? なんで電報くらい先によこさないんだ!

かっとなって、テオはどなりつけた。フィンセントは、びくりと身をすくませた。

――返しに来たんだよ。その……このまえ、君が来たときに返すのを忘れていたから。

そう言って、あの黒革の鞄を差し出した。テオは黙ってそれを受け取った。

――今日は、帰るんだろう? オーヴェールへ。

念を押すようにそう訊いた。フィンセントは、すぐには答えなかったが、

――ああ、帰るよ。……いますぐに。

力なく言った。

――悪かったな。突然来てしまって。……じゃあ。

踵を返して、風のように行ってしまった。

テオは、呼び止めることも、追いかけることもできず、ただ、さびしげな後ろ姿を見送ることしかできなかった。


あれから、ひと月近くが経っていた。

明け方の悪夢が残した暗い靄を消せないまま、テオは「ブッソ・エ・ヴァラドン」に出勤した。

足取り重く店の中に入る。すると、待ち構えていたかのように、彼の助手、アンドレが駆け寄った。

「オーヴェールから、ご友人が来られています」

テオは首をかしげた。

――オーヴェールの友人？

「朝いちばんの汽車に乗って来られたということですが……」

応接室へ急ぐテオの背中に向かってアンドレが言った。一瞬、テオの胸を悪い予感が矢のように貫いた。

はたして、テオの出勤を待ち構えていたのは、フィンセントの隣室のオランダ人画家、ヒ・

ルシッフであった。

「テオ……」

充血した目にテオはとらわれた。そして、ヒルシッフの乾いてひび割れたくちびるからこぼれ出た言葉がテオを打ちのめした。

フィンセントが、自分の脇腹を、撃った。

息はまだある。来てくれ、いますぐに。

オーヴェールへ。——君の兄さんのもとへ。

一八九〇年　七月三十日　オーヴェール＝シュル＝オワーズ

抜けるような青空が、村落の上に広がっていた。

力強い太陽が燦々《さんさん》と輝き、石畳の上に濃い緑陰を作っている。マロニエの木々の枝葉を揺らして風が通り過ぎていく。

がらがらと乾いた音を立てて、フィンセントの棺を載せた荷馬車がゆるやかな坂道を上っていく。その道は村はずれの墓地へと続いていた。

葬列の先頭は、神父ではなく、馬を曳く村人だった。棺のすぐ後ろにテオが続く。いまにも倒れそうな友の背に手を当てて支えているのは、重吉である。

ふたりの後に、ヨーの兄ドリエス、ガシェ医師とその息子ポール、タンギー親父、幾人かの画家仲間たちがついていった。きらめく真夏の陽光とは裏腹に、どの顔も悲しみで曇っていた。

葬列は村の教会の前を通り過ぎた。ほんのひと月まえ、フィンセントはこの教会の前にイーゼルを立てて、中世の貴婦人のようなその佇まいをカンヴァスに写し取った。それなのに、教会は、自殺した画家のために弔鐘を鳴らすことはなかった。

午後三時半、葬列は墓地に到着した。墓掘り人夫がふたり、墓穴のそばでスコップを手に一行の到着を待ち構えていた。棺を穴の中に納めると、ガシェ医師が喪服の上着のポケットから弔辞を取り出し、ぼそぼそと読み上げた。別れの言葉は、テオの耳にはまったく届いていないようだった。風が強かったからではない。何も聞こえていないのだ――と重吉にはわかった。

去りゆく魂を慰めるはずの神父はいなかった。祈りの言葉もないままに、永遠の別れのときが訪れた。人夫たちがスコップで棺の上に土を被せた。乾いた土埃が風に舞い上がるのを、テオは彫像のように無表情な顔で眺めていた。

重吉がフィンセントの訃報を受け取ったのは、七月二十九日の午前中のことだった。

アントン・ヒルシッフから送られてきた電報には、フィンセント死す、すぐ来られたし――とだけ記してあった。その紙片を握りしめて、重吉はサン・ラザール駅からポントワーズ行きの汽車に飛び乗った。

忠正は七月十四日の革命記念日にパリを発ち、日本へ帰国していた。最悪のタイミングだった。——なんてことだ……なぜなんだ？　頭の中が真っ白だった。しかし、とにかく、行ってみなければ何もわからない。重吉は、落ち着け、と自分に言い聞かせて、オーヴェール＝シュル＝オワーズの駅に降り立った。そこから、まっしぐらにフィンセントの下宿先、ラヴー食堂へ走っていった。

フィンセントが息を引き取ったのは、村役場の前にある小さな食堂の三階の下宿部屋だった。食事付きで一日三フラン五十サンチームという破格の家賃——それすらもテオの仕送りで支払われていた——で、わずか七十日ほどの人生最後の日々をここで過ごしたのだ。重吉は、屋根裏部屋へと続く急な階段を息もつかずに一気に駆け上がった。

ふたりも入ればもう身動きがとれなくなってしまうほどの小部屋に、ちょうど真新しい棺が運び込まれ、フィンセントの亡骸が移されたところだった。天窓の真下に空っぽになった粗末なベッドが置いてあり、フィンセントの頭の形にへこんだ枕の上に天窓から光がこぼれ落ちていた。狭い部屋の壁は、オーヴェールで描かれたみずみずしい風景画の数々で埋め尽くされていた。

ベッドのかたわらに、呆然とテオが立っていた。重吉の姿をみつけると、やあシゲ、と弱弱しく笑いかけた。

——僕の兄さんが、逝ってしまった……とうとう、逝ってしまったよ。

隣室に暮らしているオランダ人画家、アントン・ヒルシッフとポール・ガシェが棺を担ぎ上げ、二階の広い部屋——通りに面した食堂の真上にある宴会用の部屋——へと、狭い階段を苦労しながらどうにか下りて、運び入れた。宿主のラヴー親父の厚意で、その部屋が急遽告別式の会場となったのだ。

——なぜここで？　と重吉はポール・ガシェに尋ねた。日本人の重吉ですら、告別式は教会で執り行うものだと知っていた。するとポールは、声を潜めてこう言った。

——なぜって、自殺したからだよ。

七月二十七日夜、フィンセントは脇腹から血を流しながら下宿へ帰ってきた。食堂の裏手に屋根裏部屋へと続く階段があるのだが、その入り口で倒れているのを女将がみつけた。ラヴー親父とヒルシッフがふたりがかりで部屋へ連れていき、ヒルシッフはすぐにガシェ医師の家へ走っていった。フィンセントの脇腹には銃痕があった。いったいどうしたんだとガシェが質《ただ》すと、拳銃で自ら脇腹を撃ったと瀕死の画家は白状した。幸い急所は外れているようだったが、オーヴェールには緊急の手術をできる医師がいない。パリから医師を呼び寄せることも検討されたが、フィンセントがそれを拒否した。——もういいんだ、放っておいてくれ……と彼は言った。途切れ途切れに、息をついで。

——それよりも、テオに……テオに、会いたい……。

翌日、七月二十八日の昼過ぎ、フィンセント危篤の報を受けたテオがパリから駆けつけた。彼は兄の部屋へ飛び込むと、横たわる兄の枯れ木のような体にすがりついた。

——兄さん！

兄さん、大丈夫だよ、僕がいる。ここにいるから……。

それから、ふたりはオランダ語で話し続けた。世界でいちばん小さな貧しいアトリエで。ふたりきりで。フィンセントの命が尽き果てる瞬間まで。

ふたりが母国語で何を話していたか、同郷人のヒルシッフにもわからなかった。あまりにも親密な、清らかな悲しみに満ちた時間。たとえ芸術の神であっても、あのときのふたりを邪魔することはできなかっただろう——とヒルシッフは語った。それでも、心やさしいこの同郷の画家は、哀れな兄弟の行く末を慮《おもんぱか》って、壁一枚を隔てた隣室のベッドに座り、どこかにいるはずの神に祈り続けた。

日付が変わって七月二十九日の夜半過ぎ、壁の向こうから慟哭《どうこく》が聞こえてきた。ヒルシッフは、ポケットから懐中時計を取り出した。午前一時半だった。

こうして、フィンセントは永遠の旅路についた。

朝になってから、ヒルシッフとポール・ガシェは方々へ訃報を知らせに歩き、電報を打った。テオは一睡もせずにフィンセントの亡骸に寄り添っていたが、報《しら》せを聞いた人々が集まり始めると、何かを思い出したように背中をしゃんと起こして、気丈に振る舞い始めた。やらなければならない「後始末」が目の前にあった。村役場に死亡届を提出し、墓地と棺を購入し、告別式の準備をしなければならなかった。

村の教会とのひと悶着はこのときに起こった。カトリックの教義では自殺は容認されない。自殺者には天国の扉は開かれないのだ。告別式を執り行わないのはもちろんのこと、教会は棺を墓地へ運ぶ葬儀用馬車すら貸し出すことを渋った。結局、告別式は宗教的儀式なしでラヴー食堂の二階で行うことになり、棺を墓地へ移送するのは隣村の村役場の馬車を借りることで決着した。

テオはまったく泣いていなかった。とにかく兄をちゃんと送り出してやらなければと、必死に走り回っていた。重吉の目には、その姿がいっそう痛々しく映った。

棺は二階の部屋の中央に据えた作業台の上に安置され、使い込まれたパレットやイーゼルがその脚下に置かれた。テオはフィンセントの部屋にあった絵をすべてこの部屋に移動し、黙々と飾りつけた。重吉もそれに手を貸した。

——兄さんが、このまえ、手紙を送ってきて……。

壁に釘を打ちつけながら、テオがつぶやいた。

――いつの日か、どこかのカフェで展覧会ができたらな……ってさ。

こんなかたちで、実現するなんて……。

テオの言葉通り、告別式の会場はさながら小さな美術館のようになった。

コバルトブルーの空を背景に佇む教会。したたる緑を映して流れるオワーズ川。青い炎のようなアザミの花。革命記念日の万国旗を飾りつけた村役場。花々が咲き乱れる、画家ドービニーの家の庭。鳥が舞い飛ぶ、刈り入れが終わったあとの麦畑。ごつごつと無骨なかたちをさらけ出す木の根。

――こんなものまで……描いていたのか。

木の根が描かれた横長のカンヴァス――そう、それはただ木の根に肉迫して描かれた絵だった――を壁に飾り付けたとき、重吉は思わず胸を衝かれた。

芳しい花でもなく、照り輝く青葉でもない、木の根。ただただ、木の根ばかりをフィンセントは描いたのだ。もはや花にも青葉にも心を動かさない、画家の堅牢なまなざし。――その絵がフィンセントの遺作だったということを、重吉はあとからヒルシッフに聞かされた。画家の最後のアトリエとなったあの屋根裏部屋、そこに置かれたイーゼルに遺されていた最後の一枚だったと。

七月三十日午後六時、村の教会の鐘がかっきり六回、鳴り響いた。

オーヴェール＝シュル＝オワーズからパリへの最終列車の出発時刻が一時間後に迫っていた。

告別式会場とフィンセントの部屋の片付けをすっかり終え、テオと重吉はオーヴェール＝シュル＝オワーズ駅へ向かっていた。ラヴー食堂から駅までは歩いて五分ほどである。テオは黒革の鞄を提げ、重吉は油紙に包んだ横長のカンヴァスを脇に抱えていた。

会場を片付けながら、テオは、手伝ってくれた人々、フィンセントが生前親しくしていた友人たち、ひとりひとりに、フィンセントが遺していった絵を手渡した。荒々しい筆致と激しい色に満ちた絵の数々は、どれもたったいま描き上がったばかりのようなみずみずしさにあふれていた。人々は口々に、ありがとう、大切にするよ、と言いながら受け取った。

どれでも好きなものを選んでほしい、と最初にテオに言われたのは重吉だった。重吉は、ありがとう、と礼を述べつつ、僕は最後でいいよ、と応えた。そして最後に残されたのが、あの「木の根」だった。重吉は、それをていねいに油紙に包みながら、この作品は自分を選んでくれたのだ、と感じた。

フィンセントは、なぜ木の根などを描いたのか。きっと彼は、大地に根を張って堂々と立つ大樹を表したかったのだ。いちばん描きたいものをあえて中心に描かずに、その周辺を描くことで、見る者に連想を促し、主題を浮かび上がらせる。その手法は日本の絵に顕著である。フィンセントは、ついに日本画の手法を完全に自分のものにしていたのだ。

オーヴェール＝シュル＝オワーズの駅前にたどり着くと、テオはポケットから懐中時計を取り出して見た。

「汽車の到着まで、あと一時間近くあるな。……シゲ、ちょっと付き合ってくれるか」

疲れ果てているはずなのに、テオの声は不思議に清澄だった。重吉は、「もちろんだとも」と答えて、歩き出したテオの後についていった。

教会の丘へと続くゆるやかな坂道を逆方向に行くと、オワーズ川に行き当たる。橋を渡った川向こうは隣村のメリー＝シュル＝オワーズである。テオは橋の手前で左に折れ、木々の緑が生い茂る川辺の小径を歩いていった。どこへ行くのだろうと思いながら、重吉はテオの背中を追いかけた。

七月末、午後六時過ぎはまだまだ日が高い。太陽は西の空に居座って力強く川面を照らしている。川沿いの木々は豊かに葉を茂らせ、緑色の水面にその姿を映している。

風が強かった。川辺の道沿いにポプラ並木が続いていた。澄み渡った青空に枝葉を放って、並木はざわざわと風に揺れている。そのあいだの小径を、無言のままで、ふたりは歩き続けた。

ふいにテオが立ち止まった。少し離れたところで、重吉も足を止めた。振り向いたテオの顔を見て、重吉は、はっとした。

——フィンセント……？

西日に照らされたテオの顔が、一瞬、フィンセントと重なって見えた。うなるような風の音が耳をかすめて通り過ぎていく。重吉の目を見据えて、テオが乾いた唇を開いた。

「シゲ。……兄さんを殺したのは、この僕だ」

えっ。

重吉は、目を見開いた。テオは、がくがくと体を震わせて、右手に提げていた黒革の鞄をどさりと落とした。

「兄さんは、ここで……この場所で、銃《リボルバー》で……自分の脇腹に弾を撃ち込んだ。……そのリボルバーは、僕のものだった……この鞄に入れていたのを、すっかり忘れていて……それを兄さんが、パリの僕の書斎から、鞄ごと持っていったんだ……」

震える声で言うと、テオは、その場にくずおれた。

「——テオ！」

重吉が駆け寄った。恐ろしいほど震えている。重吉は友の体を抱きかかえた。

「しっかりしろ、テオ！　フィンセントは自殺したんだ、君が殺したわけじゃないよ！」

「いいや、違う……僕が殺したも同然だ……このところ、仕事がうまくいかなくて、収入も減って……だけど、僕には妻と子供がいて……病気の兄さんがいて……僕は、兄さんが重荷になっていたんだ。それを兄さんは感じていたんだ。自分がいなくなれば、僕の負担が軽くなると……だから……」

ほんの一瞬、テオの顔に奇妙な笑みが浮かんだ。絶望のような、達観のような、奇妙な微笑。

「死ねばいいんだ。この僕も……」

重吉は息をのんだ。次の瞬間、無意識に手が飛んで、テオの頬をぴしゃりと打った。

「馬鹿野郎！」声の限りに重吉は叫んだ。

「死んでどうするんだ！　そんなことを言って、君の兄さんが喜ぶとでも思っているのか!?」

テオは、地面に這いつくばって、肩で息をしていた。彼の両手が土塊《つちくれ》をつかんだ。ううう……とうめきながら、テオは拳で大地を叩いた。何度も、何度も。やがて、力尽きたかのように、仰向けに体を横たえた。

「――兄さん。……フィンセント兄さん……」

ぽつり、ぽつり、テオの口から言葉がこぼれ落ちる。風にかき消されそうになるその声を聞き逃すまいと、重吉は全身を耳にした。

フィンセントが息を引き取るまでのあいだ、母国語で交わされた最後の会話——。

「僕が駆けつけたとき……兄さんの意識はまだしっかりしていた。兄さんは、僕の目をみつめて、言ったんだ。『すまない』と……」

横たわるフィンセントにとりすがって、テオは必死に叫んだ。

——大丈夫だ、僕がなんとかする、絶対に大丈夫だよ。

すると、フィンセントはかすかに笑って、つぶやいた。

——大丈夫だ、なんとかする……君の口ぐせだ……。

君は僕に、思う存分描かせてくれた。大丈夫だと言って……。僕が描けば描くほど、君の負担は増えるだけなのに。

けれど、僕は、応えたかった。描くことで。ほかにはなんにもできないから。

描きながら、たったひとつ、願いを込めたんだ。

——いつか帰ろう。パリへ。

君のもとへ——。

「サン＝レミからパリへ戻ってきた兄さんが、僕ら家族と過ごしたのは、たった三日間だけだった。オーヴェールへ発つ前日、僕の留守中に、兄さんは僕の書斎に入って、僕への手紙を書いた……」

　仰向けに寝転がっていたテオは、体を起こして、膝を抱え、きらめきながら流れていく川面にうつろな視線を投げて、話を続けた。

「その手紙を、こっそり、この鞄に忍ばせようとして……兄さんは、みつけてしまったんだ」

　テオがよく使っている黒革の鞄。

　その中に、書き上がったばかりの手紙を忍ばせようと、フィンセントは鞄の口を開けた。鞄の底に鈍く光る何かがあるのが見えた。

　――まさか……。

　リボルバーだった。取り出してみると、弾が一発だけ装塡されていた。

「僕は、馬鹿だった。兄さんに、この話を聞かされるまで……まったく忘れていたんだ。この鞄に、確かにリボルバーを入れていたんだよ……」

　それは、勤務先のテオの部屋に常備されていた護身用のリボルバーだった。

　二年半まえの年末、喧嘩してフィンセントが行方不明になったことがあった。思い悩んだテオは、フィンセントが帰ってきて話がこじれたりしたら、このリボルバーを自分のこめかみに当てて自殺をするふりをしようと考えた。もちろん、死ぬ気は毛頭なかった。それくらいしなければ、フィンセントは自戒してくれないだろうと思ったのだ。

結局、そんなことをするまでもなく、フィンセントは年が明けてからアルルへと旅立っていった。

テオはリボルバーを鞄に入れたままだった。いつかまた一悶着あったら、おどかしてやろう……と思っていたのだ。が、新しい家族ができて身辺が忙しくなってからは、そんなことはすっかり忘れてしまっていた。

それを、あろうことか、フィンセントがみつけてしまったのだ。

フィンセントは、テオの苦悩の深さを思った。いつ死んでもいい、それほどまでに思い詰めて、テオは日々生きているのだ。彼をそこまで追い詰めたのは誰だ？

――このリボルバーは、僕こそが持つべきものだ。

テオを苦しめているのは自分なのだ。そして、テオを苦しみから解放することができるのも、この自分なのだ――。

フィンセントは、オーヴェールへ旅立つとき、「あの鞄」を貸してほしいとテオに頼んだ。テオは、なんら疑うことなくすんなりと貸してくれた。中に入っているリボルバーのことをすっかり忘れているのだとわかって、フィンセントはほんの少し安心した。

七月の初め、フィンセントはリボルバーを手もとに残し、空になった鞄を返すためにテオに会いにいった。ひょっとしたらリボルバーがなくなっていることに気がついて、咎められるかもしれない。悪戯《いたずら》を仕掛ける少年のような心持ちで、フィンセントは予告なしにテオの勤務先を訪れた。

ところが、突然訪ねてきたフィンセントをテオは冷たくあしらった。鞄を返しても、そこに何が入っていたかということになどちっとも関心がないようだった。

フィンセントの中で、何かが壊れる音がした。

その日から、フィンセントは、テオを苦しみから解放することばかりを考え続けた。万国旗がはためく村役場を描きながら、鳥が舞い飛ぶ麦畑を描きながら、地面に這いつくばる木の根を描きながら、どうすればテオを、ヨーを、幼いフィンセントを幸福にできるだろうかと、そればかりを考え続けていた。

答えはすでに出ていた。——自分がこの世界からいなくなること、それだけが、たったひとつ、彼が弟のためにしてやれることだった。

七月二十七日、日曜日、午後九時。天窓から差し込む光が徐々にその力を失い、小さな部屋の中に薄暮が忍び込んでいた。イーゼルにカンヴァスを載せて「木の根」を仕上げていたフィンセントは、パレットと絵筆を乱暴に床に置いた。ベッドの下に隠しておいたリボルバーを取り出すと、上着のポケットに入れて、部屋を出た。そのまま、足早にオワーズ川へと向かった。

風が強く吹いていた。茜色の夕映えが西の空に燃え残っていた。フィンセントは川沿いのポプラ並木のあいだの小径を進んでいった。そして、呼び止められた子供のように、突然立ち止まると、いま来た道を振り返った。

川上の空に夕映えが吸い込まれていく。太陽が沈んでいく、終わりゆく空。

フィンセントは、ポケットからリボルバーを取り出した。震える手で、それを左脇腹に当てた。引き金を引こうとしたが、どうしてもできない。——どうしたんだ？　なぜひと思いにやらない？　さあ、やれ。勇気があるなら。

自由にしてやるんだ。——テオを。

パン、と短く乾いた銃声が響き渡った。と同時に、ザアアッ、とポプラ並木を騒がせて突風が通り過ぎた。

左脇腹に焼けるような激痛が走った。またたくまにどす黒い血が脇腹から流れ出した。フィンセントは、よろめきながら川べりへ下りていった。リボルバーを川に放り込むと、自分の身も投じようとした。

が、そのとき。

——兄さん。

風に乗って、どこからともなく呼びかける声が聞こえた。なつかしい声が。

――兄さん、あなたは、自分の道をみつけたんだ。あなたの乗った馬車は揺るぎない。信じて進んでいけばいい。僕は喜んで御者になるよ。

行こう、兄さん。この道を、一緒に。――どこまでも。

――テオ……とフィンセントは、声に出して弟の名を呼んだ。激痛の炎が燃え上がり、恐ろしいほど血が流れ出る脇腹を震える両手で押さえながら。

――テオ。

テオ……テオ。

テオ……！

なんてことだ。僕は……僕はもう二度と君に会えないのか？

なぜこうしなければならなかったのか……伝えることもなく。

ああ、神よ。できることならば……もう一度、もういちど……会わせてください。

私の弟に――私の半身に。

もう……いちど……だけ……。

フィンセントの最後の願いは聞き届けられた。

テオは、間に合った。兄と弟は、固く手を握り合い、魂を通わせ合った。

夜半の空に、澄み切った満月が昇っていた。小さな屋根裏部屋の窓を濡らして月光が差し込んでいた。

——兄さん。

いつかあなたの展覧会を開こう。大きな美術館で、世界中からあなたの絵を見るために、たくさんの人が押し寄せるはずだ。

あなたの絵は、海を渡って、遠くまで旅をする。きっと日本までも。

そうだ。——あなたの絵は、日本でも紹介されて、数え切れないほど多くの人々が感銘を受けるんだ。

その日を一緒に迎えよう。

あなたと一緒に、僕はどこまでも行く。僕たちは、いつまでも、どこまでも一緒だ。

約束だよ。

フィンセントの耳もとで、テオは、オランダ語でささやき続けた。フィンセントは、ひとつ、うなずくと、

——このまま死ねたら……いいな……。

そうつぶやいて、深く、ゆっくりと息を吸った。それが、フィンセントの三十七年間の人生で最後の呼吸となった。

ポプラ並木の道の端に、テオと重吉は、並んで膝を抱えていた。

「……君に見せたいものがある」

そう言うと、重吉は、ポケットから紙片を取り出し、テオに差し出した。

「形見分けにもらったこの絵の裏の……カンヴァスの木枠に、挟んであったんだ」

紙片を受け取ると、テオはそれに視線を落とした。

なつかしい文字。——何通も、何百通も、送り続けられてきた、フィンセントの手紙だった。


率直に言おう。僕らは、ただ、絵を通すことによってのみ、何かを語ることができると。

そうだとしても、テオ、僕がいつも君に語り続けてきたことを、いま、もう一度言おう。

君は、単なる画商なんかじゃない。僕を通して、君もまた、絵の一部を描いているんだよ。

だからこそ、どんなに苦しいときでも、僕の絵はしっかり定まっているんだ。


ひと文字、ひと文字、愛おしみながら、テオはフィンセントからの最後の手紙を読んだ。

ちょっと癖のある文字。正確できれいなフランス語。言いたいことがいっぱいあるんだ、と急いで語りかけてくる、素早い筆跡。

あんなに強く吹いていた風は、いつのまにか止んでいた。オワーズ川は、西日を弾いてきらめきながら流れていた。

汽車の時間が近づいていた。それでも、重吉がテオを急《せ》かすことはなかった。

テオは、まもなく立ち上がる。――自分の足で。

幾すじもの涙が頬を伝って落ちた。テオは、声を放って泣いた。

遠い昔、ふるさとを去っていく兄の背中をどこまでも追いかけた、あの頃のように。

一八九一年　二月三日　パリ　二区　ヴィクトワール通り

夜半から吹き続けていた北風がふいに途絶え、冷たく凍った夕焼けが冴えざえと西の空に広がっていた。

その日、林忠正の店を最後に訪ったのは、喪服に身を包んだヨハンナと、一歳になったばかりの彼女の息子、フィンセント・ウィレムだった。

ちょうどロンドン出張から戻ったばかりの忠正に、重吉がここ数日の出来事を報告しているところだった。忠正はもうしばらくロンドンに滞在予定だったのだが、重吉からの電報を受けて、急遽パリへ戻ってきたのだ。

忠正の社長室でふたりは話し込んでいた。テーブルの上には、角のカフェから出前でとったコーヒーが銀のトレイに載せられて置いてあったが、口をつけられないまますっかり冷めてしまっていた。

ドアをノックする音がして、助手のジュリアンが顔をのぞかせた。

「マダム・ファン・ゴッホがお見えになりました。お約束はないとのことですが……」

忠正と重吉は顔を見合わせた。ふたりは立ち上がると、応接間へと足早に向かった。

ヨーは長椅子に座らずに、西日が差し込む窓辺に佇んでいた。幼いフィンセント・ウィレムが、母にぴったりと寄り添い、黒いドレスのスカートをしっかりと握っていた。

「……ヨー」

呼びかけたのは、忠正だった。それまでは、いかに親しくなろうとも「マダム・ファン・ゴッホ」と礼儀正しく呼びかけていたのだが、彼女を名前で呼んだのはそれが初めてのことだった。

ヨーはかすかに笑みを浮かべた。いまにも泣き出しそうな、はかなげな微笑だった。

「今回のことは、なんと申し上げたらよいのか……あまりにも突然で……」

言葉を選びながら、忠正が言った。ヨーは努めて気丈に応えた。

「はい、今日は、そのこと……主人のことで、ご報告に上がりました……」

そして、目に涙をいっぱいに浮かべながら、震える声で告げた。

「一月二十五日、主人のテオは、入院先のユトレヒトの精神科病院で……神に召されました」

忠正と重吉は、瞬きもせずにヨーをみつめていた。ヨーは、まっすぐに顔を上げたままで言葉を続けた。

「今年になってから、ずっと状態が芳しくないとわかっていました。けれど、亡くなるまえの晩に、容態が急変したようで……私は、彼の最期に……間に合いませんでした……」

そこまでなんとか言うと、見る見るうちに顔がくしゃくしゃになった。

「……わ、私……わたし……あの人を、ひとりで……逝かせてしまった……」

うっ、うっ……とのどを鳴らして泣き出した。フィンセント・ウィレムは、あどけない顔で母を見上げていたが、ヨーにつられたのか、火がついたように泣き出した。

「大丈夫ですよ、ヨー。……大丈夫だ。さあ、こちらへ」

忠正はやさしく言って、ヨーの肩を抱き、そっと長椅子に座らせた。重吉は、泣きじゃくる幼子をかかえ上げて、ぎゅっと抱きしめた。

――テオ……！

重吉は、胸の中で友の名を呼んだ。それだけで、息もできないほどのせつなさが込み上げた。

テオ。――テオ。

君は、君は……。

ほんとうに……死んでしまったのか？

愛する人を遺して。まだほんの一歳《ひとつ》になったばかりのこの子を遺して。

君は、君の半身だった兄さんのもとへ……天国のフィンセントのもとへ旅立ってしまったのか……？

テオの最期に間に合わなかったと、ヨーは言った。重吉もまた、同じだった。

テオが他界した翌日にオランダのユトレヒトに駆けつけたヨーから訃報が届いて、ようやく知ったのだ。二度と再び、友に会えなくなってしまったことを。

両手で顔を覆ってすすり泣くヨーの隣に座って、忠正は静かに彼女の肩を抱いていた。そうして、涙が通り過ぎるのを辛抱強く待った。

思いの丈泣いてしまってから、ヨーは大きく息をついた。そして、ごめんなさい、とつぶやいて、指先で涙をぬぐった。

「泣けなかったんです、ずっと。……信じられなくて。あまりにもあっけなく……あの人がいなくなってしまって……それで……」

「いいんですよ」と忠正がおだやかに言った。

「涙に言い訳など要りません」

ヨーの目に新しい涙があふれた。彼女はまた、ひとしきり泣いた。今度は声を放って。

どんなに泣いても、もう還ってはこない。

わずか半年のあいだに、ヨーは立て続けに大切な人をふたり、亡くした。——重吉もまた、同じだった。

フィンセント・ファン・ゴッホ。享年三十七。

テオドルス・ファン・ゴッホ。享年三十三。

それぞれが細くはかない糸だった兄と弟は、結び合って強くなり、互いの存在に励まされ合って生き延びてきた。

けれど、決してほどけないはずの結び目が、ふいにほどけた。フィンセントの自死によって。

テオは、切れかけた糸をたぐった。死に物狂いで。

そして、とうとう、もう一度、ふたりは結びついたのだ。——テオの死によって。

窓から差し込む西日が、涙にむせぶヨーと、そのはかない肩を静かに抱いてなだめる忠正の影を長く引き伸ばしている。

——悲しみも、苦しみも、やるせなさも、すべて涙の川に流してしまえばいい。

ふたりの姿をみつめながら、重吉もまた、涙を流していた。

泣き疲れた幼いフィンセントは、いつしか重吉の腕の中でやすらかな寝息を立てて眠っていた。

その眠りを妨げぬように。――幼子が夢からさめぬように。

重吉は、腕の中にフィンセントをいつまでもあたたかく抱いていた。二度とふたたび会えなくなってしまった父の代わりに。――伯父の代わりに。

一八九一年　五月中旬　パリ　九区　ピガール通り

大通りの菩提樹の並木道を緑風が吹き抜けてゆく。日いちにちと日足が延び、カフェのテラス席では終わらない初夏の宵に繰り出した人々が、思い思いに楽しんでいる。

二頭立ての馬車がピガール通りのアパルトマンの前で停まった。車《キャリッジ》の中から重吉が、続いて忠正が降り立った。重吉は細長い油紙の包みを小脇に抱えている。ふたりはアパルトマンの螺旋階段を四階まで上っていき、黒いペンキのドアをノックした。

ドアが開いて、フィンセント・ウィレムを抱いたヨーが顔をのぞかせた。

「ようこそ、ムッシュウ・アヤシ、シゲさん。お待ちしていました」

忠正はヨーの手を取ると甲にくちづけをした。

「こんにちは、ヨー。お招きに感謝いたします」

それから、幼子の頬をやわらかくくすぐった。

「やあ、大きくなったね。お父さんによく似たやさしい目をしている」

ヨーはやわらかく微笑んだ。

「どうぞ、中へ。引越しの準備が済んだので、殺風景ですけれど……」

ふたりは客間へと入っていった。長椅子とテーブルが残されていたが、がらんとしている。壁を埋め尽くしていたフィンセントの絵は、もう一枚も残されていなかった。

「すっかり片付きましたね」頭を巡らせて重吉が言った。「全部、あなたおひとりで？」

「近くに住んでいる兄夫婦が手伝ってくれましたが……フィンセントの絵は、全部、私が梱包しました」

はにかみ笑いをして、ヨーが答えた。そして、テオが生前、フィンセントの絵を梱包したり解いたりするのを手伝っていたので要領を覚えていたのだと言い添えた。


テオが他界して三ヶ月が経過していた。

当初は、ようやく一歳になったばかりの幼子を抱えて、このさきいったいどうしたらいいかと途方に暮れていたヨーだったが、少しずつ、ほんとうに少しずつ、前を向いて歩き始めていた。

ひとりになった彼女を支えたのは、兄夫婦、テオが支援しテオを尊敬していた画家たち、そして忠正と重吉だった。

テオは、最愛の兄が他界したあと、半年も経たないうちに、フィンセントの後を追うようにして逝ってしまった。

もともと抱えていた慢性腎炎が悪化したのが直接的な原因だったが、秋が深まる頃に鬱の症状が深刻になり、仕事が続けられなくなってしまった。かくなる上は身内の近くで治療に専念させようと、離れがたい思いを封じて、ヨーは夫をオランダのユトレヒトにある精神科病院に入院させた。しかし、病状は改善を見せず、我が子が一歳の誕生日を迎える直前に、家族の誰にも看取られずに息を引き取った。

昨夏、日本に帰国中だった忠正は、発足間もない「明治美術会」――国内外の最新の西洋美術を紹介、展示する団体――を支援したり、独立まもない「林商会」で販売する美術品を集めたり、息をつく間もなく忙しくしている最中に、重吉からフィンセント逝去の報を受けた。そして、晩秋にパリへ戻ったところ、今度はテオがユトレヒトの病院に入院したと聞かされ、険しい表情を隠さなかった。

忠正は、すぐに重吉とともにオーヴェール゠シュル゠オワーズに赴き、フィンセントの墓参をした。葬儀のときに弔鐘が鳴らなかったと聞かされて、憤った彼は、正午ぴったりに墓の前に到着すると、昼を報せる教会の鐘が鳴り響く中で、深く頭を垂れた。鐘が鳴り終わっても、なかなか頭を上げなかった。フィンセントの魂と会話をしているのだ――と重吉は察した。

忠正はまた、入院中のテオに何通もの手紙を書いた。短い手紙――負担にならぬよう、よき気分転換になるようにと、流麗な文字を綴り、浮世絵の載った雑誌や絵入りの本などとともに――をこまめに送った。が、結局、テオからの返事が忠正に届けられることはなかった。

フィンセントとテオ、このたぐいまれな兄弟を見守り続けた忠正だったが、彼らの人生が幕を下ろす瞬間に立ち会うことはかなわなかった。

それについて、忠正は誰にも何も言いはしなかった。ただ淡々と、いつもと変わらず、為すべきことを為し、仕事を続けていた。

一方、重吉は、心にぽっかりと空いてしまった穴をなかなか埋められずにいた。それでも彼がたゆまずに仕事を続けることができたのは、忠正がそうしていたからだ。

「林商会」は重要な局面を迎えていた。昨春には競合相手のノルデールが国立美術学校《エコール・デ・ボザール》で大規模な浮世絵展を成功させて、一気に時の人となっていた。同時に、浮世絵の人気がいよいよ爆発していた。この商機を逃してはならぬと、忠正も重吉も東奔西走していた。

そんな中で、忠正は、ひとりきりになってしまったヨーを励まし、フィンセントの作品の相続をいっさい引き受けるように進言した。ファン・ゴッホ家の誰も――たとえ母親であってもフィンセントの絵の価値を理解していないはずだから。

――フィンセントの絵を理解し、受け入れていたのは、テオただひとりです。そしていまは、ヨー、あなたがただひとり、彼の作品を理解し、継承する役目があるのです。

ヨーはすぐに動いた。フィンセントの絵を私に任せてください、と勇気を持ってファン・ゴッホ家に申し入れた。そして、フィンセントの作品だけでなく、テオの闘いも自分が引き継ぐと宣言した。

ファン・ゴッホ家の誰もが、幼子を抱えて寡婦となったヨーを憐れんで、そして実際のところフィンセントの絵の価値を認めることができなかったがゆえに、ヨーにフィンセントの作品の相続を認めた。

数え切れないほどの絵をヨーは引き取った。その一点一点には、題名と制作年、制作場所のラベルが付けられていた。その作業のすべては、亡き夫がやりきったのだった。

印象派の画家たちがようやく認められたパリ画壇ではあったが、ヨーにはひとかけらの縁もなかった。展覧会も開けない、画廊もついていない、絵が売れるあてもない。パリにこれ以上いるのは意味がなかった。彼女は故国へ帰る決意を固めた。

——オランダへ帰ろうと思います。

春が訪れた頃、ヨーは忠正に相談した。正しい選択でしょうか？　と。

忠正は、すぐにはうなずかなかった。が、やがて、ヨーをまっすぐにみつめると、やってみてください、と力強く言った。

——まずは母国で認められるよう、努力なさってください。それから、この街へ……パリへ帰ってきてください。

いまではない。けれど、いつか必ず、フィンセントの絵はこの街で……いや、世界で認められる日がくるはずです。

私とシゲも、この街で闘いながら、その日を待っています。

「実は、今日、あなたにお渡ししたいものがあって……持ってきました」

引越しの準備が整い、がらんとした客間で、重吉がヨーに告げた。

「まあ、なんでしょう」フィンセント・ウィレムをあやしながら、ヨーが応えた。

重吉は、小脇に抱えていた包みをテーブルの上に置いた。ていねいに油紙を解く。中から現れたのは、あの「木の根」の絵だった。

「フィンセントの告別式の日……彼の部屋に遺されていたこの作品を、テオが僕にくれたんです。形見分けだと言って。……けれど、これはどうやらフィンセントの遺作らしい。そんな大切な作品を、僕が持っているわけにはいきません」

ヨーは、うるんだまなざしをじっとカンヴァスに注いだ。しばらくして、彼女はごく控えめな声で言った。

「いいえ。どうかあなたがお持ちになって……日本へ持ち帰っていただけませんか」

重吉は、戸惑いの浮かんだ目を忠正に向けた。忠正もまた、カンヴァスをみつめていたが、

「――いまではないのです」

ひと言、言った。はっきりと。

「日本は、西洋画の面白さにようやく目覚めたばかりです。西洋画といっても、画壇のお偉方が描く古典絵画の手本のような絵だ。フィンセントのような、まったく新しい絵画を理解するには、もうしばらく時間がかかるでしょう」

自分で価値を見出すことはせず、むしろ他人が価値を認めたものを容認する、それが日本人の特性だ。だから、フランスなりイギリスなりアメリカなり、日本以外の国で認められた芸術を、彼らは歓迎するのだ。

「なぜそんなことがわかるのかと、あなたは問うかもしれません。しかし、私は、よくわかっているのです。なぜなら……浮世絵がそうだったから」

忠正は、静かに言った。悟り得た表情で。

「ついこのまえまでは、日本人にとって浮世絵は茶碗を包む紙に過ぎなかったのです。それがどうだ、パリで認められたとわかったとたん、彼らは私を責めるようになった。――日本の貴重な美術品を海外で売りさばく、お前は……『国賊』だと」

ヨーは口もとを強張らせた。ふっと笑って、「いいのです。なんと呼ばれようと」と、忠正は言い添えた。

「日本の美術は、新しい芸術家たちに……フィンセント・ファン・ゴッホに、光明を投げかけたのだから。——私は、そのことを誇りに思います」

幼子を抱きかかえたままで、ヨーは、黙って「木の根」をみつめていた。そのまなじりから、涙がひと筋、伝って落ちた。

幼いフィンセントが、母の濡れた頬に紅葉《もみじ》のような手を当てた。泣かないで——とでも言うかのように。


西の空を薔薇色に染め上げて、夕日が音もなく街並みの彼方に吸い込まれていく。

ヨーを訪問した帰り道、「ちょっと歩かないか」と忠正が言って、忠正と重吉はコメディ・フランセーズの前で馬車を降りた。

劇場前の五叉路に立つと、北西にガルニエ宮が、南東にルーブル宮が眺め渡せる。

壮大なルーブルには、皇帝ナポレオン一世によって世界の各地から収集された美術品の数数が展示されている。いちにちいても見切れないし、飽きることもない。

重吉は、パリへやって来てすぐの頃、ルーブルへ行って勉強してこいと忠正に言われ、何時間も館内で過ごした。最初はぽかんとグラン・ギャラリーの天井画を見上げるばかりだったが、次第にひとつひとつの展示品に心を奪われるようになり、いつまでも、どこまでも、美の森に迷い込むように、コレクションを追いかけていった。

どんな画家も、ここに来れば、まずはあっけにとられる。そして、次第に慣れてくると、夢をみ始める。いつか自分の作品がこの美術館の壁を飾る日がくる夢を。

それがどんなに難しいことか、誰にだってわかる。けれど、その日を夢みない画家は、画家ではない。

ふたりはルーブル宮の前の広場を通り過ぎ、アーチをくぐった。目の前がぱっと開けて、そこにセーヌ川が現れる。

キャルーセル橋を忙《せわ》しく行き交う何台もの馬車。川向こうの左岸には瀟洒なアパルトマンが建ち並び、その先にエッフェル塔が夕空を背景に立ち尽くしているのが見える。

「……不思議なものですね」

橋の中ほどに佇んで、暮れなずむ空のさなかにぽつんと浮かび上がっているエッフェル塔を眺めながら、重吉が独り言のようにつぶやいた。

「あの塔、できたばかりの頃は、鉄骨が醜いとか風景が汚されるとか、散々市民に悪態をつかれていたのに、いまじゃもう、あれがなかった頃の風景を思い出せないくらいだ」

「そういうものさ。パリという街は」

　忠正が、応えて言った。

「見たことがないものが出てくると、初めのうちは戸惑う。なんだかんだと文句を言う。けれどそのうちに、受け止める」

　浮世絵も、印象派も、そうだった。

　きっと、いつか、そうなるのだろう。……フィンセント・ファン・ゴッホも。そして、林忠正も。

　重吉は、心のうちに念じた。

　そうなればいい。いつかきっと、そうなるように。

　残陽が光の帯を引いて、川向こうに落ちていく。ずっと遠くの空で、宵の明星が輝き始める。

　橋の中ほどに佇むふたりの影が、宵闇に沈んでいく。セーヌは滔々と、とどまることを知らず、橋の下を流れ続けている。

解説――『たゆたえども沈まず』FLUCTUAT NEC MERGITUR　随想

圀府寺　司

「いいなあ！……話が作れて……」

原田マハさんが会いに来てくださった時、私は思わずこうもらしてしまった。三、四年前になるだろうか、当時私は日本三都市とアムステルダムを巡回する『ファン・ゴッホと日本』展の準備をしながら、オーヴェールでファン・ゴッホと接触のあった無名画家Ｅ・Ｗ・ブルックについていて、雲を摑むような調査を悶々と何年も続けていた。イギリス国籍、オーストラリア生まれ、横浜育ちで、パリに絵画留学したらしい人物。亡くなった場所も年も不明。この画家の墓を外国に探し続け、先祖探しサイトで一族の子孫を見つけ出し、二年がかりでやっと墓の場所を探り当てた。その無縁墓は私の自宅から車でわずか三十分の神戸市立外国人墓地にあった。しかし、喜んだのも束の間、ブルックは横浜で関東大震災に遭い、焼け出されて着のみ着のままで神戸に逃れ、そこでひっそりと余生を終えていたことがわかった。ファン・ゴッホとの繫《つな》がりを示すまとまった遺品を発見するという望みは絶望的になった。原田さんの『たゆたえども沈まず』を読んだのは、ちょうどその頃だった。

ひたすら歴史の穴掘りをしていた私にとって、それは驚天動地の世界だった……。ファン・ゴッホの死後、弟テオに林忠正が宛てたという架空の手紙がそこには「存在」する。それがテオの息子の手からセーヌ川の支流にひらひらと落ちて、「いつまでも沈まずに、たゆたいながら遠く離れていった」のだという……。さらに読み進めると、想像上の出来事が次から次に現れる。「特定のモデルの存在しない架空の人物」も現れた。いや、フィクションなのだから当然のことだが、当時の私にはそれがかぎりなく妬ましく思えた。

『たゆたえども沈まず』の主要人物は画商、林忠正、その弟子にあたる架空の人物、加納重吉、そして画家ファン・ゴッホとその弟テオである。林忠正とファン・ゴッホ兄弟が同じ時期にパリにいたことはまちがいない。しかし、彼らが接触していたことを示す証拠はこれまで知られていない。ファン・ゴッホの手紙に林の名前は現れないし、現存するテオの住所録にも林の名前はない。しかし、狭いパリ美術界のこと、彼らがパリ市内の通りですれ違っていたとしても、あるいは挨拶ぐらいする仲になっていたとしても決して不思議ではない。フアン・ゴッホがパリ時代に描いた楕円形の板絵の静物画二枚の裏面には「起立工商会社《きりゅうこうしょうかいしゃ》」の文字が書かれている。日本美術輸出のために設立され、林も一時働いていた会社の名である。これらの板は一八七八年パリ万博で起立工商会社の展示室に掲げられていた看板と同じもので、ファン・ゴッホがどのようにしてこれらを手に入れたかはわかっていない。林とファン・ゴッホとの距離をすこし縮める物証にはちがいないが、歴史家としては二人の接点の証《あかし》とまでは断言できない。

　原田さんはこの小説に加納重吉という架空の人物を挿入し、歴史的には疎遠な四人の関係をきわめて濃密なものにしてしまった。なんと重吉はファン・ゴッホ兄弟の知り合いどころか、テオが「心の支えにしている友人」になり、「耳切り事件」の直後にはアルルの病院にフィンセントを見舞い、南仏から汽車でパリに戻ったフィンセントを駅で出迎え、フィンセントの葬式にも出ている。林もファン・ゴッホ兄弟、絵具商タンギー爺さん、テオの妻ヨーとすっかり懇意になってしまった。なんとフィンセントにアルル行きを勧めたのも林ということになっている。「事実」に縛られている歴史家としては、これだけでもう目眩《めまい》が止まらない。

　もちろん歴史家として反撃のつっこみを入れたくなる箇所はある。たとえば、ファン・ゴッホ兄弟との関わりが確実な画商ビングをモデルにしたと思しき人物フレデリック・ノルデールが、商売敵の林の店を訪れる場面である。ノルデールはみずからが企画した一八九〇年の大浮世絵展に林のコレクションからも出展してくれるよう林に横柄な態度で協力依頼に来る。その無礼さに激怒した林はノルデールに、頼むなら土下座しろと言い、今度はノルデールが怒って出て行くという場面である。しかし、この浮世絵展のカタログ二冊の中には、林からの出品作品が北斎や歌麿など計十五点は入っている。出展作品総数が千数百あるこの大展覧会のなかではごく一部にすぎないが、それでも林がこの浮世絵展に協力していたことはまちがいない（あるいはふたりはけんかの後、原田さんのいないところで自分の大人気《おとなげ》なさを恥じてすこし歩み寄ったのかもしれない）。

実は、ビングは私自身の現在の研究対象のひとりでもある。ファン・ゴッホ兄弟が集めた浮世絵のほとんどはビングから入手したものだったし、ファン・ゴッホが膨大な数の浮世絵を研究できたのも、ビングが店の屋根裏部屋で浮世絵の在庫品を自由に見せてくれたおかげだった。林とビングはもちろん知り合いだったが、商売敵でもあり、別件で関係が険悪になったことはある。浮世絵展がらみの派手なけんかはなかったとしても、「いさかい」は現実にあった。それに、この小説が「日本」と「ファン・ゴッホ」の、あるいは「日本」と「フランス」のラブ・ストーリーだとすれば、物語上、ドイツ出身のユダヤ系画商ノルデールに「敵」になってもらう必然性はある。

私自身はファン・ゴッホ研究だけでなく、ファン・ゴッホの受容史、神話化の研究もしてきた。ファン・ゴッホの伝記映画などもほとんど見ている。その結果、不幸にもファン・ゴッホにまつわるフィクションを純粋に楽しむことはできなくなってしまった。「事実」や研究史に関する知識、「神話化」の分析癖が邪魔するからである。あるファン・ゴッホ映画を見た美術館学芸員が「ラストで泣けてきました」と言ったのを聞いた時も、「ああそうか、泣けるのか……」と別の意味ですこし悲しくなった。

そもそも私の研究者としての出発点は、近代以降の日本人が作り出した「ゴッホ」というフィクションを捨てることから始まっている。オランダに留学し、アムステルダム大学の同級生がテオのひ孫ヨジンと結婚して、ファン・ゴッホの血を引く人たちと親交をもつようになった。身近に生身のファン・ゴッホさん達がいて、通りで出会えば握手をし、頬を合わせる。ファン・ゴッホ美術館などで画家の遺品にも日常的に触れるような年月を過ごすうちに、「ゴッホ」という従来の物語は、少なくとも私のものではなくなっていた。今年出版予定の新しいファン・ゴッホ書簡集の翻訳でも、旧訳で行間や言葉の端々に滲み出ていた「ゴッホ」の人格的色付けは避けるように努めた。

原田さんは美術史学を学んだ作家である。この小説でファン・ゴッホのパリ時代を中心に物語が展開するのは、もちろんパリ以外の場所で林や重吉とファン・ゴッホ兄弟とを絡めるのは難しいからだが、同時に美術史家としての眼を備えていればこその選択でもある。ファン・ゴッホのアルル時代には多くの手紙が書かれていて、フィクション作家の入り込む余地がほとんどないぐらい日々の出来事が克明にわかっている。しかし、パリ時代、ファン・ゴッホ兄弟は同居していてフィンセントはテオに手紙を書く必要がなかったため、さほど詳細な記録はない。他の時代と比べて歴史の空白部分が多く、今後、美術史家もこの時代の出来事を詳細に知ることはおそらく難しい。つまりフィクションの入り込む余地が大きいということである。そこを原田さんはうまく突いている。歴史家として「ああ、そう来たか」と思うところは随所にあり、全編にわたって物語の細部に至るまで、歴史的事実をよくおさえていることがわかる。将来も事実との明白な齟齬が指摘されそうな部分はわずかしかない。そのような歴史的検証をした上で、架空の人物や出来事を巧みに挿入し、物語としての「真実らしさ」(vraisemblance)を作り出している。

ところで、ファン・ゴッホ兄弟、林忠正、重吉の四人を中心に展開するこの小説は、どのようなタイプの物語《ナラティヴ》なのだろうか。そう考えた時に脳裏に浮かんだのは黒澤明監督がファン・ゴッホ没後百年の1990年に公開した映画『夢』の中の五番目のエピソード『鴉』だった。寺尾聰が演じる主人公の日本人「私」がファン・ゴッホの絵《跳ね橋》の中に入り込んで、アルルの風景の中を画家ファン・ゴッホを探しながら彷徨《さまよ》う。やっと映画監督のマーティン・スコセッシ演じる画家ファン・ゴッホを見つけた「私」は画家本人から直接絵画制作への助言を受ける。その後、ふたたびファン・ゴッホを見失った「私」は様々な絵の中を彷徨いながら、《鴉の群れ飛ぶ麦畑》の場面で地平線に姿を消していくファン・ゴッホを見送ることになる。

この映画も『たゆたえども沈まず』も、ファン・ゴッホと日本人の絆をフィクションに創り上げた物語である。実在のファン・ゴッホは日本人を理想化し、そのすこし後の時代の実在の日本人もファン・ゴッホを理想化した。歴史上、いわば「誤解」による相思相愛関係にあった両者の絆を、『鴉』と『たゆたえども沈まず』はフィクション上でさらに強めている。『鴉』の中の「私」はわずかな時間しか画家と接することができなかったが、『たゆたえども沈まず』の中の重吉や林はファン・ゴッホ兄弟の人生に寄り添い、さらに深く関わる存在になった。それだけではない。『鴉』のエピソードが、かつて「ファン・ゴッホ」を理想化した近代日本人とも、そしておそらくは黒澤自身の自伝とも重なり合っているように、原田さんの小説も、林をはじめとする日本人とパリを、そしておそらくは原田さん自身とセーヌ川を重ね合わせる物語にもなっているように思えた。この小説のタイトルに林やファン・ゴッホを匂わせる言葉が一切なく、ただ、FLUCTUAT NEC MERGITURとなっているのはそれ故だろうか。この先は歴史家の私にはわからない。ただ、「セーヌ」がこの小説にさりげなく、歴史的根拠なしに挿入されていることだけはまちがいない事実のように思われた。

――大阪大学教授・美術史家

〈主な参考文献〉

『テオ　もうひとりのゴッホ』マリー＝アンジェリーク・オザンヌ／フレデリック・ド・ジョード　伊勢英子／伊勢京子訳　平凡社　二〇〇七年
『小林秀雄全作品　第20集　ゴッホの手紙』小林秀雄　新潮社　二〇〇四年
『ゴッホの手紙 上 ベルナール宛』エミル・ベルナール編　硲 伊之助訳　岩波文庫　一九五五年
『ゴッホの手紙 中 テオドル宛』J・v・ゴッホ－ボンゲル編　硲 伊之助訳　岩波文庫　一九六一年
『ゴッホの手紙 下 テオドル宛』J・v・ゴッホ－ボンゲル編　硲 伊之助訳　岩波文庫　一九七〇年
『ゴッホの手紙 絵と魂の日記』H・アンナ・スー編　千足伸行監訳　冨田 章／藤島美菜訳　西村書店　二〇一二年
『ゴッホ――日本の夢に懸けた芸術家』圀府寺 司　角川文庫　二〇一〇年
『「ゴッホの夢」美術館――ポスト印象派の時代と日本』圀府寺 司　小学館　二〇一三年
『ゴッホが愛した浮世絵　美しきニッポンの夢』NHK取材班　日本放送出版協会　一九八八年
『炎の人ゴッホ』アーヴィング・ストーン　新庄哲夫訳　中公文庫　一九九〇年
『ふたりのゴッホ　ゴッホと賢治37年の心の軌跡』伊勢英子　新潮社　二〇〇五年
『画商　林忠正』定塚武敏　北日本出版社　一九七二年

『海を渡る浮世絵—林 忠正の生涯—』定塚武敏 美術公論社 一九八一年
『林忠正 ジャポニスムと文化交流』林忠正シンポジウム実行委員会編 ブリュッケ 二〇〇七年
『林忠正宛書簡・資料集』木々康子編 高頭麻子訳 信山社 二〇〇三年
『林 忠正――浮世絵を越えて日本美術のすべてを――』木々康子 ミネルヴァ書房 二〇〇九年
『陽が昇るとき』木々康子 筑摩書房 一九八四年
『ジャポニスム 幻想の日本』馬渕明子 ブリュッケ 一九九七年
『美のヤヌス テオフィール・トレと19世紀美術批評』馬渕明子 スカイドア 一九九二年
『ジャポニスム入門』ジャポニスム学会編 思文閣出版 二〇〇〇年
『ジャポニスムからアール・ヌーヴォーへ』由水常雄 中公文庫 一九九四年
『パリ時間旅行』鹿島 茂 中公文庫 一九九九年
『パリ五段活用 時間の迷宮都市を歩く』鹿島 茂 中公文庫 二〇〇三年
『文学的パリガイド』鹿島 茂 NHK出版 二〇〇四年
『新版 馬車が買いたい!』鹿島 茂 白水社 二〇〇九年
『パリの日本人』鹿島 茂 新潮選書 二〇〇九年
『失われたパリの復元 バルザックの時代の街を歩く』鹿島 茂 新潮社 二〇一七年
『ハウス・オブ・ヤマナカ 東洋の至宝を欧米に売った美術商』朽木ゆり子 新潮社 二〇一一年
『日本人にとって美しさとは何か』高階秀爾 筑摩書房 二〇一五年

『増補　日本美術を見る眼　東と西の出会い』高階秀爾　岩波現代文庫　二〇〇九年
『絵画の黄昏　エドゥアール・マネ没後の闘争』稲賀繁美　名古屋大学出版会　一九九七年
『西洋名画の読み方5　印象派』ジェームズ・H・ルービン　神原正明監修　内藤憲吾訳　創元社　二〇一六年
『パリとノルマンディー　印象派を巡る旅ガイド』ミチコ・オノ・アムスデン／マイケル・B・ドハティ　メディアファクトリー　二〇一二年
『フランス絵画と浮世絵―東西文化の架け橋　林忠正の眼―展』図録　高岡市美術館／ふくやま美術館／茨城県近代美術館　一九九六年―一九九七年
『クレラー＝ミュラー美術館所蔵　ゴッホ展』図録　木島俊介監修　Bunkamura ザ・ミュージアム／福岡市美術館　一九九九年―二〇〇〇年
『印象派を超えて　点描の画家たち　ゴッホ、スーラからモンドリアンまで』図録　国立新美術館／広島県立美術館／愛知県美術館　二〇一三年―二〇一四年
『フランス印象派の陶磁器　1866-1886　ジャポニスムの成熟』図録　ロラン・ダルビス監修　滋賀県立陶芸の森　陶芸館／山口県立萩美術館・浦上記念館／岡山県立美術館／パナソニック　汐留ミュージアム／岐阜県現代陶芸美術館　二〇一三年―二〇一四年
『大浮世絵展』図録　江戸東京博物館／名古屋市博物館／山口県立美術館　二〇一四年
『夢見るフランス絵画　印象派からエコール・ド・パリへ』図録　千足伸行監修　兵庫県立美術館／

Bunkamura ザ・ミュージアム／北海道立近代美術館／宇都宮美術館　二〇一四年－二〇一五年
『常設展　高岡ものがたり』図録　高岡市立博物館　二〇〇八年
『芸術新潮　特集　もっと素敵にジャポニスム』新潮社　二〇一四年七月号
Vincent Van Gogh à Auvers, Wouter Van der Veen / Peter Knapp, Chêne, 2009
Le grand atlas de Van Gogh, Nienke Denekamp / René Van Blerk, Rubinstein / Van Gogh Museum, 2015
Japonisme and the Rise of the Modern Art Movement:The Arts of the Meiji Period, Gregory Irvine, Thames & Hudson, 2013
La collection d'estampes Japonaises de Claude Monet, Geneviève Aitken / Marianne Delafond, Fondation Claude Monet-Giverny, 2003

協力（敬称略）

馬渕明子
圀府寺司
牧口千夏

Geneviève Lacambre
Hans Ito

エスパス・ヴァン・ゴッホ（アルル）
サン・ポール・ド・モゾル修道院
（サン・レミ・ド・プロヴァンス）
ラヴー食堂（オーヴェール＝シュル＝オワーズ）
ゴッホ美術館（アムステルダム）
高岡市美術館（富山）
パリ市

Acknowledgements

Akiko Mabuchi
Director General, The National Museum of Western Art, Tokyo
Tsukasa Kohdera
Professor, Osaka University , Osaka
Chinatsu Makiguchi
Associate Curator, The National Museum of Modern Art, Kyoto

Geneviève Lacambre, Paris
Hans Ito, Paris

Espace Van Gogh, Arles
Saint-Paul de Mausole, Saint-Ramy de Provence
Auberge Ravoux, Auvers-sur-Oise
Van Gogh Museum, Amsterdam
Takaoka Art Museum, Takaoka, Toyama

Mairie de Paris

この作品は史実をもとにしたフィクションです。
架空の人物に特定のモデルは存在しません。

P378　10行目－16行目、P418　10行目－13行目のフィンセントの手紙の文章は、『小林秀雄全作品　第20集　ゴッホの手紙』小林秀雄著（新潮社刊）より引用しています。

この作品は二〇一七年十月小社より刊行されたものです。

幻冬舎文庫

●好評既刊
まぐだら屋のマリア
原田マハ

老舗料亭で修業をしていた紫紋は、ある事件をきっかけに逃げ出し、人生の終わりの地を求めて彷徨う。だが過去に傷がある優しい人々、心が喜ぶ料理に癒され、どん底から生き直す勇気を得る。

●最新刊
緋色のメス　完結篇
大鐘稔彦

外科医の佐倉が見初めたのは看護師の朝子だった。患者に向き合いながら、彼女への思いを募らせるが、自身の身体も病に蝕まれてしまう。ミリオンセラー「孤高のメス」の著者が描く永遠の愛。

●最新刊
咲ク・ララ・ファミリア
越智月子

62歳になる父から突然聞かされた再婚話を機に、バラバラだった四姉妹が集うことに。互いに秘密を抱える中、再婚相手が現れて……。家族ってやっかい。でも、だから家族は愛おしい。

●最新刊
じっと手を見る
窪　美澄

富士山を望む町で介護士として働く日奈と海斗。東京に住むデザイナーに惹かれる日奈と、日奈への思いを残したまま後輩と関係を深める海斗。人生のすべてが愛しくなる傑作小説。

●最新刊
幸福の一部である不幸を抱いて
小手鞠るい

好きになった人に〝たまたま奥さんがいた〟だけの杏子とみずき。二人はとても幸せだった。一通のメール、一夜の情事が彼女たちを狂わせるまでは。恋愛小説家が描く不倫の幸福、そして不幸。

たゆたえども沈《しず》まず

原田《はらだ》マハ

令和2年4月10日　初版発行
令和6年8月10日　21版発行

発行人――石原正康
編集人――高部真人
発行所――株式会社幻冬舎
〒151-0051東京都渋谷区千駄ヶ谷4-9-7
電話　03(5411)6222(営業)
　　　03(5411)6211(編集)
公式HP　https://www.gentosha.co.jp/
印刷・製本―中央精版印刷株式会社
装丁者――高橋雅之

幻冬舎文庫

ISBN978-4-344-42972-7　C0193　は-25-2

この本に関するご意見・ご感想は、下記アンケートフォームからお寄せください。
https://www.gentosha.co.jp/e/